die unwillkommenen

Die Deutsche Nationalbibliothek – CIP-Einheitsaufnahme.
Die Deutsche Nationalbibliothek verzeichnet dieses Buch
in der Deutschen Nationalbibliografie;
detaillierte bibliografische Daten sind im Internet über
http://dnb.d-nb.de abrufbar.

Erste Auflage 2019
© Größenwahn Verlag Frankfurt am Main, 2019
www.groessenwahn-verlag.de
Alle Rechte vorbehalten.
ISBN: 978-3-95771-240-0
eISBN: 978-3-95771-241-7

Marina Jenkner

die unwillkommenen

Roman

IMPRESSUM

die unwillkommenen

Autorin
Marina Jenkner

Seitengestaltung
Größenwahn Verlag Frankfurt am Main

Schrift
Constantia

Covergestaltung
Marti O´Sigma

Coverbild
© Marina Jenkner: ›Christel mit Puppenwagen‹
Familienfoto aus dem privaten Archiv

Lektorat
Thomas Pregel

Druck und Bindung
Print Group Sp. z. o. o. Szczecin (Stettin)

Größenwahn Verlag Frankfurt am Main
Februar 2019

ISBN: 978-3-95771-240-0
eISBN: 978-3-95771-241-7

Wenn man plötzlich das Gefühl hat, dass man an einen Punkt gekommen ist, an dem die Vergangenheit die Gegenwart berührt, sich Geschichte wiederholt und ein Kreis sich schließt, dann muss man anfangen zu erzählen, von damals und heute, von dem Mosaik der Erlebnisse und Gedanken, die sich zu einem Ganzen fügen.

Rami *oder* Die Flüchtlinge auf meinem Schreibtisch

»Mama, in meiner Klasse ist ein Junge aus Syrien, und dort ist Krieg. Der kann noch nicht so gut Deutsch, aber er hat schon mutig vor der ganzen Klasse auf Deutsch gezählt. Da habe ich gestaunt!«

Das fröhliche Geplapper von Jonathan, der gerade eingeschult worden ist, trifft mich. Jetzt sind sie angekommen, jetzt sind sie hier, mitten in unserem Leben. Ich fühle mich, als sei ich gerade aus einem Traum gerissen worden. Die erste Hälfte des Jahres 2015 habe ich damit verbracht, ein altes Haus zu kaufen, zu renovieren und mit meiner Familie zu beziehen. Wir waren wie in Watte gepackt, es gab nur noch das Haus, Werkzeuge, Tapeten, Pinsel, Farben, Umzugskartons und die Visionen vom neuen Heim.

Im Sommer fing es an mit den Bildern. Ich tauchte aus dem Umzugschaos auf und direkt in die Nachrichtenbilder ein: Flüchtlingsströme, Turnhallen mit Feldbetten, überfüllte Boote, Rettungswesten am Strand.

Da war dieser Flyer, der mich irgendwann während unseres Umzugs per Post erreichte. Und dann auf meinem Schreibtisch lag. Ein tiefblaues Meer, ein langes Holzboot mit vielleicht hundertfünfzig dunkelhäutigen Menschen, sitzend, stehend, eng gedrängt, manche ließen ihre dünnen Beine über Bord baumeln, sie waren barfuß, eine Rettungsweste trug niemand, jemand hatte einen Regenschirm in Schwarz-Rot-Gold aufgespannt. Und darüber in blauen Versalien mit einem gelben Fragezeichen »WHY?«.

Mahnend schwammen die Flüchtlinge über meinen Schreibtisch, ich wollte mich irgendwann um sie kümmern, hatte so viel Ablage zu erledigen, und eines Tages fragte Jonathan: »Wieso sind da so viele Menschen in einem Boot?«

Ich zögerte. Gedanken über die Grenzpolitik Europas, über unser Wegsehen, über Waffenexporte und die leergefischten Küsten Westafrikas schwirrten in meinem Kopf. Die Menschen in dem Boot sahen mich vorwurfsvoll an.

»Die wollen nach Europa, weil sie arm sind oder in ihren Ländern Krieg ist. Und da gibt es Schlepper, die nehmen viel Geld von den Leuten und setzen sie dann in halbkaputte Boote, mit denen die Überfahrt nach Europa sehr gefährlich ist.«

»Warum?«, fragte Jonathan. Immer wieder betrachtete er dieses Bild, das in der Bearbeitungshierarchie auf meinem Schreibtisch nicht nach vorne zu rücken schien. Irgendwann verschwand es unter anderen Stapeln, inzwischen konnte ich es nicht mehr orten.

»Rami.« Jonathan reißt mich aus meinen Gedanken. »Der Junge aus meiner Klasse heißt Rami.«

Rami, der Name klingt noch durch den Raum, als Jonathan schon längst zurück ins Kinderzimmer gelaufen ist. Oben höre ich ihn und den dreijährigen Jasper mit Lego spielen, aber hier unten haben die Nachrichtenbilder der letzten Wochen für mich einen Namen bekommen.

Flüchtlingsströme zogen über den Bildschirm meines Computers, Nachrichten überfluteten die Mattscheibe, Monitor-Menschen starrten in mein Zimmer, und ich konnte meinen Blick nicht von ihnen lassen.

Gerade war ich mit dem Hauskauf so sesshaft geworden, wie ich es für mein Leben eigentlich gar nicht geplant hatte. Und jetzt plötzlich diese Bilder von den Menschen, die nur noch das besaßen, was sie am Leib trugen, die viele Hundert Kilometer liefen und bald bei uns ankommen würden. Berichte hatte ich gelesen, Bilder in mich aufgesogen, manchmal habe ich vor meinem Computer gesessen und geweint.

Ich kannte ähnliche Aufnahmen mit flüchtenden Menschen. Aber die Bilder, die ich kannte, waren schwarz-weiß, dort gab es stehende Züge und Menschenkolonnen, die sich über zugeschneite Straßen schoben. Frauen mit langen Wintermänteln, um den Kopf gebundenen Tüchern und starren Gesichtern, ihre Kinder und überfüllte Handwagen hinter sich herziehend. Der Weg über das Eis, jeder Schritt ein Wagnis, die Tiefe unter ihnen, Kinder schützend auf den Arm genommen, der Tod am Wegesrand und die vielen Pferdewagen, die in das zugefrorene Haff einbrachen.

An einem Morgen Anfang September sitze ich mit Jonathan und Jasper im Bus. Jonathan trägt seinen Schulranzen auch im Sitzen noch auf dem Rücken und in seinem Gesicht ist die Aufregung eines frischen Erstklässlers zu lesen. Jasper hockt etwas verhaltener mit seinem Kindergartenrucksack auf meinem Schoß. Ich selbst bin müde, und ohne die Kinder wäre ich vielleicht wie die anderen erwachsenen Fahrgäste darauf bedacht, aus dem Fenster zu schauen oder zumindest niemand anderen direkt anzugucken. Ein paar Schüler rutschen auf ihren Sitzen hin und her   oder unterhalten sich. Der Monitor vorne zeigt die nächste Haltestelle an, der Bus bremst. Menschen steigen ein und schieben sich an uns vorbei in den hinteren Teil des Busses.

Plötzlich ruft Jonathan: »Rami!«

Ein schwarzhaariger Junge dreht sich um und grüßt, hinter ihm offensichtlich sein Bruder und sein Vater. Sie setzen sich auf den Sitz uns gegenüber. Rami ist nicht besonders groß, aber in seinen Gesichtszügen schon sehr ernst. Der Bruder etwas zarter mit einem offenen, sein Gegenüber suchenden Blick und einem kleinen Kindergartenrucksack in der Hand. Und der Vater mit kurzen dunklen Haaren, die sich aus der Stirn schon sehr zurückgezogen haben, markanten Augenbrauen und darunter einem leicht fragenden, etwas unsicheren und doch freundlichen Blick.

»Jonathan und Rami gehen in dieselbe Klasse«, versuche ich zu erklären.

»Bei Frau Lohmeyer?«

Ich nicke. »Ja, genau.«

»Gute Lehrerin.«

»Ja, das ist eine gute Lehrerin. Die Kinder haben Glück.«

»Rami erst drei Monate in Deutschland. Aber Lehrerin ihm sehr hilft. Ich seit eine Jahr in Deutschland.«

»Sie sprechen schon gut Deutsch«, sage ich, weil mir nichts Besseres einfällt.

»Mama, wir müssen aussteigen!« Jonathan steht auf. Ich stelle Jasper in den Gang, auch Ramis Familie greift nach Schulranzen und Taschen. Der Bus fährt in die Haltestellenbucht, stoppt, und wir steigen aus. Draußen setzen wir in einem Strom von Schulkindern mit bunten Ranzen auf dem Rücken unser Gespräch fort.

Ich frage, aus welcher Stadt er kommt. Die Familie hat in der Nähe von Damaskus gewohnt, er war dort Rechtsanwalt. Jetzt möchte er gerne schnell Deutsch lernen und eine Möglichkeit finden, hier zu arbeiten. Der kleine Bruder geht in den katholischen Kindergarten ganz in der Nähe.

»Das ist ein guter Kindergarten«, sage ich, »die sind sehr engagiert.«

Der Vater nickt. Sein kleiner Sohn habe schon Freunde gefunden und freue sich jeden Tag auf den Kindergarten. Dann erzählt er, dass sie eine Wohnung an der großen Kreuzung haben – zentral im Stadtteil und nur zwei Straßen von unserem Haus entfernt. So nah wohnen wir beieinander, unsere Kinder haben den gleichen Schulweg, der Vater spricht schon so gut Deutsch, dass man sich unterhalten kann – Visionen von Freundschaft bauen sich in mir auf, auch wenn ich die drei erst seit zehn Minuten kenne.

Wir sind viel zu schnell am Schultor, verabschieden uns von unseren Großen, dann gehe ich mit meinem Kindergartenkind in die eine und er mit seinem Kindergartenkind in die andere Richtung.

Alles ging so schnell, gerne hätte ich mich noch länger mit Ramis Vater unterhalten. Ich habe noch viele Fragen. »Wir müssen die Familie unbedingt mal zu uns einladen«, sage ich am Abend zu Tobias.

Ein kleiner Junge am Strand an der türkischen Küste, in rotem T-Shirt und blauer Hose, die dunklen nassen Haare kleben am Kopf, bäuchlings mit dem Gesicht im Sand, drei Jahre alt wie Jasper und tot. Ein Foto, das mich schlucken lässt. So alt wie Jasper. Und dazu die vielen Namenlosen, die das Meer verschlungen hat. Wasserleichen an Badestränden. Urlaubsparadiese werden zu Meeresfriedhöfen. Szenenwechsel.

Das imposante Gebäude mit Rundbogenfenstern, Säulen, Statuen, Fresken, Wandmalereien, einer eleganten, reich verzierten Eingangshalle. Ein historischer Kopfbahnhof im Stil der Neorenaissance, der manchen fast eklektizistisch anmuten mag. Im Eklektizismus sind verschiedene Stile und Kunstformen zusammengewürfelt, so wie die bunten Zelte, Rucksäcke und Isomatten, die jetzt in der Bahnhofshalle ausharren. Verzweifelte Flüchtlinge, die hier gestrandet sind, Züge, die stillstehen, Polizisten, Endstation Budapest.

Szenenwechsel.

Züge, die stillstehen. Schwarz-Weiß-Aufnahmen. Flugzeuge am Himmel. Fliegerangriff. Flüchtlinge, die sich ins Gebüsch werfen, in die Felder. Und wenn alles vorbei ist, fährt der Zug vielleicht wieder ein Stück weiter. Nach Westen. Denn der Krieg darf sie nicht einholen.

Szenenwechsel.

Menschen auf der Autobahn. Lange Gruppen von Geflüchteten. Die laufen einfach. Zu Fuß, Rucksäcke und Isomatten auf dem

Rücken, Kinder an der Hand, Babys auf dem Arm. Sie laufen, wie es schon die Israeliten beim Auszug aus Ägypten taten. Nur diesmal über die Autobahn.

Bilder, die mir durch den Kopf schwirren, als ich an einem Freitagmorgen Anfang September mit Jonathan und Jasper im Bus sitze. Als Rami mit Vater und Bruder an der nächsten Haltestelle einsteigt, verlassen meine Gedanken die Balkanroute und sind ganz schnell im Hier und Jetzt. Die drei setzen sich zu uns.

Auf dem Weg zur Schule erzählt Ramis Vater mir, dass sein Sohn es ohne Deutschkenntnisse in der Schule schwer habe, deshalb hätten sie mit der Lehrerin besprochen, dass Rami für einige Zeit in die Integrationsklasse gehen dürfe. Die sei eigentlich nicht für Erstklässler gedacht, weil das Schulministerium meine, dass alle Kinder zur Einschulung bei Null starteten, und die Integrationsklassen deshalb erst für Kinder höherer Klassen finanziere. Aber Rami könne schließlich noch kein Deutsch, deshalb werde er ab nächster Woche inoffiziell in die Integrationsklasse gehen dürfen. Es dauert etwas, bis ich die Zusammenhänge verstehe, die Ramis Vater mir erklären will. Nur durch den persönlichen Einsatz der Lehrer darf Rami drei Monate in der Integrationsklasse Deutsch lernen, bevor er zurück ins kalte Wasser der ersten Klasse geworfen wird.

Wir erreichen wieder viel zu schnell das Schultor und verabschieden uns von Jonathan und Rami, die zusammen auf den Schulhof rennen. Ramis Vater blickt den beiden Jungen hinterher. »In Syrien viele Kinder haben Angst vor Schule«, erzählt er. »Lehrer dürfen Kinder schlagen. Hier besser.«

Ich nicke, schlucke und drücke ihm dann einen vorbereiteten Zettel in die Hand. »Mein Mann und ich möchten dich und deine Familie gerne zu uns einladen. Am Sonntagnachmittag. Die Kinder könnten spielen und wir reden. Unsere Adresse steht auf dem Zettel.«

Ramis Vater bedankt sich, am Sonntag hätten sie noch nichts vor, aber er wolle erst mit seiner Frau sprechen. Dann ziehen uns unsere Kindergartenkinder in unterschiedliche Richtungen. »Bis Sonntag!«, rufe ich noch hinter Ramis Vater und Bruder her.

Der Mantel mit dem fehlenden Ärmel

»**D**a kamen so viele Flüchtlinge, man wusste gar nicht, wo man die alle unterbringen sollte. Die hatten nichts mehr, sie hatten alles verloren. Das war schrecklich, als die ankamen.«

Ich saß auf dem weichen Wohnzimmersofa meiner Oma Grete mit seinen kühlen braunen Lederarmlehnen und lauschte ihren Bauernhofgeschichten. Vor mir der runde, dunkelbraune Holztisch, der die Muster der aufwändigen Häkeldecke gut zur Geltung kommen ließ, das Ölgemälde mit den Ährenleserinnen gegenüber an der Wand, darunter das kleine Rauchtischchen mit der glänzenden Messingplatte und daneben in dem breiten Sessel meine Oma mit ihren naturweißen Haaren, Dauerwelle, Brille und einer bunten Bluse über ihrem weiblich-runden Oberkörper. Meiner Oma Grete gingen die Geschichten nie aus, und wenn doch, bohrten meine Schwester und ich so lange nach, bis ihr wieder welche einfielen. Geschichten von dem kleinen Bauernhof zwischen den sanften Hügeln meiner Heimat, von der schweren Arbeit auf dem Feld, den Tieren, dem Dorfschullehrer, der Sommerfrische ihrer Tante auf der anderen Straßenseite, wo Gäste aus der Großstadt ihre Ferien verbrachten, und von ihren tief protestantischen Eltern, die vier Töchter, aber keinen Hoferben bekamen. Selbst der Krieg war in ihren Erzählungen kindgerecht.

»Erzähl weiter von den Flüchtlingen«, bat ich.

Meine Oma fragte mit ihrer wunderbar vertrauten Stimme: »Interessiert dich das alte Zeug denn wirklich?«

Wenn ich dann heftig nickte, fuhr sie fort: »Es gab auch die Evakuierten. Die kamen aus dem Westen, als die Franzosen und Engländer näher rückten. Flüchtlinge nannten wir nur die aus dem Osten, die vor den Polen und Russen flohen. Und die hatten oft nur noch das, was sie am Leib trugen. Frau Winter – ich weiß nicht mehr, ob sie aus Ostpreußen oder Schlesien kam – hatte, als sie bei uns eintraf, einen alten Soldatenmantel an mit nur einem Ärmel. Ein Mantel war auf der Flucht sehr wertvoll, er konnte die Rettung vor dem Erfrieren sein. Deshalb war Frau Winter froh über dieses Stück. Doch unterwegs hatte ihr jemand den Mantel stehlen wollen, der fror wie so viele in diesem harten Kriegswinter. Der Mann riss am Ärmel, aber sie hat sich gewehrt, und da riss der Ärmel heraus. Und dann kam sie mit einem Ärmel bei uns auf dem Hof an.«

Ich versuchte, mir einen Mantel mit nur einem Ärmel vorzustellen und wie seltsam es ausgesehen haben mag, dass ein Blusenärmel aus dem einen Armausschnitt des Mantels ragte.

»Hat die Frau dann bei euch gewohnt?«

»Ja. Die Flüchtlinge wurden auf die einzelnen Häuser verteilt. Mein Vater war zu der Zeit Bürgermeister und musste sehen, dass er alle unterbrachte. Im Dorf gab es etwa neunzig Einwohner, aber wir beherbergten am meisten Flüchtlinge, obwohl wir nicht den größten Hof hatten. Denn die anderen Bauern sagten zu meinem Vater, er solle die Flüchtlinge erstmal bei sich selbst unterbringen, ehe er ihnen alle Zimmer nähme. Jeder wollte seine Zimmer behalten, aber das ging natürlich nicht. Bei uns wohnte die Frau Winter mit dem Mantel ohne Ärmel, die war mit Tochter und Enkel gekommen. Und nach und nach kamen dann alle ihre Kinder zu uns, nachdem sie von dem Aufenthaltsort der Mutter erfahren hatten. Die, die mit ihr gekommen war, hieß Emma, dann kamen noch Adolf, Gustav, Ludwig und Berta. Außerdem wohnte bei uns eine Frau aus Lodz mit ihrem Sohn. Da war die ganze Leibzucht voll, es wurde jedes kleine Kabuff und jeder Abstellraum, der an der Deele lag, besetzt. Bei uns im Haupthaus wohnten schon ein paar Jahre lang die Berliner, das war ein Vetter meiner Mutter mit zwei Kindern, die vor den Fliegerangriffen in der Hauptstadt geflohen waren. Und als in der Stadt nebenan Bomben fielen, kam dann noch unsere Tante Tillchen mit einem Neffen, um bei uns Unterschlupf zu suchen. Wir wussten bald nicht mehr, wo wir sie alle lassen sollten, aber irgendwie hat es geklappt.«

Kein Krieg im Esszimmer

Am Sonntag regnet es in Strömen, es ist ein deprimierend grauer Tag für Anfang September. Wir decken den Kaffeetisch im Esszimmer, stellen den Nusskuchen auf den Tisch, backen Waffeln und machen dazu heiße Kirschen. Kaffee, schwarzer Tee, Apfelsaft und Wasser für die Kinder. Ob sie kommen werden? Ich decke nicht das gute Geschirr, das wir uns nur gewünscht haben, damit unsere Eltern an Geburtstagen und Weihnachten immer eine Geschenkidee haben. Nein, ich decke die fünf alten Teller aus meiner Studentenwohnung und dazu drei alte Teller aus Tobias' Studentenwohnung. Vielleicht würde ich mich in diesem Moment auch wohler fühlen, wenn wir noch in unserer alten Wohnung wären – in einem Mehrfamilienhaus mit einem gemeinsamen Zimmer für die Kinder. Jetzt haben wir dieses große Eigenheim, was ich manchmal selbst kaum glauben kann, und ich möchte mich doch gar nicht so sehr von der syrischen Familie unterscheiden. Ob sie kommen werden? Bei diesem Regen?

Neben den Kaffeetisch haben wir die Kisten mit der Holzeisenbahn gestellt. Damit die Kinder bei uns im Esszimmer zusammen spielen können, falls sie sich nicht sofort trauen, zu viert nach oben in die Kinderzimmer zu gehen.

Milch, Zucker, Kaffeelöffel, Kuchengabeln, Servietten – es ist alles gedeckt, nur die Waffeln backen noch in der Küche und der Tee muss ziehen.

Pünktlich um 15:00 Uhr klingelt es. Wir laufen zur Tür, die Kinder vorweg. Da stehen sie, alle vier – der Vater mit seinen beiden Söhnen und seiner Frau –, und strecken uns einen Blumenstrauß entgegen. Die Frau trägt eine schwarze Abaya, deren Ärmel mit Goldstickerei verziert sind, und ein schwarzes Kopftuch – ich glaube, sie ist mir schon am Tag der Einschulung aufgefallen. Wir bitten sie herein, reichen uns die Hände, und die Frau begrüßt mich gleich mit Wangenküsschen. Dann sagen wir uns gegenseitig unsere Namen. Der Vater stellt sich mit Nadim Ibrahim vor, Rami kenne ich ja schon, sein kleiner Bruder heißt Bassam und die Mutter Reyhan.

Im Esszimmer angekommen, bitten wir sie Platz zu nehmen. Ich hole eine Vase für den Blumenstrauß und stelle ihn auf den Tisch, während Tobias sich dem Waffeleisen zuwendet. Reyhan sagt etwas auf Arabisch zu Nadim, und er übersetzt uns:»Meine Frau sagt, Ihre Wohnung ist sehr schön und danke für die Einladung.«

Tobias bringt Waffeln, Kaffee und Tee; und als alle mit Getränken und Essen versorgt sind, kommen wir schnell ins Gespräch. Wir unterhalten uns auf Deutsch, und Nadim übersetzt seiner Frau, zwischendurch sprechen wir aber auch Englisch, weil Reyhan etwas Englisch kann, ein paar Mal muss auch das Übersetzungsprogramm von Nadims Smartphone für die Verständigung herhalten.

Nadim hat in einem Flüchtlingsheim im Osten unserer Stadt gewohnt, aber er hatte Glück, dass sein Asylverfahren nur drei Monate gedauert hat und er nach weiteren sechs Monaten – diesen Sommer – seine Familie nachholen durfte. Ihm ist es schwer gefallen, alleine für die Familie eine Wohnung zu suchen. Er hatte zuvor immer alle wichtigen Entscheidungen gemeinsam mit seiner Frau getroffen. Als er eine Wohnung gefunden hatte, durfte Reyhan mit den Kindern nachkommen. Mit dem Flugzeug. An Gepäck durften sie allerdings wie normale Urlauber nur dreißig Kilogramm plus sieben Kilogramm Handgepäck mitnehmen. Ich stelle mir vor, wie schwer es ist auszuwählen, was mitkommt und was man riskiert nie wiederzusehen. Die Kinder hatten beide Rucksäcke auf dem Rücken. Auch sie mussten sich entscheiden, was sie einpacken und was sie zurücklassen wollten.

Wir bieten noch Kuchen und Waffeln an, aber die Kinder haben bald keine Lust mehr am Tisch zu sitzen und beginnen, mit der Holzeisenbahn zu spielen. Und während sie eine Eisenbahnstrecke rund um den Esstisch konstruieren, reden wir Erwachsenen weiter, immer weiter, und die Themen gehen uns nicht aus.

Nadim zeigt auf unser Bücherregal und erzählt, dass er in Syrien auch viele Bücher gehabt und gelesen habe. Sogar auf die Flucht habe er Bücher mitgenommen, aber die habe er unterwegs verloren. Er senkt seinen Kopf, deshalb traue ich mich nicht, nach dem Verbleib der Bücher zu fragen.

Stattdessen fragt Tobias nach den Berufen von Nadim und Reyhan, und im Anschluss kommt die Gegenfrage. Dass Nadim Rechtsanwalt ist, wissen wir schon, nun erfahren wir noch, dass Reyhan als Lehrerin tätig war. Unsere Berufe sind etwas schwieriger zu erklären. Tobias arbeitet im sozialen Bereich mit schwer erziehbaren Jugendlichen, und ich bin Künstlerin, gebe Malkurse und schreibe Artikel für Kunstmagazine. Am liebsten wäre ich nur Künstlerin, aber die Finanzen verlangen meinen regelmäßigen Einsatz als Dozentin oder Journalistin.

Wir fragen, ob von den Familien der beiden noch jemand in Syrien ist. Nadims Eltern leben in einem Dorf nahe Damaskus, aber leider kann er seit drei Monaten keinen Kontakt zu ihnen herstellen, weil die Telefonleitungen kaputt sind. Auch seine Geschwister sind noch in Syrien. Sie haben nicht das Geld zu fliehen.

Jonathan und Rami erweitern die Eisenbahnstrecke – Holzschiene für Holzschiene legen sie um den Esstisch. Jasper und Bassam kuppeln verschiedene Waggons aneinander.

Rami ist sechs und Bassam fünf Jahre alt – Reyhan erzählt, dass nur elf Monate zwischen den beiden Geburten lagen. Ich erzähle, dass der Altersabstand zwischen Jonathan und Jasper drei Jahre beträgt und ich froh war, zwischen beiden Kindern ein bisschen Pause gehabt zu haben. Nadim übersetzt.

Daraufhin lacht Reyhan und sagt:»Syria Frauen – keine Pause.«
Reyhan hat ein volles Gesicht und ein offenes Lachen. Je länger wir
uns unterhalten, desto weniger sehe ich das schwarze Kopftuch o-
der die Abaya. Das Äußerliche rückt in den Hintergrund, während
ihre Geschichte und der Mensch unter dem schwarzen Stoff in den
Vordergrund treten.

Jetzt lächelt Reyhan wieder, sagt Nadim etwas und lässt ihn
übersetzen. Sie möchte wissen, woher die Namen unserer Kinder
kommen und wer sie ausgesucht hat.

Was für eine spannende Frage, denke ich, und antworte:»Jonathan bedeutet ›Geschenk Gottes‹, den Namen habe ich ausgesucht. Und Jasper haben wir gewählt, weil der Name gut zu Jonathan passt. Die Bedeutung ist ›Schatzmeister‹, aber das war
nicht so wichtig. Und bei euch?«

Rami, sagt Nadim, hieße »der Schütze«, und er habe damals
den Namen ausgesucht, weil es ein starker Name sei. Reyhan durfte
dann den Namen für den zweiten Sohn wählen – Bassam bedeute
»der Lächelnde«.

Rami und Bassam schieben jetzt jeder eine Lokomotive, Rami
ist zurückhaltend, etwas in sich gekehrt, er wurde schließlich auch
in dem neuen Land direkt ins kalte Wasser der Schule geworfen.
Bassam scheint seinem Namen alle Ehre zu machen, er lächelt das
offene Lächeln seiner Mutter mit den verschmitzt blitzenden Augen eines Kindes. Ich habe das Gefühl, ihn einfach mögen zu müssen, er ist zarter und niedlicher, obwohl nur elf Monate die beiden
Jungen trennen.

»Jona«, sage ich mit Blick auf meinen die Eisenbahnstrecke
Schiene um Schiene erweiternden Sohn.»Dort unterm Schrank
liegt noch eine Weiche.«

»Jona?«, fragt Reyhan.

»Ja, ich kürze Jonathan manchmal zu Jona ab. Spitzname nennt
man das in Deutschland.«

Reyhan sagt etwas auf Arabisch. Nadim übersetzt:»Jona gibt es auch im Koran.«

»In der Bibel auch.«

»Jona ist Prophet. Er wurde gegessen von Fisch«, erklärt Nadim.

»Die Geschichte von Jona im Fischbauch steht auch in der Bibel!«, rufe ich erfreut.

Nadim lächelt.»Viele Geschichten, viele Religionen, viele Wege. Aber ein Gott.«

Ich muss an unsere Deutschlektüre auf dem Gymnasium denken, an »Nathan der Weise« und die Ringparabel, die mich damals ebenso beeindruckt hat wie jetzt Nadims Worte von den vielen Wegen.

»Geht ihr hier in die Ditib-Moschee?«, frage ich.

»Nein«, antwortet Nadim.»Das ist türkische Moschee. Wir gehen in arabische Moschee. Immer Freitag.«

Die vier Jungen werden unruhig. Sie haben keine Lust mehr, mit der Eisenbahn zu spielen, und möchten nach oben in die Kinderzimmer gehen. Wir lassen sie ziehen, schenken Kaffee und Tee nach, und Nadim und Reyhan bedanken sich zum wiederholten Mal für unsere Einladung und sagen, dass wir sehr nett sind, sodass es uns schon fast peinlich ist. Wir sollen sie auch einmal besuchen, schlagen sie vor, und wir sagen:»Gerne.«

Nadim deutet auf die Holzbalken in unserem Esszimmer. Er bemerkt, dass die Deutschen sehr viel mit Holz bauten, während in Syrien hauptsächlich Beton beim Hausbau zum Einsatz käme.

Über Gebäude kommen wir auf Palmyra, denn Ende August haben IS-Milizen zuerst den Tempel von Baalschamin und dann den Baal-Tempel zerstört. Nadim ist traurig darüber und beschreibt, wie einmalig die antike Stadt Palmyra war.

Über den IS kommen wir wieder auf das Thema Religion, und er erzählt von der christlichen Kirche in Damaskus und davon, dass vor dem Krieg in Syrien muslimische und christliche Gemeinden friedlich nebeneinander existiert haben.

Und schließlich gehen unsere Gespräche zum zerstörten Aleppo – die Stadt sei wunderschön gewesen, sagt Nadim, eine der ältesten Städte der Welt. Und Reyhan erzählt, von Nadim übersetzt, dass es in Aleppo eine florierende Textilindustrie gab. In Syrien werde viel Baumwolle angebaut, und in Aleppo habe es die schönsten Stoffe gegeben. Sogar die englische Queen soll früher die Gewebe für ihre Kleider in Aleppo gekauft haben. Und über die Textilindustrie landen wir dann wieder hier in unserer Stadt, die im 19. Jahrhundert durch die Herstellung von Textilien zu großem Wohlstand gelangte, weswegen sie noch immer über viele ansehnliche Häuser aus der Gründer- und Jugendstilzeit verfügt.

Eine Etage über uns hören wir die Kinder ab und zu lachen oder reden, zwischendurch machen sie Musik, aber eines hören wir nicht: Streit. Die vier scheinen sich gut zu verstehen und spielen die ganze Zeit harmonisch miteinander, ohne irgendwelche Zwischenfälle. Dabei ist es sonst durchaus üblich, dass Tobias oder ich im Kinderzimmer mal nach dem Rechten sehen oder Streit schlichten müssen.

Nadim erzählt, dass seine Kinder am Anfang in Deutschland noch Angst vor den Bomben hatten, aber inzwischen wissen sie, dass ihnen hier nichts passiert.

Dann zeigt Nadim plötzlich auf die Orchidee auf der Fensterbank. Er möchte wissen, wie die Blume heißt und wie viel Wasser sie braucht. Er kauft Reyhan nämlich regelmäßig Blumen, aber diese Blume haben die Kinder immer gegossen und dann sei sie eingegangen. Ich sage ihm, dass Orchideen nur ganz wenig Wasser benötigen. Und finde die Vorstellung schön, dass er Reyhan regelmäßig Blumen schenkt. Weil Blumen Leben in eine Wohnung bringen und wachsende Hoffnung.

Nach zwei Stunden stehen Nadim und Reyhan auf, rufen ihre Kinder und helfen noch, die Holzeisenbahn aufzuräumen. Während sie ihre Schuhe anziehen, greift Tobias auf der Kommode im Flur nach einer Einladung zu unserer Einweihungsparty und sieht mich fragend an. Ich nicke. Tobias erklärt, dass wir am kommenden Wochenende ein Fest feiern, das erste Fest in unserem neuen Haus, und sie herzlich eingeladen sind. Nadim meint, da hätten sie Zeit. Die Verabschiedung ist herzlich.

Dann gehen sie nach Hause – durch den Regen, der die ganze Zeit grau vor den Fenstern niedergegangen ist, aber in unserem Esszimmer ist es so bunt gewesen, dass ich ihn gar nicht mehr bemerkt habe. Ich bin euphorisch, habe das Gefühl, ein Buch aufgeschlagen und das erste Kapitel gelesen zu haben. Ein Anfang. Wir hatten eine syrische Familie in unserem Haus gehabt und mit ihr waren nicht der Krieg oder nur schreckliche Geschichten in unserem Esszimmer gelandet, sondern die Welt, so wie sie sein könnte.

Am Samstag bereiten wir unsere Garage, mein Atelier und den Garten für unsere Einweihungsparty vor, wir haben uns Bierzeltgarnituren ausgeliehen und uns von unseren Gästen einen Beitrag zum Buffet gewünscht. Ich freue mich auf die vielen Menschen, die kommen werden, einige haben wir lange nicht gesehen. Und ich freue mich auf Familie Ibrahim. In der letzten Woche habe ich Nadim, Rami und Bassam nicht im Bus getroffen. Meist hat Tobias die Kinder mit dem Auto zur Schule und in den Kindergarten gebracht. An einem Morgen hat er Nadim am Schultor getroffen, aber sie haben sich nur kurz unterhalten. Während ich die Tische mit Servietten und Teelichthaltern dekoriere, überlege ich, mit wem ich die Ibrahims am Nachmittag bekannt machen kann. Zwei Eltern aus der ersten Klasse wollen kommen, und auch sonst fallen mir einige ein, die bestimmt sofort mit Deutsch, Englisch, Händen und Füßen ein Gespräch beginnen werden. Wir wollen von frühnachmittags bis nachts feiern. Auch wenn ich selbst während der Party nicht so viel Zeit haben werde, freue ich mich darauf, die Familie wiederzusehen.

Wir tragen gerade das Geschirr in die Garage, als das Telefon klingelt. Tobias geht ran. Es ist Nadim. Tobias versteht ihn nicht genau, er sagt etwas von »andere Tag«, und Tobias versucht ihm zu erklären, dass die Einweihungsparty nur heute ist. Schulterzuckend kommt er zu mir, er weiß nicht, ob das eine Absage war oder ob Nadim sich nur vergewissern wollte, dass unsere Party heute stattfindet.

Als am Nachmittag die ersten Gäste mit Kindern eintreffen, wird der Sandkasten sofort besetzt. Das Garagenbuffet wächst an, wir führen durch unser Haus, zeigen, was wir den Sommer über renoviert haben, stoßen an auf unser neues Heim, auf unsere Zukunft, doch ich erwische mich dabei, dass ich bei jedem Klingeln hoffe, Familie Ibrahim werde noch kommen. Immer wieder läutet es an der Tür, neue Gäste, neue Salate, neuer Gesprächsstoff. Aber die Ibrahims kommen nicht. Ich merke, wie sich Enttäuschung in mir ausbreitet, obwohl wir doch genug andere Gäste und alte Freunde zu Besuch haben.

Mir lässt das keine Ruhe. Bisher haben wir keine Telefonnummer von Nadim gehabt, aber nach seinem Anruf am Morgen hat unser Telefon eine Handynummer angezeigt. Deshalb schreibe ich noch abends auf der Party eine SMS auf Englisch an diese Nummer, dass wir uns auch Sonntagnachmittag treffen können, wenn sie uns dieses Wochenende noch sehen wollen. Eine Antwort erhalte ich nicht.

Auch am Sonntag bleibt eine Reaktion aus. Nach der Party am Samstag ist das vielleicht auch besser, denn unsere Söhne sind müde. Aber ich bin ungeduldig. Seit unserem Kaffeetrinken sind mir noch so viele Fragen eingefallen, ich habe mir ausgemalt, was ich der Familie erzählen und wie ich ihr unsere Stadt näherbringen kann.

Mitte September überlasse ich dem Flüchtlingsbeauftragten der Stadt mehrere Umzugskartons mit Kleidung, Bettwäsche und Spielzeug. Alles, was wir aussortiert haben. Dabei erwähnt er, dass er Freikarten für Flüchtlinge für ein Sinfoniekonzert am Sonntag organisiert hat. Ob ich noch jemanden kenne. Natürlich denke ich sofort an Familie Ibrahim, aber ich habe sie weder im Bus getroffen noch eine Antwort auf meine SMS erhalten. Und nachdem sie meine Nachricht nicht beantwortet und sich nicht gemeldet haben, traue ich mich auch nicht, einfach an ihrer Tür zu klingeln und sie zu überrumpeln. Auch Jonathan sieht Rami, der inzwischen in die Integrationsklasse geht, nur manchmal in der Pause. Die ersten Tage schiebe ich es noch auf ein anderes Verständnis von Zeit oder Höflichkeit, dass sie sich nicht melden. Dass sie nicht die Gegeneinladung aussprechen. Kein Lebenszeichen von sich geben. Aber dann werde ich unsicher.

»Haben wir etwas falsch gemacht?«, frage ich Tobias. Er zuckt mit den Schultern, sein Bauchgefühl sei bei unserem gemeinsamen Kaffeetrinken ebenfalls gut gewesen.

Doch mich lassen die Fragen nicht los: War ich zu offen gewesen an unserem Treffen? Sind wir zu westlich? Vielleicht haben wir ein seltsames Bild abgegeben, Tobias mit seinen langen, zu einem Zopf gebundenen Haaren, der mit dem Backen der letzten Waffeln beschäftigt war und Getränke servierte, während ich mich schon zum Unterhalten an den Tisch setzte, was bei uns nichts Ungewöhnliches ist. Meine Kleidung war langärmelig und schlicht gewesen, meine Haare offen wie immer. Hatten wir etwas falsch gemacht?

Vielleicht war unsere Einladung zur Einweihungsparty unhöflich gewesen, vielleicht wäre es an uns gewesen, erst ihre Gegeneinladung anzunehmen. Aber dann hätten sie doch auf meine SMS antworten und uns einladen können.

Ich hatte mir das alles so schön vorgestellt, hätte der Familie so gerne unsere Stadt gezeigt, unsere Kinder gemeinsam spielen lassen, noch so viele Fragen gehabt, so viel von ihnen lernen können und sie von uns. Unser Treffen hatte sich für mich nach dem Anfang einer Freundschaft angefühlt. Und nun überkam mich die Ahnung, mit abgerissenen Handlungsfäden in der Hand dazustehen.

Ich male. Mein Pinsel gleitet über das Büttenpapier, die cyanblaue Aquarellfarbe verteilt sich, wird zu einem Wasser, einem Haff, einem Mittelmeer. Sie vermalt sich von selbst, und ich sehe ihr zu.

Seichte Wellen. Dunkel in der Tiefe. Das Wasser, das sich auftut und sie verschlingt. Die Hoffnung versenkt. Ich schlucke. Umfasse den honiggelben Stein an meiner Kette und frage mich, wieso ich sie gerade heute umgelegt habe. Als Kontrast zu dem Cyanblau meines Shirts. Die Wasseroberfläche. Die Wellen. Die kleinen Steine, die an den Strand gespült werden. Die Gedanken, die ausreißen wollen.

In den nächsten Tagen erwische ich mich immer wieder dabei, wie ich bei jeder Busfahrt hoffe, dass sie an der Haltestelle stehen. Wie an der großen Kreuzung mein Blick immer wieder zu dem Haus geht, in dem sie wohnen. Ich erzähle niemandem davon, und doch schweifen meine Gedanken so oft zu dieser Familie. Abends sehe ich mir im Internet Reportagen über Flüchtlinge an und Dokumentationen über Syrien. Menschen klatschen an Bahnhöfen und rufen»Refugees welcome!«, während mir ist, als würde ich jeden Abend meine Gefühle im Internet versenken.

An einem Freitagabend treffe ich mich mit Mo, und wir gehen in eine Kneipe. Mo heißt eigentlich Mombert, aber weil er den Namen schrecklich findet, nennt er sich nur Mo. Er hat Liebeskummer. Obwohl er weiß, dass es hoffnungslos ist, kann er nicht aufhören, an sie zu denken. Ich höre ihm zu, sehe die Sehnsucht in seinen Augen, merke, wie sehr er leidet, versuche, ihm etwas dazu zu sagen, aber das ist gar nicht einfach, und in der Intimität unserer Gespräche denke ich plötzlich, dass auch meine Gefühle ein bisschen wie Liebeskummer sind. Und vertraue ihm auch etwas an.

Ich erzähle ihm von Familie Ibrahim. Von unserem Treffen, unseren Gesprächen und dem harmonischen Spielen der Kinder. Von der Absage zur Einweihungsparty, der ausbleibenden Antwort auf meine SMS, dem abgebrochenen Kontakt. Ich komme mir vor wie eine unglücklich Verliebte: das Hoffen sie zufällig zu treffen, der verstohlene Blick zu dem Haus an der großen Kreuzung, das ständige Denken an sie. Konnte mein Bauchgefühl mich so getäuscht haben?

Mo meint, ich solle das alles nicht überbewerten, die Familie habe schließlich nicht die Pflicht, sich bei uns zu melden. Und wenn sie keinen Kontakt wollten, dann müssten wir das eben akzeptieren, das könne man nicht erzwingen.

Ich wollte nichts erzwingen, aber ich konnte mir einfach nicht vorstellen, dass die gegenseitige Sympathie an dem Nachmittag Anfang September nur Einbildung gewesen war. Vielleicht hatte auch die arabische Moschee etwas damit zu tun. Die Familie hatte uns von ihrem Besuch jeden Freitag dort erzählt. Im Stadtteil munkelte man, dass diese Moschee – im Gegensatz zur hiesigen türkischen Ditib-Gemeinde – vom Verfassungsschutz beobachtet werde. Wer wusste, was die dort predigten? Vielleicht vertrug sich das einfach nicht mit einer Freundschaft zu uns? Aber Nadim hatte mir einen recht aufgeklärten Eindruck gemacht. Er hatte doch sogar das mit den vielen Wegen zu dem einen Gott gesagt.

Mo meint, ich solle aufhören mit solchen Verschwörungstheorien, das bringe doch nichts. Wenn die keinen Kontakt wollten, solle ich sie nicht bedrängen. Vielleicht hätte ich auch etwas Falsches in den Nachmittag hineininterpretiert.

Ich erinnere mich an das unglückliche Verliebtsein als Teenager. An all die Situationen, in die ich etwas hineininterpretiert und deshalb an meiner Liebe festgehalten habe. Aber konnte ich so etwas heute nicht besser einschätzen? Noch dazu, wo es doch gar nicht um Liebe ging, sondern um den Austausch und die sich vielleicht ergebende Freundschaft zwischen zwei Familien?

»Lass die Finger davon«, rät Mo. »Wenn die keinen Kontakt wollen, ist das ihr gutes Recht. Dann suchst du dir eben eine andere Flüchtlingsfamilie.«

Vater Abraham hat viele Kinder

Ende September bringe ich morgens meine Söhne in Schule und Kindergarten und fahre mit dem Bus nach Hause. Mein suchender Blick – am Schultor, an der Haltestelle, im Bus – findet keinen Halt. Nie sehe ich sie, scheine die Ibrahims immer zu verpassen.

Als ich mich gerade meinen Grübeleien darüber widmen möchte, bleibt mein Blick an einer muslimischen Familie auf einem Vierersitz hängen, die mit langen Kleidern sehr traditionell angezogen ist. Nicht nur die Mutter, sondern auch die beiden kleinen Mädchen tragen ein Kopftuch. So kleine Mädchen, das ist selbst in unserem kulturell vielfältigen Stadtteil ungewöhnlich. Aber auch der Vater trägt ein langes Gewand. Die Familie sieht in diesem Bus aus, als sei sie aus der Zeit gefallen.

Oder haben die irgendein Fest? Ramadan und Fastenbrechen war schon im Sommer, das weiß ich. Die Familie steigt mit mir zusammen aus dem Bus und läuft in Richtung der arabischen Moschee. Mir fallen noch andere Muslime auf, die außergewöhnlich schick gekleidet sind. Und vor der türkischen Moschee parken viele Autos.

Zu Hause angekommen, frage ich das Internet. Heute beginnt das Opferfest, das wichtigste Fest im Islam! Wieso weiß ich das nicht, obwohl so viele Muslime in unserem Stadtteil wohnen? Ich lese, dass das Opferfest auf Ibrahim, in der Bibel Abraham, zurückgeht, der Allah oder Gott so sehr vertraut, dass er bereit ist, seinen Sohn für ihn zu opfern. Als Gott dieses unerschütterliche Vertrauen sieht, erlöst er ihn jedoch und gibt sich mit einem Tieropfer zufrieden. Abraham hat zwei Söhne: Nachdem seine Frau Sara keine Kinder bekommen kann, schenkt ihm die Dienerin Hagar seinen ersten Sohn Ismael. Später gebiert Sara doch noch ihren Sohn Isaak. In der Bibel soll ausdrücklich Isaak geopfert werden, im Koran steht kein Name für den zu opfernden Sohn. Die meisten Muslime gehen davon aus, dass es sich um Ismael handelt, zumal dieser als Stammvater der Araber gilt und zusammen mit Ibrahim die Kaaba in Mekka wiederaufgebaut haben soll.

Ich frage mich, wieso ich erst jetzt feststelle, dass das Opferfest auf eine Geschichte zurückgeht, die ich selbst ebenfalls seit meiner Kindheit kenne. Die ich schon damals in der Kinderbibel gelesen und im Kindergottesdienst gehört habe. Die Geschichte von Abraham oder Ibrahim zu kennen, bringt mich ein Stückchen näher an dieses Fest heran. Denn auch in der Bibel steht die Bereitwilligkeit, seinen eigenen Sohn zu opfern, für das unerschütterliche Gottvertrauen.

Ich lese, dass das Opferfest vier Tage lang dauert und mit Gebeten in der Moschee beginnt. Deshalb war die Familie im Bus wahrscheinlich so traditionell und schick angezogen. Ob Nadim, Reyhan und ihre Söhne heute auch festlich gekleidet sind und jetzt feiern?

Zum Gedenken an die Geschichte von Ibrahim wird am Opferfest ein Tier geschlachtet und das Fleisch verteilt. Das Fest verbringt man mit Familie und Verwandten, teilweise ist es auch üblich, sich zu beschenken. Bestimmt ist es schwer für die Familie Ibrahim, das Opferfest in der Ferne ohne ihre Verwandten feiern zu müssen. Ich würde Nadim so gerne danach fragen.

Ausgerechnet an diesem Tag bringt Jonathan eine Klassenliste mit Telefonnummern und E-Mail-Adressen mit nach Hause. Mein Blick sucht sofort Ramis Namen, und ich nehme die Liste wie einen Schatz an mich.

Später wünsche ich Nadim und Reyhan in einer E-Mail ein schönes Opferfest und schreibe, dass es am Wochenende auch in unserem Stadtteil ein Fest gibt und ob sie noch mal Lust hätten, uns zu treffen. Die E-Mail kommt sofort zurück. Daraufhin schreibe ich eine Kurznachricht mit demselben Inhalt an die in der Liste aufgeführte Handynummer, die eine andere ist als die, mit der Nadim am Tag der Einweihungsparty angerufen hat. Vielleicht ist doch alles nur ein Missverständnis, weil die andere Handynummer falsch war. Neue Hoffnung keimt in mir.

Der Gedanke an die gemeinsame Geschichte von der Beinahe-Opferung des eigenen Sohnes begleitet mich durch den Tag. Als Kind habe ich in der Kirche ein Lied gesungen:»Vater Abraham hat viele Kinder, viele Kinder hat Vater Abraham, ich bin eins davon und eins bist du, wir loben unsern Herrn.«

Dass Christen, Juden und Muslime Abraham als Stammvater haben, könnte eine so friedensstiftende Vorstellung sein.

Beim Stadtteilfest am Wochenende ist auch die Schule involviert. Eine der Hauptverkehrsstraßen ist gesperrt, an der großen Kreuzung steht sogar ein Kinderkarussell, ganz nah an dem Haus, in dem die Familie Ibrahim wohnt. Für die Kinder gibt es einen Clown, der Luftballons zu Tieren, Hüten oder Schwertern formt, an vielen Ständen werden kostenlose Aktionen angeboten.

Ich stehe am Stand der Schule und verkaufe Kuchen. Und frage mich, ob Familie Ibrahim sich auch in die Liste für den Kuchenverkauf eingetragen hat. Oder wenigstens zum Fest kommen wird. Vor lauter Gedanken schaffe ich es überhaupt nicht, die anderen Mütter und Väter am Stand näher kennenzulernen. Auf meine Wünsche zum Opferfest habe ich keine Antwort erhalten. Keine Antwort ist auch eine Antwort, würde Mo wahrscheinlich sagen.

Zwei Mütter am Kuchenstand unterhalten sich. Die eine erzählt, dass sie neidisch auf ihre Eltern sei, die gerade Urlaub auf Kos machten und wunderbares Wetter hätten. All inclusive mit allem Drum und Dran.

Ich muss sofort an strandende Flüchtlinge denken, und vor meinem inneren Auge bauen sich Bilder auf von viel zu vielen Menschen in einem verlassenen, ruinenartigen Hotel auf der Insel, die dort ohne Strom und fließendes Wasser ausharren, bis die Behörden mit den Registrierungen nachkommen.

Die andere Mutter steigt in die Strandurlaubsschwärmereien mit ein, und vielleicht, denke ich, ist das auch richtig, denn die griechischen Inseln brauchen dringend den Tourismus. Vielleicht ersehnen sie gerade die Urlauber, die kein Problem damit haben, in dem Meer zu baden, in dem so viele Menschen ihr Leben gelassen haben.

Als die erste Mutter dann erzählt, dass ihre Eltern auch im Touristenboot ins türkische Bodrum rübergefahren seien, das habe nur achtzehn Euro gekostet und dort gebe es eine alte Burg und ein tolles Unterwassermuseum, kommen Jonathan und Jasper angelaufen und bitten um ein Stück Kuchen. Ich versorge die beiden und schicke sie dann mit Tobias zum Luftballon-Clown. Danach haben die anderen Mütter das Thema gewechselt.

Mein Blick geht in die Menge der Vorbeiflanierenden, als dürfe ich den Moment nicht verpassen, wo vielleicht doch die Familie Ibrahim vorbeikommt. Zum ersten Mal fallen mir in diesem Jahr Menschen auf, die sich, zumeist mit Plastiktüten in der Hand, sehr unsicher auf diesem Volksfest bewegen, mutmaßlich Flüchtlinge, nein, ich bin mir sehr sicher, dass es wirklich Geflüchtete sind. Denn die Art, wie sie sich bewegen, offenbart so viel Gehemmtheit und Schüchternheit, so etwas ist mir nie zuvor auf unserem Stadtfest aufgefallen.

Irgendwann verschwimmt die Masse der Flanierenden zu einem bunten Strom, meine Gedanken schweifen ab. Nachdem die Medien Anfang des Monats noch die angebliche Willkommenskultur gehypt haben, hypen sie nun, Ende September, die Sorgen um die Masse an Flüchtlingen. Putin fliegt jetzt auch Luftangriffe in

Syrien gegen den IS, und die USA wollen neue, zielgenauere Atomwaffen in Büchel deponieren. Und wir schaffen es noch nicht einmal, den Kontakt zu einer syrischen Familie zu halten. Meine Gedanken bewegen sich ständig im Konjunktiv. Wenn wir die Ibrahims träfen, dann könnten wir zusammen über das Fest gehen. Dann könnten Rami und Bassam sich mit Jonathan und Jasper beim Luftballon-Clown anstellen. Dann könnten wir der Familie noch die schönen Spielplätze und Parks der Stadt zeigen, bevor es Herbst wird. Wir würden, wir hätten, wir könnten – ich weiß nicht, wie lange ich noch an die Möglichkeitsform glauben werde.

Nachrichtenfluten

In den nächsten Tagen versenke ich mich wieder jeden Abend im Internet. Es wird über zu erwartende Flüchtlingszahlen spekuliert, die CSU fordert Obergrenzen, in Dresden gehen mehrere tausend Pegida-Anhänger auf die Straße, die USA haben in Kundus ein Krankenhaus von »Ärzte ohne Grenzen« beschossen, die zweiundzwanzig Toten nennen sie Kollateralschaden, in der Nähe von Bethlehem stirbt ein dreizehnjähriger Palästinenser, ein russischer Kampfjet ist angeblich kurzzeitig in den türkischen Luftraum eingedrungen und der IS zerstört einen historischen Triumphbogen in Palmyra. Die Nachrichten aus der Welt sind unerträglich, und der Weltfrieden in meinem Esszimmer hatte auch nur kurzzeitig Bestand.

Die Wellen schlagen an den Strand, Gummistiefel im Sand, Drachen im Wind, Gedanken, die aufs Meer hinauswehen. Es sind Herbstferien, wir sind für eine Woche dem Alltag entflohen, haben die Nachrichten, das Weltgeschehen zu Hause gelassen. Und es tut gut, einfach nur auf das Rauschen des Meeres zu hören und nicht auf die Politiker der Welt, Jonathan und Jasper im Sand spielen zu sehen und nicht die Fernsehbilder der Kinder auf der Balkanroute, auf die Weite des Meeres zu blicken und nicht nur die dreißig Zentimeter bis zum Bildschirm, der mir vorgaukelt, das Tor zur Welt zu sein. Ich fühle mich frei, frei von Nachrichten, auch wenn dies nur wenige Tage sein werden. Der Wind weht mir durchs Haar und Wellen spülen Erinnerungen an den Strand.

Zehn Jahre zuvor stand ich am Strand von Selenogradsk. Die Wellen waren hoch und der Ostseewind pfiff mir um die Ohren. Alte

Häuser wollten mir ihre Geschichten erzählen, aber die peitschenden Wellen übertönten sie. Ich lief bis zum Ende der Uferpromenade und von dort immer weiter Richtung Nordosten den Strand entlang, der von Wäldern gesäumt war. Irgendwo hier begann der russische Teil der Kurischen Nehrung. Meine Schritte drückten sich in den weißen Sand, die Wellen rauschten, der Wind flüsterte, aber ich verstand seine Sprache nicht.

Abends hatte sich der Wind gelegt und die Sonne kam heraus. Ich fuhr durch die Wälder der schmalen Landzunge in Richtung der Dünen zwischen Lesnoje und Rybatschi. Auf der einen Seite die Weite der quirligen Ostsee, auf der anderen die Ruhe des Kurischen Haffs. Mein Blick, der das gegenüberliegende Festland suchte und sich dann im Wasser verlor. Das Haff lag still da, sodass man Wasseroberfläche und Himmel kaum von einander unterscheiden konnte, eine klare Horizontlinie nicht auszumachen war. Ruhe breitete sich in mir aus. Ich schickte meine Gedanken über das Wasser, die Flussmündung der Deime hinauf, gegen den Strom, aber meine Gedanken flossen ununterbrochen vorwärts, bei Gwardeisk bog ich in den Pregel Richtung Osten, hätte ich mich jetzt fallen lassen, hätte die Strömung mich nach Westen ins Frische Haff getragen, aber meine Gedanken trotzten der Strömung und gelangten schließlich an die Stelle, wo die Inster und die Angerapp sich ineinander ergossen und zum Pregel wurden, bei Tschernjachowsk, wie Insterburg heute heißt. Warst du auch in Cranz, auf der Kurischen Nehrung, in Sarkau und Rositten, hätte ich meine Großmutter Christel gerne gefragt. Haben sich deine Füße hier in den Sand gedrückt? Deine Augen in der Stille des Wassers den Horizont gesucht? Ich hatte viele Fragen.

Doch weder meine Gedanken noch die Wasserwege führten mich zu einer Antwort.

Syrischer Knigge

A m Montag nach unserem Nordseeurlaub bringe ich Jonathan morgens zur Ferienbetreuung der Kirchengemeinde. Jasper ist im Kindergarten. Es ist kühl, aber die Sonne schickt noch ein paar Strahlen, die im Laufe des Tages die Luft aufwärmen werden. Der Rückweg vom Gemeindehaus führt mich am städtischen Jugendhaus vorbei, ein altes Gründerzeitgebäude, etwas zurückgesetzt hinter einem Zaun. Vor dem Schaukasten steht ein Mann. Ich gucke genauer hin. Mein Herz klopft. Es ist Nadim Ibrahim! Ich grüße ihn schüchtern, schließlich haben wir uns seit fünf Wochen nicht gesehen, aber er gibt mir die Hand und fragt sofort, wie es uns geht.

Er hat Rami gerade in die Ferienbetreuung ins Jugendhaus gebracht, nur wenige Häuser von Jonathans Ferienbetreuung entfernt. Nadim fragt, ob wir sie mal besuchen wollen, so als hätte es die fünf Wochen nie gegeben. Ja, sage ich, und er bittet mich um meine Handynummer. Ich diktiere sie ihm, er tippt sie direkt in sein Smartphone und ruft mich kurz zum Test an. Dann verschwindet er mit den Worten, wir könnten ja telefonieren. Ich blicke ihm hinterher, die Morgensonne scheint auf den Bürgersteig, wir hätten bis zur Kreuzung zusammen gehen können, aber er scheint es plötzlich sehr eilig zu haben.

Auf diesen Moment des Wiedersehens hatte ich so lange gewartet, und das war er nun gewesen, kurz und beinahe so flüchtig, als hätte ich ihn mir nur eingebildet.

Die Liste der nicht angenommenen Anrufe in meinem Handy verrät mir später, dass ich mir den Moment nicht eingebildet habe. Es ist die Mobilfunknummer, an die ich während unserer Einweihungsparty eine Kurznachricht geschrieben, nicht die Nummer von der Klassenliste, an die ich die Wünsche zum Opferfest gerichtet habe.

Mein Schreibtisch liegt voll mit Arbeit: Ein Artikel über eine Ausstellung will geschrieben werden, Anfragen für Kunstworkshops und Lehraufträge warten auf Antwort, zudem blickt mich die Umsatzsteuervoranmeldung vorwurfsvoll an. Aber ich muss an Nadim denken und unsere flüchtige Begegnung. Nachmittags ergreife ich dann die Initiative und schreibe ihm folgende Kurznachricht:»Hallo Nadim, schön dich heute getroffen zu haben. Wir möchten euch gerne mal besuchen. Diese Woche haben wir Donnerstag oder Samstag Zeit. Viele Grüße, Betty«
Eine Antwort erhalte ich an diesem Tag nicht mehr.

Als ich am nächsten Morgen Jonathan zur Kirche gebracht habe, treffe ich auf dem Rückweg wieder Nadim vorm Jugendhaus. Er hat Rami an der Hand. Wir begrüßen uns, und ich frage ihn, ob er meine Kurzmitteilung bekommen habe. Nadim verneint, sucht dann aber in seinem Smartphone und findet sie dort. Ich sehe, dass über der aktuellen Kurzmitteilung von mir die von der Einweihungsparty steht, sie war also auch angekommen. Nadim liest, was ich ihm geschrieben habe, und meint, er wolle das mit seiner Frau besprechen. Dann verschwindet er mit Rami im Jugendhaus.

Später in meinem Atelier, während ich gerade in ein neues Bild versunken bin, erreicht mich eine Kurzmitteilung:»Will kommen, wir würden gerne uns euch auch treffen. Am Samstag haben wir auch Zeit um 03:00 Uhr Nachmittag. Um 15:00 Uhr warten wir auf euch. Nadim und Reyhan«
Ich lese die Nachricht zweimal, dann lege ich das Handy zur Seite und tauche den Pinsel in ein hoffnungsvolles Grün.

Am Abend ignoriere ich die Fernsehnachrichten und gebe stattdessen »Gastgeschenk Syrien« in eine Suchmaschine ein. Ich überlege, welche Kleinigkeit wir den Ibrahims mitbringen können, und möchte wissen, was sich in Syrien bei einem Besuch gehört und was als unangebracht gilt. Dabei lese ich plötzlich, dass, wenn man in Syrien von Einheimischen eingeladen wird, das noch lange nicht so gemeint sein muss. Es gehöre oft zur allgemeinen Höflichkeit, Fremde einzuladen. Deshalb solle man sich bei einer Einladung zwei- bis dreimal bitten lassen, bevor man zusagt, denn erst nach mehrmaligem Einladen meine es der Gastgeber auch wirklich ernst.

Ich sitze da und starre auf den Bildschirm. War das die Antwort darauf, warum unsere Kommunikation in den letzten Wochen nicht funktioniert hat? Hatten wir sie nicht oft genug eingeladen? Hätten wir sie mehrmals bitten müssen? Hätten wir ihre Gegeneinladung zunächst ablehnen müssen?

Das wäre mir tatsächlich sehr fremd, denn wenn ich eine Einladung ausspreche, dann meine ich sie auch so. Ich sage nichts aus Höflichkeit, sondern bin sehr direkt. Und wenn jemand auf meine Einladung nicht reagiert, dann werte ich das als Desinteresse. In meinem Umfeld sind alle so. Niemals käme jemand von uns auf die Idee, mehrmals zu bitten, keine Antwort gilt auch als Antwort, und alle weiteren Bemühungen würden vielleicht als Belästigung ausgelegt.

»Ist doch egal«, sagt Tobias, als ich ihm die Seite mit dem syrischen Knigge zeige. »Jetzt besuchen wir sie doch, und wenn wir sie das nächste Mal einladen, sagen wir einfach direkt dazu, dass wir das auch schon bei der ersten Einladung absolut ernst meinen.«

Von Marmortischen, Gewehren und Zwiebeln

Es ist Samstagnachmittag, und wir machen uns auf den Weg. Tobias hat eine Orchidee gekauft. Ich habe fünf Kunstkarten von mir ausgewählt mit Motiven aus unserer Stadt – schließlich möchte ich ihnen ihren neuen Wohnort gerne näherbringen. Neugierig bin ich und auch ein bisschen aufgeregt, immerhin haben wir uns wochenlang nicht gesehen. Ob wir einfach dort weitermachen können, wo wir aufgehört haben? Oder wird die lange Funkstille zwischen uns stehen?

Das alte Gründerzeithaus an der Kreuzung beherbergt unten ein Geschäft, daneben ist ein unscheinbarer Eingang zu den Wohnetagen. Wir klingeln, der Türsummer ertönt, und wir drücken auf. Im Treppenhaus sind noch die alten Ornamentfliesen, und eine ausgetretene Holztreppe führt uns hinauf. Zwischendurch sind Holzstreben aus dem Geländer gebrochen, es scheint ebenfalls original zu sein. Die Fenster auf halber Treppe weisen auf einen schmalen Hinterhof. Jonathan und Jasper gehen neben uns, auch ihnen ist eine gespannte Zurückhaltung anzumerken.

»Hallo!«, hören wir es von oben rufen. Ich glaube, es ist Bassams Stimme.

Im dritten Stock steht Nadim in der Tür und begrüßt uns, hinter ihm gucken Rami und Bassam hervor, wir ziehen unsere Schuhe aus und betreten die Wohnung. Reyhan kommt und begrüßt mich wieder herzlich mit Wangenküsschen. Mich verunsichert das immer, weil ich nie weiß, ob zweimal oder dreimal, aber als ich Reyhans einnehmendes Lachen sehe, ist mir das egal. Reyhan nimmt uns unsere Jacken ab, und Nadim führt uns durch den Flur, der zur Hofseite in eine Wohnküche übergeht, und bittet uns gegenüber ins Wohnzimmer. Ein kleiner Balkon hoch über der

Straßenkreuzung, seitlich vor dem Fenster lange Vorhänge, die Tapeten gemustert, in der Mitte ein alter Marmortisch auf einem hellen Teppich, zwei Sofas an der Wand und zur Tür hin, zwei Sessel vor dem Fenster und auf einer alten Kommode an der Wand thront ein großer Flachbildschirmfernseher wie ein Tor in die arabische Welt.

Nadim deutet auf die beiden Sofas, wir setzen uns. Der Marmortisch hält schon Waffeln, dazu Nüsse, Rosinen und Schokoladenkekse für uns bereit.

»Die Möbel alle gebraucht bekommen«, sagt Nadim, der wohl sieht, wie mein Blick durch den Raum schweift.

Ich lobe, dass sie schon gut eingerichtet seien, und erzähle, dass auch wir uns diesen Sommer für unser Haus fast nur gebrauchte Möbel gekauft haben, weil wir Massivholzmöbel mögen und diese aus zweiter Hand erschwinglich sind.

Nadim erzählt, wie er sich in den alten Marmortisch verguckt habe. Wie er ihn im Sozialkaufhaus gesehen und direkt gedacht habe, dass dieser Tisch der Mittelpunkt seines Wohnzimmers werden solle. Es sei wahnsinnig schwer gewesen, ihn mit Freunden bis hierher in den dritten Stock zu tragen. Doch jetzt steht er da, mitten im Raum, und hat etwas sehr Würdevolles.

Reyhan, die die ganze Zeit in der Küche nebenan hantiert hat, schenkt uns orientalischen Tee in kleine Gläser und Kaffee ein. Anschließend holt sie noch einen Syrischen Grießkuchen direkt aus dem Ofen und setzt sich, nachdem sie unsere Teller gefüllt hat, neben Nadim in einen der Sessel. Jonathan und Jasper stürzen sich auf die Waffeln. Nadim erzählt, dass Reyhan nach dem Besuch bei uns auch ein Waffeleisen haben wollte. Reyhan lacht, und Nadim verrät, dass sie ständig auf der Suche nach schönen, günstigen Sachen sei, um die Wohnung gemütlicher zu machen und zu ihrem neuen Zuhause.

Der syrische Kuchen ist süß und lecker. Reyhan erklärt, dass er Harissa heißt und wie man ihn backt. Das Eis ist schnell gebrochen.

Wir machen einfach dort weiter, wo wir aufgehört haben, ungeachtet der letzten Wochen. Die Jungen verschwinden bald im Kinderzimmer nebenan, und wir erzählen uns aus unseren Leben.

Nadim und Reyhan haben eine Wohnung in einer Stadt in der Nähe von Damaskus, die haben sie abgeschlossen und zurückgelassen. In dem Haus wohnen noch Verwandte, deshalb wissen sie, dass ein Teil des Hauses zerstört ist, ihre Wohnung vielleicht auch geplündert.

Nadim macht sich Sorgen um seine Eltern. Die haben zweihundert Euro im Monat zum Leben. Früher kostete ein Brot etwa zehn Cent, jetzt kostet ein einziges Brot fünf Euro, und Holz zum Heizen für den Winter gibt es gar nicht.

Reyhans Eltern haben immer kurze Arbeitsvisa für Saudi-Arabien, aber dauerhaft wohnen dürfen sie dort nicht. Da sie in Saudi-Arabien gut verdient haben, haben sie sich vor dem Krieg in Syrien eine wunderschöne große Wohnung neu eingerichtet mit vielen elektrischen Geräten, schönen Möbeln und Teppichen. Reyhan beschreibt detailliert die luxuriöse Ausstattung, die sich ihre Eltern hart erarbeitet hatten und auf die sie stolz waren.

Im Nachbarort war die Hisbollah stationiert, die für Assad kämpfte. Eines Tages stand sie vor der Tür, ihre Gewehre im Anschlag. Die Bewaffneten beschlagnahmten die Wohnung, ab sofort sollten dort Soldaten wohnen. Alles Wertvolle zogen sie ab, und Reyhans Eltern standen ohne Bleibe da. Momentan sind sie in Saudi-Arabien.

Reyhan schenkt mir Tee nach und legt mir Rosinen und Nüsse auf den Teller, obwohl ich eigentlich schon satt bin. Ich kann mir überhaupt nicht richtig vorstellen, wie es ist, wenn jemand mit einer Waffe vor dir steht und dir deine Wohnung wegnimmt, deinen Besitz oder dein Leben.

»Die Amerikaner sind schon in der Nachbarstadt!« Der Bauer vom Nachbarhof meiner Urgroßeltern schien aufgeregt. Seine Tochter warf meiner Oma Grete einen vielsagenden Blick zu.

Schon in der Woche zuvor hatte die Nachbarstochter erzählt, dass die Amerikaner Neger seien. Und was man von denen zu halten hatte, wussten sie schließlich noch aus dem Schulunterricht. Rassenkunde. Außerdem hätte sie schon mehrfach gehört, dass die Neger verrückt auf deutsche blonde Frauen seien. Und sie plünderten auch. Bei ihrem Onkel in der Nachbarstadt seien sie bereits gewesen.

Meiner Oma wurde ganz anders bei dem Gedanken. »Wir müssen ruhig bleiben«, sagte ihr Vater zum Nachbarn.

»Du hast gut reden«, erwiderte dieser mürrisch.

Meine Oma war jung, gerade einundzwanzig Jahre alt, und blond war sie auch. Sie dachte an all die schrecklichen Gerüchte, die sie in den letzten Tagen gehört hatte. Immer wusste jemand, wie weit die Panzer bereits in Richtung ihres Dorfes vorgerückt waren, und bei jeder neuen Meldung wurde ihr banger zumute.

Als ein Junge, der am Dorfrand wohnte, durch die Straße lief und verkündete, dass die Amerikaner nun das nächstgrößere Dorf erreicht hätten, in das sie jeden Sonntag zur Kirche gingen, packte sie die Angst. Wenn sie jetzt eine alte Frau gewesen wäre, die schon viel durchgemacht hatte, aber sie war doch noch so jung! Sie dachte an die Erzählungen der Nachbarstochter, an die dunklen Männer, an ihre langen blonden Haare. Was würde mit ihr passieren, wenn sie auf den Hof kämen? Irgendwie musste sie sich schützen. Sollte sie in den Brunnen springen? Sie blickte hinab in den dunklen Schacht. Die Neger durften sie nicht kriegen. Der dunkle

Brunnenschacht. Die dunklen Männer. Die Angst in ihrem Bauch. Das Wasser tief unten.

»Denkst du an den Gemüsegarten, Grete?« Die Mutter riss sie aus ihren Gedanken. Sie nickte mechanisch, löste ihren Blick vom Brunnen, irgendetwas musste sie tun, irgendwie musste sie sich schützen. Der Gemüsegarten lag zur Straßenseite, zu der Straße, über die die Amerikaner kommen würden. Ihre Schritte zum Haus waren erst zögerlich, dann entschlossen. Sie musste sich älter machen! Und hässlicher. Vor dem Waschtisch öffnete sie ihre Haare, kämmte sie so, dass das dunklere aschblonde Unterhaar sichtbar wurde und das goldblonde Deckhaar darunter verschwand, und band sie zu einem strengen Knoten. Anschließend zog sie sich abgenutzte, lange Kleider an, sodass sie aussah wie eine alte Frau. Im Gemüsegarten blieb das mulmige Gefühl trotzdem, die dunklen Männer gingen ihr nicht aus dem Kopf. Irgendwann öffnete die Mutter das Fenster und lachte herzlich. »Vater hat mich gerade gefragt, wie Elise in unseren Garten käme. Er hat dich für seine alte Schwester gehalten!«

Grete war nicht zum Lachen zumute. Sie beendete die Gartenarbeit und ging durch das Schweinehaus auf den Kornboden, um Zwiebeln zu holen. Die Angst in ihrem Bauch hatte sich festgesetzt. Wann werden sie kommen? Wie wird es ihr ergehen? Was werden sie sich nehmen?

Sie formte ihre Schürze wie eine Tasche und packte die Zwiebeln hinein. Dann stieg sie die Leiter hinunter und trat aus dem Schweinehaus. Motorengeräusche. Plötzlich sah sie es: Ein Lastwagen bog in die Hofeinfahrt, darauf lauter dunkle Soldaten, ihre Gewehre im Anschlag. Vor Schreck ließ sie die Schürze los, die Zwiebeln kullerten auf den Hof, dem Lastwagen entgegen. Die dunklen Männer, die vielen Gewehre – Hilfe, flehte sie in Gedanken –, und jetzt drehten sich die Männer um, blickten auf die Zwiebeln, auf sie, die sich irgendwie versuchte, an ihrer Schürze festzuhalten und ihren Schreck zu verbergen.

Und dann fingen die Soldaten an zu lachen. Sie lachten schallend über den ganzen Hof. Ihre weißen Zähne blitzten in den dunklen Gesichtern. Betreten sah sie auf die Zwiebeln, die auf der Erde verteilt waren.

Ihr Vater trat aus der Haustür, er ging mit sicherem Schritt auf die Soldaten zu und sprach mit ihnen, während sie sich bückte und ihre Zwiebeln auflas. Aus den Augenwinkeln be   obachtete sie, wie ihr Vater sich verabschiedete und der Lastwagen weiterfuhr zum nächsten Hof. Sie hob ihre Schürze mit den Zwiebeln und wandte sich zum Haus.

»Die Amerikaner plündern nicht«, hörte sie die beruhigende Stimme des Vaters. »Bei ein paar Nazis haben sie sich Essen aus der Rauchkammer genommen, habe ich gehört. Ansonsten sollen sie großzügig sein und den Kindern Schokolade schenken. Ich bin froh, dass der Krieg vorbei ist.«

Später musste der Vater meiner Oma seine Jagdgewehre abliefern, denn kein Deutscher durfte mehr Gewehre besitzen. Das war der einzige Verlust. Er besaß nie wieder ein Jagdgewehr, das Geld war zu knapp.

Meine Oma überwand ihre Angst vor den Amerikanern und erzählte mir später lachend von dieser Szene.

»Wir hatten Glück«, sagte sie immer, und während mir ihre Geschichten vorkamen wie Märchen, denn sie lebte glücklich bis an ihr Lebensende, dachte ich wenig darüber nach, dass es damals andere gab, die nicht so viel Glück hatten.

Kleider und Heimaterde

In Syrien gebe es wunderschöne Stoffe und Kleider für wenig Geld, sagt Reyhan und Nadim übersetzt es uns. Die Stoffe aus Aleppo seien die besten. Leider wäre im Koffer kein Platz gewesen für all ihre Kleidungsstücke.

»Meine Frau möchte dir ihre Kleider zeigen.« Ich blicke zu Reyhan, die mich anlächelt, aufsteht und mir andeutet, dass ich ihr folgen soll. Wir lassen die Männer im Wohnzimmer zurück, und ich gehe hinter ihr her. Reyhan trägt auch im Haus die schwarze Abaya mit der Goldstickerei an den Ärmeln. Ich frage mich, was für Variationen von schwarzen Abayas es gibt, die sie mir zeigen will.

Im Schlafzimmer steht der Kleiderschrank gleich links an der Wand, geradeaus vorm Fenster dominiert das riesige Ehebett, ordentlich von einem bunten Überwurf bedeckt. Reyhan bemerkt meinen Blick, sie hebt die Decke ein Stück an und streicht liebevoll über das Patchworkmuster. »Von türkische Flohmarkt.«

Ich nicke anerkennend. »Sehr schön.«

Dann öffnet Reyhan ihren Kleiderschrank. Ich staune. Der Schrank hängt nicht voll mit schwarzen Abayas, sondern die Kleider auf den Bügeln sind farbenfroh und bunt. Reyhan holt ein knalltürkises langes Kleid heraus, lässt mich den Stoff anfassen. »In Syria ten euro«, erklärt sie.

Das Kleid ist auffallend hübsch, und das sage ich ihr auch: »Very beautiful.«

Sie zeigt mir mehrere lange, farbige Kleider, zeigt mir Besätze aus Pailletten oder Spitze und erzählt in einer Mischung aus Arabisch, Englisch und einzelnen deutschen Wörtern von den Kleidern aus ihrer Heimat. Es ist, als hätte sie sich mit den Kleidern aus dem Schrank die Heimat ein Stückchen näher geholt. Sie lässt mich die Stoffe fühlen, ihre Heimat fühlen und nennt dabei immer die günstigen syrischen Preise, so als sei sie eine Basarverkäuferin. Dann holt sie plötzlich kurze Kleider und Blusen aus dem Schrank. Reyhan steht in schwarzem Kopftuch und schwerer Abaya vor mir und hält stolz teils transparente Blusen und Kleider aus duftigen Blumenstoffen in die Höhe. Einige haben sogar Spaghettiträger. »For night«, sagt Reyhan und lacht.

Ich lobe auch diese Kleider, kann aber kaum glauben, was ich da sehe. Dass diese nach außen streng schwarz gekleidete und bedeckte Frau für den häuslichen Bereich dermaßen bunte und freizügige Kleidung besitzt, überrascht mich. Ich habe mir zuvor nie Gedanken darüber gemacht, was muslimische Frauen unter ihrer Abaya oder für die Nacht tragen. Aber wenn man mich gefragt hätte, wäre mir nicht in den Sinn gekommen, dass Reyhans Kleiderschrankinhalt viel bunter und freizügiger ist als mein eigener.

Reyhan hängt die Kleider zurück und schließt die Schranktüren, die mir diesen Einblick gewährt haben. Wir gehen zurück ins Wohnzimmer, wo Tobias und Nadim gerade über die Schule reden.

Nachdem wir uns gesetzt haben und Reyhan uns neuen Tee eingeschenkt hat, lässt sie Nadim übersetzen: Wenn sie irgendwann nach Syrien zurückkönnten, würde sie mir so schöne Kleider mitbringen und schenken.

Reyhan schwärmt von ihrem Land, es ist, als hätten die feinen Stoffe ihre Sehnsucht geweckt. Sie erzählt von den Vorzügen ihres Landes, von all dem, was vor dem Krieg herrlich war. Nadim übersetzt, ich versuche, nicht an die Zerstörung zu denken, nicht an Landminen oder mögliche Verseuchungen durch chemische Waffen, sondern ich höre einfach zu, wie Reyhan und Nadim mit ihren Erinnerungen Syrien über dem stolzen Marmortisch lebendig werden lassen. Reyhan lächelt, ihre Augen glänzen. Und wenn sie eines Tages zurückkehrten, sagt sie, vielleicht kämen wir dann als Touristen nach Syrien. Die Leute dort seien sehr gastfreundlich. Wir bräuchten überhaupt kein Hotel, weil alle Menschen so herzlich seien und uns zu sich einladen würden. Reyhan spricht wie eine Reiseführerin, und Nadim übersetzt die blumigen Beschreibungen ihrer Heimat, sodass meine Gedanken bald nicht mehr im Wohnzimmer, sondern in Syrien sind, und sich das Land von vor dem Krieg in seiner ganzen Schönheit vor mir aufbaut.

Ich wünschte, ich hätte eine Großmutter gehabt, die ihre Heimat auch noch in tausend Kilometern Entfernung im Wohnzimmer hätte lebendig werden lassen können. Die erzählt hätte von ihrer Schulzeit am Oberlyzeum in Insterburg, der Wohnung in der Beletage in Gumbinnen, ihren Badeausflügen zum Wystiter See, dem Hof ihres Onkels in Heiligenbeil oder von der ruhigen Wasseroberfläche des Frischen Haffs. Doch diese Heimat war irgendwo in ihr, unter ihren hochgeschlossenen Kleidern oder Kittelschürzen verborgen. Meine Großmutter Christel war nicht alt, aber sie war krank, und weil sie krank war und ich klein, erschien sie mir unendlich alt. Ich erinnere mich an ihre rheumaverkrümmten, aderschimmernden Finger und ihre von Salbe glasigen Augen. Ihre dunklen Haare trug sie in einem Haarnetz. Wir fuhren einmal die Woche nach dem Großeinkauf zu ihr und brachten ihr Lebensmittel. Sie wohnte im Dachgeschoss eines Sechsfamilienhauses aus den Fünfziger Jahren.

Im Kühlschrank hatte sie stets Schokolade. Kinderschokolade für uns und Yogurette für meine Mutter. Nachdem wir ihr den Einkauf gebracht hatten, saßen wir bei ihr im Esszimmer und falteten aus dem Schokoladenpapier kleine Schiffe oder Weinkelche, während sie sich mit meiner Mutter unterhielt. Manchmal bekamen wir noch einen zweiten oder einen dritten Riegel. Geschichten bekamen wir nie. Keine Anekdoten, keine Kindheitserinnerung, keine Landschaftsbeschreibung, keine Erzählung über meine Vorfahren, kein erinnerter Geruch, kein Lied, gar nichts. Wenn ich an meine Großmutter denke, rieche ich Kamille. Kamillentee, Kamillenpapierhandtücher und Kamillencreme. Ich sehe den kleinen Tisch in der Küche mit der hellgrünen Kaiser-Idell-Lampe und den Medikamentenpackungen, das ehemalige Zimmer meines Vaters mit dem Stahlrohrbett, wo das Bügelbrett stand, auf dem sie ihre D-Mark-Scheine glättete, bevor sie uns das Geld zum Geburtstag oder zum guten Zeugnis schenkte. Sie war in allem ordentlich und sorgfältig.

Eines Tages stürzte sie im Treppenhaus, brach sich das Bein, kam erst ins Krankenhaus und anschließend ins Altersheim. Sie war mir fremd, diese Großmutter, die wir am Wochenende besuchten, die krank war und nicht wie unsere andere Großmutter – meine Oma Grete vom Bauernhof – mit uns spielen konnte, Puppenkleider für uns nähte und uns unermüdlich Geschichten erzählte.

Als ich klein war, bestand meine Großmutter Christel für mich aus verkrümmten Händen, glasigem Blick und ab und zu aus Kinderschokolade oder gebügelten Geldscheinen.

Als meine Großmutter starb, war ich elf. Ich fand es schrecklich, wie andere Leute uns erst ihr herzliches Beileid wünschten und dann den Beerdigungskuchen in sich hineinstopften. Auf dem Friedhof legten sie meine Großmutter Christel neben meinen Großvater Fritz, der acht Jahre zuvor gestorben war. Auch meine Urgroßmutter Betty lag in dem Familiengrab, und auf dem Grabstein stand zum Gedenken der Name meines Urgroßvaters Ernst. Auf dem älteren Teil des Friedhofs lag in einem Einzelgrab meine Ururgroßmutter Berta, die Großmutter meiner Großmutter. Keiner von ihnen wurde in seiner Heimaterde begraben.

Von Tretrollern, Tänzerinnen und Erinnerungen

Als ich Rami und Bassam wackelig auf unseren Tretrollern fahren sehe, während Jonathan sicher auf seinem Fahrrad und Jasper auf seinem Laufrad an ihnen vorbeibrausen, wird mir klar, wie viel Luxus unsere Kinder genießen. Bobbycars, Laufrad, Dreirad, Fahrrad und zwei Tretroller – wie die meisten unserer Bekannten haben wir für unsere Kinder einen ganzen Fuhrpark zu Hause. Bis heute habe ich mir keine Gedanken darüber gemacht, ob man seinen Kindern in einem Kriegsgebiet Fahrradfahren oder Rollerfahren beibringt. Nadim und Reyhan feuern ihre Söhne an, und es klappt immer besser. Sie sind nach dem Freitagsgebet in der Moschee auf unsere Einladung vorbeigekommen, damit sich die Jungen austoben können.

Als ihre Söhne sicherer werden, setzen wir uns alle auf die Terrasse. Obwohl sich der Oktober dem Ende zuneigt, ist die Luft mild und trocken. Bei Kaffee, Tee und Rosinenstuten vom Bäcker machen wir es uns gemütlich und unterhalten uns über die Kinder und über die Schule, normale Elternthemen, die wir auch mit unseren deutschen Freunden besprechen.

Irgendwann fällt mir meine alte Musikkassette ein, ich verschwinde im Haus und komme mit ihr und Jonathans CD- und Kassettenspieler zurück auf die Terrasse. Ich hätte da ein arabisches Lied, sage ich, und ich wüsste gerne, ob man das wirklich mit »Tänzerin, wie schön du bist« übersetzen kann. Nadim und Reyhan blicken mich erstaunt an.

Ich erzähle ihnen nicht, dass ich einiges an arabischer und türkischer Musik besitze, dass ich mit fünfzehn Jahren angefangen habe, Orientalischen Tanz zu lernen, dass ich damals alleine ein Bauchtanzkostüm mit Pailletten und Perlen bestickt habe und darin viele Auftritte hatte. Dass wir auf Festen und Hochzeiten Choreografien getanzt, unser Publikum mit den zitternden Shimmys fasziniert, aber niemals zu nah an uns herangelassen haben. Dass ich mit den Aufführungen mein Taschengeld aufgebessert habe und mein Körperbewusstsein. Dass ich als Jugendliche in meinem Zimmer eine orientalisch eingerichtete Sitzecke hatte, Tausend-und-eine-Nacht-Tee getrunken und von den Pyramiden geträumt habe. Dass ich den Orient immer mit weiblichem Selbstbewusstsein, Koketterie und rhythmischer Musik verbunden habe. Dass ich zwei Schleier kunstvoll um mich wirbeln und einen Säbel bauchzitternd auf meinem Kopf balancieren konnte.

Ohne weitere Erklärung spiele ich einfach das Lied vor, zu dem wir früher einen Krugtanz vorgeführt haben: Meist zu Beginn eines Auftritts kamen wir mit einem um den Körper gebundenen durchsichtigen Schleier über unserem bauchfreien Kostüm und einem auf der Schulter getragenen Tonkrug herein – stolz und unnahbar – und tanzten kokett den Gang der Frauen zum Brunnen. Und nun möchte ich gerne wissen, zu was wir da eigentlich getanzt haben, ob das Lied wirklich auf Arabisch ist und »Tänzerin, wie schön du bist« heißt.

Ja, bestätigt Nadim, der Mann besinge wirklich eine Tänzerin und die Schönheit dieser Frau. Reyhan kennt die Musik, sie sei von einem Sänger aus dem Libanon. Nadim meint, das Lied sei kitschig, aber Reyhan widerspricht, das Lied sei eben etwas für Frauen.

Sie wollen wissen, woher ich die Musik habe, aber als ich sage, dass ich als Schülerin dazu getanzt habe, verstehen sie nicht, was genau ich damit meine. Und irgendwie bin ich mir auch unsicher, ob meine Jugendvorstellungen vom Orient mit ihrer Sicht des Orients übereinstimmen.

Deshalb bitte ich Nadim, seiner Frau zu übersetzen, dass ich ihr das Kleid zeigen möchte, das ich zu der Hochzeit meiner Schwester getragen habe. Reyhan folgt mir nach oben, und ich zeige ihr das lange blaue Festkleid mit dem eingesetzten Goldlilienstoff im Vorderteil und der imitierten Schnürung über der Brust. »Very beautiful«, sagt sie, so wie ich es eine Woche zuvor zu ihrem Kleiderschrankinhalt gesagt habe. Dann hole ich das Fotobuch von der Hochzeit meiner Schwester und zeige ihr Fotos, auf denen ich das Kleid getragen habe, zeige ihr meine Schwester, meinen Schwager, meine Eltern. Es sind nur einzelne englische Wörter, mit denen wir uns verständigen, aber Reyhans einnehmendes Lächeln überbrückt sowieso mehr, als Worte es jemals könnten.

Als ich das Fotobuch zurückstelle, fällt mein Blick auf eine unterteilte Glasschale, die ich von meiner Oma Grete geerbt habe. Ich muss daran denken, wie Reyhan mir am vergangenen Sonntag eine ganze Packung Tee geschenkt hat, weil mir ihr Tee so gut geschmeckt hatte, und wie Rami Jonathan eine kleine Spielfigur aus Syrien schenken wollte, die wir aber nicht annehmen konnten. Mich hat das beeindruckt.

Und als ich jetzt die Glasschale sehe, überlege ich, dass ich sie nie benutze und nur wegen meiner Oma aufhebe. Reyhan hatte uns am Sonntag verschiedene Nüsse und Rosinen serviert, vielleicht könnte sie dafür gut eine unterteilte Schale gebrauchen. Spontan nehme ich die Glasschale und schenke sie Reyhan. Die lacht ihr einnehmendes Lächeln und bedankt sich auf Deutsch. Wir packen die Schale in Zeitungspapier und eine Tüte ein und gehen dann zurück zu unseren Männern auf die Terrasse.

Die Kinder haben inzwischen mit bunter Kreide große, ungleichmäßige Gebilde auf den Asphalt gemalt. »Das sind die verschiedenen Länder«, erklärt Jonathan uns, »Jeder wohnt in einem Land, und wenn wir uns besuchen wollen, müssen wir nur über die Grenzen fahren.«

»Genau«, sagt Jasper, »und gleich besucht ihr alle mich.«

Jasper steht mit seinem Laufrad zwischen den Kreidelinien, und die anderen drei kommen mit Fahrrad und Rollern ungeachtet aller Linien zu ihm gedüst. Wenn das so einfach wäre, denke ich. »Hier ist das Meer!«, ruft Rami. »Wir haben Meer vergessen!« Die vier steigen von ihren Rädern ab, nehmen die bunte Kreide und malen Wellen zwischen die Länder. Die Sonne scheint auf den Asphalt, so als wolle sie das Spiel unserer Kinder besonders in Szene setzen: vier Jungen, zwei blond, zwei schwarzhaarig, und alle vertieft in die überschaubare Asphaltwelt, die sie sich selbst geschaffen haben.

Auch Nadim und Reyhan beobachten die Kinder. Dann holt Nadim sein Smartphone heraus und zeigt uns auf einer kleinen Landkarte seine Fluchtroute. Mit dem Boot von der Türkei nach Griechenland, dann über Bulgarien, Serbien, Ungarn und Österreich nach Deutschland. Er weiß noch genau, wie viele Tage oder Wochen er in welchem Land war, bevor er Deutschland erreichte.

In Ungarn sei es schlimm gewesen. Dort wurde er tagelang festgehalten und gezwungen, seinen Fingerabdruck zu geben. Nadim kannte das Dublin-Abkommen, das jeden Flüchtling in dem EU-Land festhalten sollte, in dem er zuerst ankommt. Doch Nadim wollte nicht in Ungarn, sondern in Deutschland Asyl beantragen, deshalb versuchte er den Fingerabdruck zu verhindern. Sie haben ihn so lange mit der Drohung von Essensentzug und Rückschickung erpresst, bis er seine Fingerabdrücke regis-trieren ließ. Zwei Wochen war er in Ungarn. Später erklärte ein deutsches Gericht den Fingerabdruck aus Ungarn für ungültig, weil er unter Zwang gegeben wurde.

Ich frage Nadim, was er mitgenommen habe auf die Flucht. Nadim senkt seinen Blick. Er habe zwei Koffer gepackt. Darin waren seine wichtigsten Sachen, Dokumente, sogar Lieblingsbücher. Als er 2014 floh, seien die Boote noch nicht so überfüllt gewesen, so gelang es ihm, die Koffer bis nach Griechenland zu bringen. Von dort ging es zu Fuß weiter über die Balkanroute. In Bulgarien stand er plötzlich vor einem Fluss, weit und breit gab es keine Brücke, deshalb beschloss er, ihn zu durchqueren, schließlich war es Sommer und heiß. Also nahm er seine beiden Koffer und begann, durch den Fluss zu waten. Das Wasser reichte ihm bis zur Brust. In der Mitte des Flusses war die Strömung sehr stark, er kam ins Straucheln, drohte, von der Strömung fortgerissen zu werden. Er musste ans andere Ufer gelangen! Doch die Koffer hinderten ihn an effektiven Schwimmbewegungen und das Ufer schien in immer weitere Ferne zu rücken. Da ließ er seine beiden Koffer los, sah, wie die Strömung sie forttrug, und rettete sich auf die andere Seite. Seine Kleidung trocknete, aber die beiden Koffer waren verloren. Als er Deutschland erreichte, hatte er nichts als die Kleidung, die er am Leib trug.

»Egal«, sagt Nadim, »sonst ich Fluss nicht überlebt. Leben wichtiger als Koffer.«

»Das stimmt.« Ich sehe die zwei Koffer vor mir in einem reißenden Fluss und wie sie von der Strömung davongetragen werden. Ich hätte in so einen Koffer als erstes mein Tagebuch und Fotos gepackt. »Aber in dem Koffer waren doch bestimmt auch Erinnerungen, oder?«

»Was ist das?«

»Erinnerungen? Das ist das, was in deinem Kopf bleibt von früheren Erlebnissen. In deinem Koffer waren bestimmt auch Dinge, die dich an deine Heimat erinnern. Die dir geholfen hätten, dich an deine Heimat zu erinnern. Erinnerungsstücke.«

Ich merke, dass Nadim nicht mehr über die Koffer reden möchte. Stattdessen ist er fasziniert von dem neuen Wort.

»Wie heißt das?«

»Er-in-ne-run-gen. Erinnerungen.«

»E-rin-nun-gen.«

»Fast. Erinnerungen.«

»Erinnerung.«

»Ja, eine Erinnerung, viele Erinnerungen.«

»Erinnerungen.«

»Ja, genau, jetzt kannst du es!«

Ich weiß nicht, wie oft Nadim an diesem Nachmittag noch stolz das Wort Erinnerungen wiederholt. Es ist schwierig auszusprechen für ihn, aber beim Abschied kann er es.

Mein Opa Albrecht wurde von seinen Erinnerungen verfolgt. Er floh vor ihnen, aber sie ließen ihm keine Chance. Fanden ihn überall, holten ihn ein, jede Nacht. Meine Oma Grete soll morgens immer ihren Kindern erzählt haben:»Albrecht war letzte Nacht wieder im Krieg.« Er war in Russland gewesen, hatte als Offizier dort den Bau von Brücken beaufsichtigt, und noch Jahrzehnte später schlugen seine Träume jede Nacht die Brücke in die Vergangenheit.

Von Beruf war er Müller, betrieb nach dem Krieg eine Pachtmühle und geriet durch einen Unfall seines Lastwagens in große Geldsorgen. Anfang der Fünfziger Jahre erhielt er das lukrative Angebot, Offizier in der neu gegründeten Bundeswehr zu werden und damit für sich und seine Familie ein gutes Auskommen zu haben. Er lehnte ab. Vielleicht weil er nicht noch mehr Brücken in die Vergangenheit brauchte.

Kurz nach meinem ersten Geburtstag starb er – mit erst neunundfünfzig Jahren. Vermutlich wird man nicht alt, wenn man jede Nacht im Krieg verbringt.

Von Landschaften und Schranken

Als wir mit den Ibrahims in der Hochhaussiedlung aus dem Bus steigen, ist die Luft warm und frühlingshaft. Der Himmel präsentiert sich für Anfang November ungewöhnlich blau. Es ist, als wolle die Sonne für unseren gemeinsamen Ausflug in den Tierpark den Stadtrand im besten Licht erstrahlen lassen. Wir biegen in die Landstraße stadtauswärts ein, die beidseitig von buntbelaubten Bäumen gesäumt ist. Dazwischen das Ortsausgangsschild und ein Naturschutzgebietsschild. Eben waren wir noch in der grauen Siedlung, jetzt staunt Nadim, als er die lange Allee, das leuchtende Laub und die weiten Felder sieht.

»Ich habe nicht gewusst«, sagt er, »dass hier so schöne Natur. Syrische Menschen wohnen alle in Innenstadt.«

»Das habe ich mir gedacht. Deshalb wollte ich es euch zeigen.«

Es ist tatsächlich so, dass die Ibrahims an der Hauptverkehrsachse der Stadt wohnen und zu Einkauf, Sprachkursen und Besuchen immer nur diese Achse entlang fahren müssen. Viel mehr haben sie bislang nicht von der Stadt gesehen, dabei ist die ländliche Allee zum Tierpark gerade einmal zwei Kilometer von ihrem Haus entfernt.

»Sehr, sehr schön«, sagt auch Reyhan und deutet auf einen grünen Trecker mit roten Felgen und Anhänger, der auf dem Feld vor dem blauen Himmel fast wie gemalt wirkt.

Herbstlaub raschelt unter unseren Füßen. Die Kinder laufen vor. Wir lachen, reden über die Landschaft und das Sonntagsausflugswetter. Ich zeige auf den Weg, der links in den Wald führt, davor eine Schranke, um Autofahrer fernzuhalten. »Dort kann man auch schön spazieren gehen.«

Nadims Miene wird ernst. Er bleibt stehen, starrt auf den Waldeingang.

»Was ist los?«, frage ich.

»Das da, mit rot und weiß, wie sagt man auf Deutsch?«

»Du meinst die Schranke?«

»Nein, nicht Schrank, die Sperr-Stange.«

»Ja, das nennt man Schranke. Wie Schrank, nur mit e am Ende.«

»Schranke?«

»Ja, genau.«

»Ich mag nicht Schranke.« Nadim fixiert noch immer den
Waldeingang. »In Syrien überall Schranke mit Soldaten. Überall
Kontrolle. Immer Pass zeigen, Soldaten gucken, dann du darfst
weiter oder nicht.«

Reyhan sagt etwas auf Arabisch zu ihm, daraufhin wendet Nadim sich ab und wir gehen etwas schweigsamer die Allee entlang.

Im Tierpark füttern wir Ziegen und Rehe, machen auf dem
Spielplatz ein Picknick, und ich lerne, dass Erdmännchen auf Arabisch »Nasnas« und Hase »Arnap« heißt. Mir gelingt es dabei
nicht, das R zu rollen, es bleibt klanglos in meinem Hals stecken,
obwohl Nadim es mir immer wieder vorspricht. Wir lachen.

»In Deutschland viele Menschen haben Hunde«, sagt Nadim.

»Ja«, bestätigt Tobias. »In Syrien nicht?«

Nadim schüttelt den Kopf. »Hunde leben hier in Häusern.«

»Richtig, sie sind die besten Freunde des Menschen. Für manche Leute sind sie auch Kinderersatz. Für viele Deutsche sind Haus-
tiere sehr wichtig.«

»In Syrien nur Hunde von Hirten und Hunde passen auf Haus auf.«

»Du meinst Hütehunde und Wachhunde?«

»Hund mit Hut und Hund nicht müde?«

Wir lachen. »Nein. Ein Hütehund behütet Schafe oder Ziegen,
behüten heißt aufpassen. Und ein Wachhund bewacht ein Haus

oder ein Gelände, er schützt das Haus zum Beispiel vor Einbrechern.«

»Ja, nur so Hunde in Syrien. In Haus Hunde dürfen nicht. Hunde haben ein Bakterium in sich, nicht gut, das macht krank. Deshalb wenn Muslim hat Spucke von Hund angefasst, er muss waschen Hände sechsmal mit Wasser und Seife und einmal mit Sand.«

Tobias grinst. »Hier gibt es Hunde, die schlafen im Bett, kacken auf Kinderspielplätze, gehen zum Frisör und bekommen selbstgekochtes Essen. In manchen Restaurants werden Hunde lieber gesehen als Kinder. Mit Katzen ist es übrigens ähnlich.«

Nadim schüttelt ungläubig den Kopf. »Katzen in Syrien auch wohnen in Häusern, aber ich mag nicht.«

Die Kinder reißen uns aus dem Gespräch. Sie sind genug gerutscht, geschaukelt und gewippt, jetzt wollen sie weiter zu den Kaninchen. Wir packen Essen und Trinken zurück in unsere Rucksäcke. Jonathan und Jasper laufen voraus.

Später dürfen die vier Jungs Kleingeld in einem Spendentrichter rollen lassen, damit es die Tiere im Winter warm haben. Während wir die kreisenden Münzen beobachten, muss ich an die Menschen auf der Balkanroute denken und frage mich, ob sie es im Winter warm haben werden.

Wenn ich abends vor meinem Computer sitze und in die weite Welt des Internets und der Nachrichten hinausschaue, dann klatscht niemand mehr, sondern meistens runzelt irgendjemand die Stirn. Die einen wegen der humanitären Situation der Flüchtlinge, die anderen, wenn sie über Zahlen und Kapazitäten sprechen. Elf Millionen Syrer sind innerhalb und außerhalb von Syrien auf der Flucht, wieder gab es Tote bei Bootsunglücken vor den griechischen Inseln, die See ist inzwischen kalt und stürmisch, die Überfahrten werden noch gefährlicher, Tsipras schämt sich für die Unfähigkeit Europas, Ungarn hat seit Mitte Oktober seine Grenzen abgeriegelt, die Menschen stehen vor Natodraht, jetzt kommen sie über Slowenien, unzählige Flüchtlinge sind auf der Balkanroute unterwegs, auf den Fernsehbildern sehen sie aus wie ein langer Menschenwurm, der Andrang an der österreichisch-deutschen Grenze ist groß, die Notquartiere in Bayern überfüllt, die große Koalition wegen der Flüchtlingskrise zerstritten, in Freital wird ein Anschlag auf eine Asylbewerberunterkunft verübt, die Union schlägt Transitzonen vor, der Innenminister will den Familiennachzug für syrische Flüchtlinge verbieten, die Koalition einigt sich auf einen Kompromiss, die AfD veranstaltet einen Protestzug in Berlin, eine Gegendemo gibt es auch, Schäuble sagt, die Aufnahmekapazitäten seien begrenzt, winterfeste Zelte werden in Flüchtlingslagern errichtet und Bedford-Strohm erklärt, wenn Europa sich auf seine christlichen Wurzeln berufen wolle, müssten alle zur Aufnahme von Menschen in Not bereit sein.

Die Menschen in Not sitzen im Gemeindesaal, unsicher vor den Kuchen der Ehrenamtlichen. Einige ältere deutsche Frauen laufen geschäftig mit Thermoskannen voll Kaffee und Tee zwischen den Tischen umher, ein paar Männer wenden sich mit Englisch, Händen und Füßen den Unsicheren zu, jemand beugt sich kopfschüttelnd über amtliche Formulare, einige scheinen sich bereits länger zu kennen und sind schon mitten im Gespräch, das einzige deutsche Kind in der Spielecke wird von den Flüchtlingskindern sofort integriert.

Ich weiß nicht genau, warum ich hier bin. Vielleicht weil ich es unerträglich finde, den Nachrichten tatenlos zuzusehen. Aber jetzt blicke auch ich mich verhalten um, bevor ich einen freien Platz an einem Tisch sehe, an dem überwiegend Frauen sitzen. Zwei ältere Frauen, drei Frauen in meinem Alter, eine mit Mann, und dazu ein paar jüngere Mädchen und Jungen. Ich grüße und stelle mich vor. Bis auf zwei schätzungsweise zwölfjährige Mädchen bin ich die einzige an diesem Tisch, die kein Kopftuch trägt. Anders als Reyhan tragen die Frauen hier farbige oder gemusterte Tücher. Meine langen blonden Haare sind wie immer offen, seltsam, dass mir dieser Unterschied in den ersten Kennenlernminuten immer besonders bewusst ist, so als seien die Stoffe nicht um den Kopf gebunden, sondern hingen trennend zwischen uns. Erst als ich den warmen Blick und die schönen weißen Zähne einer der beiden älteren Frauen sehe, ihre Tochter, die Englisch kann, frage, woher sie kommen, sie ihr Smartphone hervorholt und mir das Foto einer syrischen Stadt zeigt, die sich idyllisch an bewachsene Hügel schmiegt, und anschließend ein Foto von einem zerstörten Straßenzug, traurig auf ein Haus mit fehlender Fassade deutet, erst da lichten sich die trennenden Stoffe und das Fremde rückt in den Hintergrund.

Hafsa, die Tochter, stellt mir ihre Kinder vor, deutet auf das etwa zwölfjährige Mädchen neben sich, zwei Jungen im Grundschul- und ein Mädchen im Kindergartenalter in der Spielecke. Ich hole aus dem Portemonnaie ein Foto von meinen beiden Jungen und zeige es ihr.

»Only two?«, fragt sie. Ich nicke, zwei sind bei uns genug, sogar überdurchschnittlich viele.

Ihre Mutter sagt etwas auf Arabisch, Hafsa übersetzt:»My mother has seven children.« Wo ihre Kinder alle seien, frage ich.

Hafsa und zwei andere Kinder sind nach Deutschland geflohen, zwei Söhne leben jetzt in Schweden, eine Tochter ist noch in Syrien und der älteste Sohn in der Türkei.

Früher in Syrien seien sie alle zusammen eine große Familie gewesen, haben alle nahe beieinander gewohnt, jetzt seien sie überall verstreut.

Ich muss an meine Vorfahren, ihre Geschwister, Cousins und Cousinen denken, die aus den deutschen Ostgebieten flüchtend und vertrieben in Westdeutschland, in Ostdeutschland, in Österreich, Schweden und einer sogar in Litauen gelandet sind. Ohne diese weite Streuung wäre ich als Kind nicht mehrmals in der DDR gewesen und hätte vermutlich auch niemals oberösterreichische Dirndl-Kleider geschenkt bekommen.

Ich betrachte Hafsa und ihre Mutter. Vielleicht macht es die Nachfahren weltoffen, aber die Flüchtlinge selbst müssen nicht nur in einem fremden Land Fuß fassen, sondern sehen auch ihre Familien zerrissen.

Zainab, Hafsas älteste Tochter, spricht mich plötzlich auf Deutsch an.

In Syrien hätten sie ein großes Haus gehabt und sie selbst ein eigenes Zimmer. Ihr Vater habe das Haus damals gebaut. Jetzt sei alles kaputt.

Ich blicke sie betroffen an. Zainab ist noch so jung, ihr Gesicht trägt die letzten kindlichen Züge, aber ihr Körper wird sich bald wandeln. Seit wann sie hier zur Schule gehe, frage ich und staune, dass sie in einem halben Jahr schon so gut Deutsch gelernt hat. Ihre Noten seien noch nicht so gut, bedauert sie, nur in Kunst habe sie eine Eins und Mathe fiele ihr auch leicht, aber die anderen Fächer seien wegen der Sprache sehr schwer.

»Du sprichst schon gut Deutsch, und bald fallen dir auch die anderen Fächer leichter. Lass dir Zeit.«

Sie habe keine Zeit, sagt sie, sie müsse Deutschland zeigen, dass sie es wert sei, hier aufgenommen worden zu sein. Außerdem müsse sie gut in der Schule sein, damit sie Architektur studieren könne wie ihr Vater. Dann steht Zainab auf, geht zu den Kindern in die Spielecke und tröstet ihre kleine Schwester, die gerade den Kampf mit ihrem Bruder um ein Lego-Männchen verloren hat.

Hafsa fragt mich auf Englisch, ob ich auch einen Mann habe, in Deutschland seien offensichtlich viele Frauen ohne Mann, nicht mehr »married« und alleine mit ihren Kindern.

Ich bestätige ihr, dass der zu den Kindern dazugehörige Mann an meiner Seite lebt. Dass Tobias und ich dabei nicht verheiratet sind, sage ich ihr nicht.

Anschließend frage ich Hafsa nach ihrem Ehemann, und als sich ihr Blick senkt, weiß ich schon, dass es die falsche Frage ist. Sie spricht leise, aber die Worte »war« und »dead« sind unüberhörbar. Ich blicke in die Spielecke zu ihren Kindern, die gerade mit Duplo-Steinen ein Haus bauen. Dann auf Hafsa, die ihren Blick wieder gehoben hat und tapfer lächelt.

»Auch ich habe im Krieg jemanden verloren«, erzählte meine Oma Grete. Es klang bedauernd, aber nicht traurig, so als bedaure sie zwar den Mann wegen seines kurzen Lebens, nicht aber sich selbst wegen ihres Verlustes. Vielleicht weil diese Wunde schon lange zugewachsen und auch die Narbe nach all den Jahren nicht mehr zu sehen war. Trotzdem erfuhr ich diese Geschichte nicht als Kind, sondern erst mit Anfang zwanzig, als ich eines Tages Mo mit nach

Hause brachte und meiner Oma als einen Bekannten von mir vorstellte.

»Der sieht ja aus wie Gerd Müller!«, rief sie, und dann holte sie ein kleines Schwarz-Weiß-Foto von einem jungen hochgewachsenen Mann im Anzug mit kurzen dunklen Haaren und Brille, der leichtfüßig über das Trottoir ging, im Hintergrund eine Straßenlaterne, Oberleitungen einer Straßenbahn, eine Haltestelle, Bäume und Häuser. Die Gesichtszüge von Mo und dem Mann auf dem Foto hatten tatsächlich eine gewisse Ähnlichkeit. Wir staunten.

Und dann erzählte sie Mo und mir die ganze Geschichte:

Der Verlobte ihrer Schwester Lenchen kam aus Essen und war als Soldat in der Nachbarstadt stationiert gewesen. Eines Tages hatte er seinen Freund Gerd mitgebracht, der aufgrund einer Verletzung in die dortige Genesungskompanie geschickt worden war. Grete hatte schon von ihm gehört und aus den Erzählungen ihrer Schwester erfahren, dass Gerd sehr nett, aber Brillenträger sei. Daraufhin hatte sie flapsig gesagt: »Ein Mann mit Brille – mein letzter Wille.«

Als sie ihn dann aber kennenlernte, diesen hochgewachsenen, schicken Mann mit seiner lieben Art, störte die Brille nicht mehr. Wenn die Männer frei bekamen, unternahmen sie viel zu viert.

Einmal saßen sie bei ihren Eltern in der guten Stube, und Gerd und ihre Schwester Lenchen spielten gemeinsam vierhändig die »Petersburger Schlittenfahrt« auf dem Klavier. Ihr zukünftiger Schwager und sie selbst saßen auf dem Sofa und hörten zu. Und beide dachten sie sehnsüchtig, wie schön es doch wäre, jetzt selbst neben Gerd beziehungsweise Lenchen zu sitzen und so gut Klavier spielen zu können.

Ein anderes Mal waren sie zu viert im Theater gewesen, und die beiden Soldaten brachten die Schwestern noch zu Fuß die fünf Kilometer nach Hause. Direkt bis zum elterlichen Bauernhof schafften sie es jedoch zeitlich nicht, da sie um Mitternacht wieder in der

Kaserne sein mussten. Deshalb verabschiedeten sie sich am Waldsaum vor dem Dorf von den Schwestern, und zum Abschied bekam Grete ihren ersten Kuss. Als die beiden Männer schon ein Stück gegangen waren, rief sie Gerd zu: »Herr Müller, Sie haben noch etwas vergessen!« Und als er erstaunt zurückkam, schloss sie ihn in die Arme und gab ihm noch einen Kuss.

Damit wurde sie lange aufgezogen, immer wenn sie sich seitdem verabschiedeten, lachte die Schwester: »Habt ihr nicht noch etwas vergessen?«

Irgendwann wurde Gerd gesund und seine Zeit in der Genesungskompanie neigte sich dem Ende zu, er musste zurück an die Front. Bis zu einem Wiedersehen werde es nicht allzu lange dauern, versprach er Grete, denn er sollte auf der Kriegsschule als Offizier ausgebildet werden. Zum Abschied brachte sie ihn zum Bahnhof und winkte dem ausfahrenden Zug hinterher.

Nun war sie auch eine von diesen Mädchen, die immer auf Post warteten, auf eine Nachricht von der Front. Sie dachte daran, was für eine gute Figur er neben ihrer Schwester am Klavier gemacht und wie wunderbar sich seine Küsse angefühlt hatten.

Eines Tages musste sie zum Standesamt ins Nachbardorf, dort arbeitete zu dem Zeitpunkt ihr früherer Lehrer Wolf. Vorher war sie bei der Poststelle gewesen und hatte die Briefe für ihre Familie abgeholt. Während der frühere Lehrer ihre Urkunde beglaubigte, guckte sie die Post durch. Sie konnte es gar nicht erwarten, endlich eine Nachricht von ihrem Gerd darunter zu finden.

»Na, Mädchen«, bemerkte Lehrer Wolf. »Du guckst so nach den Briefen? Erwartest du einen Brief? Hast du denn auch schon einen Freund?«

Sie nickte etwas verschämt und stolz zugleich. »Ja, den habe ich.«

»Wo ist denn dein Freund?«, fragte er sie freundlich.

»In Russland.« Grete seufzte und blickte schüchtern lächelnd zu ihrem Lehrer.

Was war plötzlich mit ihm? Lehrer Wolf guckte sie starr an, wurde bleich, Tränen traten ihm in die Augen, flossen seine Wangen hinunter, er stand auf und stürzte wortlos aus dem Zimmer.

Seltsam, dachte Grete, so hatte sie den Lehrer nie zuvor gesehen. Erst wartete sie, aber als Lehrer Wolf nicht zurückkam, nahm sie ihre Urkunde und ging zurück zum Hof.

Zu Hause erzählte sie ihren Eltern von dem merkwürdigen Verhalten des früheren Lehrers. Ihre Eltern nahmen das zur Kenntnis, sagten jedoch nichts.

Einige Zeit später erhielt Grete eine Karte von Gerd. Ein Kamerad hatte die Karte für ihn geschrieben und Gerd sie nur mit krickeligen Buchstaben unterschrieben. Er habe einen Bauchschuss erlitten und es ginge ihm nicht gut. Grete sah immer wieder das hilflose Unterschriftsgekritzel auf der Karte an und machte sich große Sorgen.

Schließlich erreichte sie ein Brief von Gerds Mutter aus Essen. Sie habe die Nachricht erhalten, dass ihr Sohn in Russland gefallen sei.

Grete las immer wieder den Satz. Gerd erschossen irgendwo in Russland – das war so unwirklich. Seine kritzelige Unterschrift. Er hatte noch an sie gedacht, ihr geschrieben. Und jetzt war er tot, das konnte sie nicht glauben. Vor kurzem hatte er doch noch die »Petersburger Schlittenfahrt« am Klavier gespielt und ihr »Haben-Sie–nicht-noch-etwas-vergessen«-Küsschen auf den Mund gedrückt. Er wäre der Mann gewesen, den sie hätte heiraten, mit dem sie hätte Kinder kriegen können. Aber jetzt würde er nie mehr wiederkommen, und sie saß traurig da wie so viele Frauen in diesen Jahren.

Ihre Eltern wirkten nicht überrascht. Lehrer Wolf habe das damals im Standesamt schon vorausgesehen, sagten sie, ihnen sei das sofort klar gewesen, aber sie wollten Grete schonen. Der Lehrer sah vieles voraus, aber er sprach nicht darüber. Und letztlich machte das ihren Freund auch nicht wieder lebendig.

Gerds Mutter lud sie später nach Essen ein. Sie wollte die Freundin ihres verstorbenen Sohnes kennenlernen. So fuhr Grete acht Tage ins Ruhrgebiet und lernte Gerds Elternhaus kennen. Aber nicht nur das, sie erlebte in diesen Tagen auch, wie sehr sich der Krieg in der Großstadt von dem Krieg auf dem Land unterschied.

»I'm so very sorry about that«, sage ich zu Hafsa und stelle mir vor, wie schwierig es sein muss, alleine mit vier Kindern in einem fremden Land anzukommen.

Hafsa erzählt, dass sie jetzt wenigstens nicht mehr in der Flüchtlingsunterkunft leben müssen, sondern eine eigene Wohnung im Osten der Stadt bezogen haben. Und ich solle sie dort unbedingt mal besuchen. Ich lächle freundlich, vermutlich war es keine wirkliche Einladung, sondern eine Höflichkeitsfloskel. Sie sind gerade eingezogen. Ich denke an die vielen Sachen, die wir noch vom Umzug übrig haben. Vielleicht könnten sie manches davon gut gebrauchen. Aber ich habe Angst, sie mit so einem Hilfsangebot zu beleidigen, deshalb sage ich nichts.

Später unterhalte ich mich noch mit Maren, einer jungen Helferin, die eigentlich gerade ihre Bachelorarbeit schreibt, aber fast ihre gesamte Zeit in die Flüchtlingshilfe steckt. Sie ist voller Wut. Auf die Politik, auf die Stadt, auf die vielen Steine, die den Ehrenamtlichen in den Weg gelegt werden.

»Wenn die Flüchtlinge eine eigene Wohnung bekommen«, erzählt Maren, »dann gibt die Stadt ihnen einen Schlüssel und die Adresse und die Menschen können sehen, wie sie klarkommen. Niemand erklärt ihnen die Heizung, die Hausordnung oder die nächste Einkaufsmöglichkeit, dabei gäbe es genug Ehrenamtliche, die die Flüchtlinge in ihre Wohnung begleiten und sie zum Beispiel bei den neuen Nachbarn vorstellen könnten. Aber wir bekommen keine Information darüber, wenn jemand eine Wohnung zugeteilt bekommt, wegen des Datenschutzes. Neulich kam eine junge Familie mit ihrem Neugeborenen direkt aus dem Krankenhaus in die zugeteilte Wohnung und wusste nicht, wie sie die Heizung und das Wasser warm kriegen. Bis sie sich getraut haben, uns Ehrenamtliche um Hilfe zu bitten, saßen sie mit dem Säugling im Kalten.«

»Es war ein sehr kalter Winter mit Schnee, Eis und Wind, in dem viele Menschen erfroren. Martin hatte mit fünfzehn Jahren römischer Soldat werden müssen, weil damals die Söhne von Berufssoldaten zum Kriegsdienst eingezogen wurden. Eines Tages begegnete er vor dem Stadttor einem armen Mann, der außer Lumpen nichts am Leib trug. Martin hielt sein Pferd an, er hatte Mitleid mit dem Mann. Er nahm seinen warmen Mantel und teilte ihn mit dem Schwert in zwei Hälften. Die eine Hälfte gab er dem Bettler, mit der anderen Hälfte ritt er fort.«

»Oh«, sagt Nadim. »Das ist gute Geschichte. Soldat macht nicht Krieg, Soldat macht gut, gibt halbe Mantel.«

»Ja, genau, das ist eine Geschichte vom Teilen. Deshalb haben sich die Kinder vor dem Martinsumzug der Schule auch in ihren Klassen getroffen und sich einen riesigen Weckmann geteilt. Schade, dass ihr den Umzug verpasst habt, ich hätte euch schon früher die Martinsgeschichte erzählen sollen und dass die Laternen Licht in die Dunkelheit und die Martinsfeuer Wärme bringen sollen, so wie Martin durch seine Barmherzigkeit dem armen Mann Wärme gebracht hat. Dann wäre euch das nicht so fremd gewesen. Vielleicht seid ihr nächstes Jahr dabei.«

Nadim nickt. »Soldat teilt.« Er scheint sich noch immer über die Geschichte zu freuen. »Das ist gute Soldat. Viele Soldaten schlecht, aber diese Soldat gut. Warme Mantel gut. Arme Mann nicht erfroren.«

Die alte Königsbergerin führte uns mit kühler Strenge durch die Ausstellung. Ihre Bernsteinkette bestand aus viel zu dicken Klunkern, sie erschienen mir fast provozierend dick, so als würde sie mit ihnen ihre ostpreußische Herkunft und das damit verbundene Leid demonstrativ vor sich hertragen. Irina begleitete mich – die alte Königsbergerin redete mit ihr wie mit einem kleinen Kind. Dabei lebte Irina schon lange in Deutschland und hatte bis auf einen leichten Akzent mit der Sprache keine Pro-bleme. Irina war in Kaliningrad geboren, in der Stadt, die bis 1945 deutsch war und früher Königsberg hieß.

Stolz zeigte die alte Frau auf die Bildnisse von Immanuel Kant und Käthe Kollwitz, beide ebenfalls in der Stadt geboren, und Johann Gottfried Herder habe hier studiert. Ich stand zwischen Irina und der alten Frau, vielleicht war es keine gute Idee gewesen, hierher zu kommen – Irina schien eher desinteressiert an der deutschen Vergangenheit ihrer Geburtsstadt und die alte Königsbergerin konnte ihren belehrenden Tonfall nicht ablegen.

Bernsteinmöbel, Bernsteinschmuck, Bernsteinfiguren, Bernstein mit und ohne Einschluss. Die alte Königsbergerin, die auf mich so besserwisserisch und kühl wirkte, beugte sich über die Vitrine. Ihre dicke Bernsteinkette pendelte über den Auslagen. Dann sagte sie plötzlich mit mechanischer Stimme: »Ich war bis 1948 in Königsberg.«

1948, die Zahl hallte dumpf durch den Raum. Ich wusste, dass die meisten Deutschen in den ersten Monaten des Jahres 1945 geflohen waren. Dass von den etwa hundertfünfzigtausend verbliebenen Deutschen, die die Rote Armee im April 1945 antraf, Ende des Jahres durch Hunger, Krankheiten und Übergriffe nur noch zwanzigtausend übrig waren. Danach noch bis zur endgültigen Ausweisung 1948 zu überleben, gelang nur wenigen.

Die alte Königsbergerin hatte ihren Blick noch immer auf die Bernsteine in der Vitrine gerichtet. Einen etwas größeren mit Einschluss schien sie zu fixieren. Dann blickte sie kurz zu uns auf: »Mein kleiner Sohn ist verhungert und meine Tochter erfroren.«

»Da werden Kinder erfrieren, wenn der Winter kommt und das so weitergeht«, sagt Mo, während er einen Schluck Bier nimmt. »Du kannst dir das nicht vorstellen.«

Ich betrachte Mo, seine wuscheligen Haare, seinen melancholischen Blick und die Ringe unter seinen Augen – er sieht verändert aus. Als ich gehört habe, dass er sich spontan einem privaten Hilfstransport auf die Balkanroute angeschlossen hat, konnte ich es erst nicht glauben. Er wolle seinen Liebeskummer vergessen und sich ablenken, vielleicht sei das eine Möglichkeit, nicht mehr nur um sich selbst zu kreisen, hatte er vor der Abfahrt gesagt.

Nun ist er seit ein paar Tagen wieder hier. Er spricht ruhig, aber ich glaube, er hat viel Wut im Bauch.

»In Slowenien gab es ein Flüchtlingslager, umgeben von Zäunen, dort schliefen die Menschen bei fünf Grad Celsius draußen, manche ohne Decken. Teilweise gab es sehr bemühte Helfer, aber die Polizisten drohten mit Pfefferspray und brüllten die Menschen an, wenn sie sich nicht fügten. Auch in einem Lager in Kroatien wurden die Flüchtlinge rumgescheucht und wie Vieh behandelt. Die Zelte waren unbeheizt, dort lagen Europaletten auf dem Boden zum Schlafen, und die, die auf einer Palette und nicht auf dem Boden schlafen durften, hatten noch Glück. In Kroatien haben viele Flüchtlinge von Polizeigewalt berichtet. Auch in Serbien habe ich mitbekommen, wie Polizisten die Menschen angeschrien haben. Ich habe Menschen gesehen, die keinerlei Winterkleidung hatten, viele husteten und waren krank, besonders die Kinder. Du kannst dir nicht vorstellen, wie dankbar uns die Menschen waren für Essen, Regenkleidung und Decken.«

Mo macht eine Pause, auch ich weiß nichts zu sagen. Wir sitzen einfach da und schweigen. Zwischendurch nippen wir an unseren Getränken. Dann sagt Mo in die Stille hinein:»Wenn ich diese Lager mit den unwürdigen Bedingungen schwarz-weiß eingefärbt hätte, hätte mich das an eine andere Zeit erinnert. Ich glaube nicht mehr an Europa.«

Alles beginnt mit einem Knall während des Fußballspiels im Stade de France und endet mit hundertdreißig Toten. Ich erinnere mich, wie ich als Studentin in milden Sommernächten unter dem Eiffelturm saß und mich mit Menschen aus ganz Europa und anderen Teilen der Welt unterhielt, wie Paris mich später zusammen mit Tobias aufnahm in seine Straßen und Cafés, in seine Museen und Einkaufszentren, in seine Kirchen und Parks, wie einfach diese Stadt es uns immer machte, uns trotz ihrer Größe geborgen zu fühlen. Und jetzt hatten Terroristen mit Maschinengewehren in Cafés und auf einem Konzert gewütet, gemordet, geschlachtet, in dieser hellen, freundlichen Stadt ein Blutbad hinterlassen und sich anschließend selbst in die Luft gesprengt.

Ich gehe zur Tagesordnung über, ziehe unser Wochenendprogramm mit dem Besuch eines Straßenfestes und einer Ausstellungseröffnung durch, man darf sich nicht lähmen lassen von diesen Nachrichten, auch wenn Paris näher ist als Ankara oder Beirut.

Politiker und Medien gehen nicht zur Tagesordnung über. Es herrscht Ausnahmezustand, nicht nur in Paris.»Die Welt hat sich am letzten Freitag verändert«, sagen sie. Die Welt hat sich überhaupt nicht verändert, denke ich, sie hat nur einmal mehr ihr hässliches Gesicht von Hass, Zerstörung und Terror gezeigt. Nachrichten, Spekulationen und jeden Abend ein»Brennpunkt«, obwohl es nichts Neues zu berichten gibt. Politiker und Medien fahren Kriegsrhetorik auf, inszenieren Betroffenheit und schüren Angst. Ich sitze da und frage mich, was hier gerade alles passiert. Und vor allen Dingen: wem das etwas nützt.

Während alle ihren Blick auf den Terror werfen, erlaubt die belgische Atomaufsicht fast unbemerkt den Neustart der beiden Rissreaktoren »Tihange 2« und »Doel 3«. Der Klimagipfel in Paris wird stattfinden. Die Demonstrationen, die es für höhere Klimaziele in Paris vor und nach dem Gipfel geben sollte, dürfen wegen Sicherheitsbedenken nicht stattfinden. »Ausnahmezustand« heißt es in den Medien, und manchmal fällt es mir schwer, mir und meiner Familie die Normalität zu bewahren.

Als Kind spielte ich im Sommer mit meinen Freunden in einem Sandkasten auf einer kleinen Wiese zwischen den Reihenhäusern. In unserer Siedlung war es friedlich, eine Sackgasse mit wenig Verkehr, schmale Reihenhausgärten nebeneinander, ab und zu hörte man einen Rasenmäher oder einen Nachbarn schimpfen. Wir bauten Burgen und buken Sandkuchen, Insekten summten in den Blumen, wenn die Wiese ungemäht war, Schmetterlinge flatterten, manchmal sammelten wir Marienkäfer, vor Wespen liefen wir weg, oft breiteten wir eine Decke aus und machten Picknick.

Irgendwann begann immer ein scharfes, aber noch fernes Geräusch die Ruhe zu durchschneiden. Es wurde lauter, kam näher, das Geräusch wälzte sich ohrenbetäubend über uns, dann sahen wir die dunklen Düsenjäger am Sommerhimmel, dicht über unserer Siedlung, wir hielten uns die Ohren zu, um ihr alles einnehmendes, dumpfes Kreischen zu dämpfen, daraufhin wurden die Tiefflieger kleiner, das Geräusch vollführte ein Decrescendo, wurde leiser und leiser und schließlich verschwanden die Düsenjäger mit ihrem Lärm irgendwo hinter den Reihenhäusern. Es war, als hätten die Kampfflugzeuge wie eine Säge einmal den Himmel durchschnitten, doch direkt im Anschluss fügte sich der Himmel wieder zusammen, die Sonne schien friedlich und wir spielten weiter.

Manchmal hörte man die Panzer, die bebend über die Hauptstraße rollten wie über den Asphalt gleitende Presslufthammer. Wenn ich die Soldaten oben auf den militärgrünen Fahrzeugen sah, bekam ich Angst. Und ich fragte, warum die durch unsere Kleinstadt donnern durften. Das seien die britischen Soldaten, sagten meine Eltern, die kämen vom Truppenübungsplatz. Ich verstand nicht, was die übten. Meine Oma hatte den Krieg erlebt, aber der war jetzt, Mitte der Achtzigerjahre, doch lange vorbei. Ich wusste nichts vom Kalten Krieg, nicht, warum Briten bei uns übten, warum Politiker und Länder sich nicht einfach vertrugen wie ich mich nach Streits mit meiner Schwester. Ich wusste nur, dass ich die ohrenbetäubenden grauen Flugzeuge, die meinen Kindheitshimmel manchmal verdunkelten, zutiefst hasste.

Anfang Dezember stimmt der Bundestag für einen militärischen Einsatz der Bundeswehr mit Aufklärungstornados in Syrien. Aufklärungsflüge klingen harmlos. Das fliegende Auge der Luftwaffe, das Zieldaten liefert für die internationale Koalition. Die fliegende Solidaritätsbekundung mit Frankreich.

Aber wenn der Aufklärung Luftschläge folgen, die Zivilisten und keine Terroristen treffen? Sind das dann wieder Kollateralschäden? Wenn Krieg nicht zu Frieden führt, sondern zu noch mehr Krieg?

Was wäre, wenn wir das Geld statt in Aufklärungsflüge in Aufklärung und Prävention hier in Deutschland investierten? Mit neuen Sozialarbeitern, Jugendzentren und frühzeitigen Hilfen dafür sorgten, dass sich niemand Extremisten anschließen müsste? Ich sei eine Träumerin, sagt Tobias, damit ließe sich nicht so viel Geld verdienen.

Ich zucke mit den Schultern. Und sehe die silbergrauen Flugzeuge mit ihrer spitzen dunklen Schnauze vor mir. Der Luftraum über Syrien ist ohnehin schon überfüllt. Dort kämpfen bereits vierzehn Länder, darunter auch welche mit Atomwaffen. Wie muss das für die Menschen in Syrien sein? Ein Himmel voller Kampfflugzeuge und ohne Hoffnung.

Vom Nikolaus, Politik und Dreschmaschinen

»Nikolaus war ein Bischof und hat in Myra gelebt, in der heutigen Türkei. Als seine Eltern während einer Pestepidemie starben, soll er sein reiches Erbe unter den Armen verteilt haben. Während der letzten großen Christenverfolgung um 310 kam er ins Gefängnis und wurde dort gefoltert. Man sagt, neben seiner Wohltätigkeit habe er auch Wunder vollbracht. An seinem Todestag, dem 6. Dezember, feiern wir den Nikolaustag. Dann kommt der Nikolaus zu den Kindern und legt ihnen Süßigkeiten in ihre Stiefel.«

Wir sitzen bei Nadim und Reyhan im Wohnzimmer, und es fällt mir schwer, den Nikolaustag zu erklären und warum wir Rami und Bassam eine Nikolaus-Schokotüte und selbstgebackene Plätzchen mitgebracht haben. Bassam kennt den Nikolaus aus seinem Kindergarten, und Rami freut sich auch so über die Schokolade.

Reyhan hat Yabrak, mit Reis gefüllte Weinblätterröllchen, für uns gemacht. Dazu Samboussek, gefüllte Blätterteigtaschen, und Tabouleh, den arabischen Salat mit Petersilie und Minze, außerdem Waffeln mit heißen Kirschen und ein ganzes Blech Kuchen.

Während wir mehr als reichlich von dem guten Essen auf unsere Teller gefüllt bekommen, erzählt Nadim, dass im Dorf seiner Eltern ein Brot inzwischen umgerechnet fünfzehn Euro kostet. Dort fallen zwar keine Bomben, aber es gäbe keinen Strom, keine Heizung und nur selten Telefonverbindungen. Nur alle zwei bis drei Monate kann er mit seinem Vater telefonieren, um zu hören, wie es ihm geht.

Wenn Nadim von seiner Familie in Syrien spricht, schäme ich mich manchmal für mein betroffenes Schweigen, aber ich spüre die Grenzen meiner Worte, die niemals angemessen sein können.

Auch die köstlichen Weinblätterröllchen in meinem Mund sind nicht angemessen. Reyhan lächelt, als ich ihr Essen lobe.

Rami fragt häufiger, ob sie seine Großmutter nicht nach Deutschland holen könnten, so sehr vermisst er sie. Heute ist Rami sehr still, setzt sich immer wieder zu uns Erwachsenen und spielt weniger mit den anderen. Am nächsten Tag werde Rami von der Integrationsklasse zurück in Jonathans Klasse kommen und er habe etwas Angst davor, erklärt Nadim.

»Du kannst doch jetzt schon gut Deutsch, und vielleicht kannst du ja neben Jonathan sitzen«, versuchen wir ihn zu beruhigen.

Reyhan füllt unsere Teller mit neuen Weinblätterröllchen, Blätterteigtaschen und Salat auf. Die Kinder stürzen sich auf die Waffeln. Während wir essen, erzählt Nadim von den gesunden Zutaten im Salat und im Gebäck. Minze sei ein wichtiges Gewürz in der syrischen Küche. Und Schwarzkümmel helfe gegen jede Krankheit außer den Tod, das habe Mohammed schon im Hadith gesagt. Bei Husten würde Schwarzkümmel mit Honig Wunder wirken. Und dann erzählt er, dass der Prophet den Gläubigen mit auf den Weg gegeben habe, gesund, vollwertig und maßvoll zu essen, und es in ihrer Religion auch viele Gesundheitsregeln gebe.

Ich staune, weil der christliche Glaube nicht in diesem Maße unseren Alltag berührt und auch keine bestimmte Ernährungsweise vorschreibt. Selbst in der Fastenzeit übt man sich heute häufig nicht in Nahrungsverzicht, sondern in der Abstinenz von liebgewonnenen Dingen wie Internet, Auto oder Fernsehen. Wenn überhaupt.

Nadim erzählt, dass es am Anfang für sie schwierig gewesen sei, Halal-Fleisch zu bekommen, aber nun wissen sie, wo es in unserer Stadt das nach dem Koran erlaubte Fleisch zu kaufen gebe. Er erklärt mir, dass Halal-Fleisch kein Blut mehr enthalten dürfe, weil im Koran stehe, dass der Verzehr von Blut verboten sei. Deshalb sei es wichtig, das Tier per Halsschnitt zu schlachten, sodass es ganz ausbluten könne. Das Messer müsse sehr scharf sein, damit die Tiere nichts fühlten. Ich erinnere mich an Fotos von Tierschutzorganisationen, die dazu aufrufen, das Schächten ausnahmslos zu verbieten. Wichtig sei auch, fügt Nadim hinzu, dass ein gläubiger Muslim vor der Schlachtung ein kurzes Gebet oder zumindest den Namen Allahs ausspreche, damit das Fleisch halal sei.

Aber die meisten Tiere werden doch heute in großen Fabriken geschlachtet, wende ich ein, da gibt es doch keinen einzelnen Schlachter mehr. Dann müsse die Maschine gen Mekka ausgerichtet sein und am Bedienknopf ein Muslim stehen, der vor dem Einschalten der Schlachtmaschine das Gebet spreche, entgegnet Nadim. Das sei zumindest die Regel oder das Ideal, in Wahrheit sehe es wohl manchmal anders aus.

Mir ist diese Vorstellung sehr fremd, und es betrübt mich etwas, dass wir den Ibrahims bei ihrem nächsten Besuch bei uns offensichtlich auch nichts von der guten Pute vom Kleinbauernhof, die nach einem Leben mit Auslauf im Freien nun in unserem Gefrierschrank liegt, anbieten können. Wenn ich im Internet Berichte über Schächtung gelesen habe, fand ich das ebenso abstoßend wie unsere Massentierhaltung. Aber jetzt sitzt Nadim vor mir, und ich merke, wie wichtig ihm dieses Thema ist, dass er mit ganzem Herzen das Beste für seine Gesundheit tun möchte, um Allah zu gefallen. Und wenn ich von Kindheit an mit dieser Vorstellung aufgewachsen wäre, würde ich vermutlich genauso denken. Trotzdem spaltet und verwirrt mich dieses Gespräch, und Nadim kann offensichtlich auch nichts mit meinen Erzählungen von glücklichem Geflügel direkt vom Bauernhof anfangen, deshalb bin ich froh, dass wir bald das Thema wechseln.

Reyhan schenkt Tee nach und füllt mir noch mehr Weinblätterröllchen auf, die mir mit ihrer feinsäuerlichen Würzung am besten schmecken.

Wir kommen auf Politik zu sprechen. Nadim sagt, dass es schlimm sei, was in Paris geschehen ist. Er sei selbst erschrocken gewesen, dass so etwas jetzt auch in Europa passiere. Das habe er nicht gedacht. Ich stimme ihm zu, aber bedaure den daraus resultierenden Bundeswehreinsatz in Syrien. Ich erzähle ihm, dass ich in einem militärisch zurückhaltenden Deutschland aufgewachsen bin und mich Kriegseinsätze deshalb sehr befremden.

Deutschland habe in der arabischen Welt im Gegensatz zu den USA, Großbritannien und Frankreich ein gutes Ansehen, erklärt Nadim. Wegen seiner Erfindungen und Errungenschaften. Den Franzosen dagegen werde immer noch ihre einstige Kolonialherrschaft nachgetragen, besonders in Westafrika.

Wir sprechen über die Toten in Paris, in Beirut, in Syrien. ISIS sei grausam, sagt Nadim, aber auch Assad sei schrecklich. Assad sei so schlimm wie Hitler. Er habe unzählig viele Syrer getötet, und in den Staatsgefängnissen lasse er weiter foltern und töten.

Assad sei sicherlich sehr böse, werfe ich ein, aber so schlimm wie Hitler könne er nicht sein, Hitler habe alleine sechs Millionen Juden auf dem Gewissen, von anderen Minderheiten, Soldaten und Zivilisten anderer Länder sowie der eigenen Bevölkerung ganz zu schweigen. Ich habe neulich in einer Dokumentation grauenhafte Berichte über die syrischen Staatsgefängnisse gehört, aber bei dem Hitlervergleich dreht sich meine anerzogene historische Verantwortung im Magen um.

Trotzdem lasse ich Nadim von Assad erzählen und von dessen Verbrechen, von Menschen, die spurlos verschwinden, von Bomben und besetzten Städten, von den vielen Parteien, die in Syrien gegeneinander kämpfen. Zwischendurch werfe ich Dinge ein, die ich gelesen oder gehört habe.

Wir sprechen lange über Politik, und irgendwann meint Nadim: »Für das, was wir hier gerade reden, würden wir beide in Syrien fünf Jahre ins Gefängnis kommen.«

»Grete, komm mit, ich zeige dir, wie die Dreschmaschine funktioniert.« Ihr Vater ging mit ihr in die Scheune, seine Miene war ernst, und als er begann, meiner Oma die Dreschmaschine zu erklären, ihr demonstrierte, dass die Bürsten anliegen mussten, bevor der Motor angestellt wurde, spürte sie das mulmige Gefühl in ihrem Bauch ganz deutlich. Wenn er abgeholt würde, müsste sie die Dreschmaschine bedienen. Wie sollten sie ohne ihn auf dem Hof klarkommen?

Er würde abgeholt werden, da war er sich sicher, der Steiger hatte ihm gesagt, dass er ihn anzeige. Der Mann war Dauergast in der Sommerfrische seiner Schwägerin auf der anderen Straßenseite. Ein kräftiger Mann aus dem Ruhrgebiet; er war dort Steiger im Bergbau gewesen. Ihr Vater hätte besser seine Klappe halten sollen vor dem Nazi, aber das Kriegsende war doch in Sicht, deshalb hatte er zu dem Steiger gesagt, dass sie dann wohl bald die Friedenspfeife anstecken könnten. Wie er das meine, hatte der Steiger gefragt.

»Wir sind am Ende«, hatte ihr Vater geantwortet, »der Krieg wird bald vorbei sein.«

»Was sagst du da? So etwas wagst du zu sagen?« Der Steiger war außer sich vor Empörung. »Ich zeige dich an!«

Und mit dieser Nachricht war der Vater aus der Sommerfrische gekommen, sie hatten am Küchentisch gesessen, waren alle ganz still gewesen und die Mutter hatte geweint. Dann war der Vater aufgestanden, pragmatisch war er mit seiner Tochter in die Scheune gegangen.

Grete bemühte sich, seinen Erklärungen zu folgen, aber eigentlich wartete sie nur auf ein Motorengeräusch, auf Polizisten, die ihn festnahmen. Wann kämen sie? Wie viel Zeit bliebe ihnen noch? Was würden sie mit ihm machen?

Als sie in den Pferdestall gingen und der Vater den beiden Pferden wortlos über Stirn und Ganaschen strich, hätte sie schreien mögen.

Sie konnten ihnen nicht einfach den Vater wegnehmen und einsperren. Das durften sie nicht! Die ganzen letzten zwölf Jahre waren die Eltern nicht verhaftet worden. Obwohl sie von Hitler nichts hielten und der Vater auch keinen Hehl daraus machte, schließlich waren sie tief protestantisch und noch kaisertreu. Ihr hatten sie verboten, in den Bund Deutscher Mädel zu gehen. Beim Besuch des Schulrates war sie damals die einzige gewesen, die sich bei der Frage, wer alles in der Hitlerjugend sei, nicht melden konnte. Der Schulrat hatte Lehrer Wolf gefragt, aus was für einer Familie sie komme, ob sie Zeugen Jehovas seien, und ihr war das als Kind furchtbar peinlich gewesen. Zwar hatte Lehrer Wolf dem Schulrat versichert, dass ihre Eltern ordentliche Leute seien, aber sie hatte sich nichts sehnlicher gewünscht, als wie alle anderen Kinder zu den Nachmittagen des BDM gehen und eine Uniform tragen zu dürfen. Doch die Eltern waren hart geblieben. Erst als gegen Ende ihrer Schulzeit der gesamte Jahrgang 1923 zur HJ und zum BDM eingezogen wurde, hatten sie nichts mehr dagegen ausrichten können.

Und jetzt sollte der Vater abgeholt werden, weil er gesagt hatte, dass sie bald die Friedenspfeife anstecken könnten? Wegen dieses einen harmlosen Satzes?

Die nächsten Tage waren sie in ständiger Alarmbereitschaft. Wann würde er abgeholt? Wie viel Zeit bliebe ihnen noch? Er hatte seiner Tochter für den Ernstfall alles erklärt.

Sie kamen nicht. Wahrscheinlich hatte die Tante ihrem Dauergast so lange gut zugeredet, bis er die Anzeige nicht wahrmachte. Aber dieses hilflose Gefühl, als sie mit ihrem Vater vor der Dreschmaschine stand, vergaß Grete nie wieder.

»Sie hören die Telefone ab, sie kontrollieren das Internet oder Nachbarn verraten dich. Du darfst nicht sprechen über Politik. Geheimpolizei ist überall.« Nadim nimmt einen Schluck aus seinem kleinen Teeglas. »Du sagst etwas über Assad, du sagst etwas über Politik – Geheimpolizei nimmt dich mit. Du kommst ins Gefängnis. Ohne Gericht. Fünf Jahre, zehn Jahre, fünfzehn Jahre. Erst dann kommst du wieder raus. Wenn du noch lebst.«

Für mich ist es schwer vorstellbar, meine Meinung nur flüsternd gegenüber den engsten Vertrauten äußern zu dürfen. Politiker und ihre Entscheidungen nicht kritisieren zu dürfen. Wir wurden ja sogar in der Schule im Politikunterricht dazu angehalten, die Dinge kritisch zu hinterfragen und uns eine eigene Meinung zu bilden.

Nadim fährt fort. »Auch deiner Verwandtschaft kannst du nicht trauen. Überall sind Informanten. Manchmal Söhne sagen, Eltern sind gegen Assad, und Eltern werden abgeholt. Oder Schwester verrät Bruder, dann sie bekommt Geld dafür.«

Bei Kriegsende stand Gretes Vater, mein Urgroßvater, am Zaun und sah, wie die elenden Soldaten vorbeizogen. Manche trugen einen Verband um den Kopf, einige hatten nur noch ein Bein, andere einen versteinerten Blick. Da kam seine Schwägerin aus der Sommerfrische gegenüber zu ihm. »Friedrich, sag den Amerikanern bitte nicht, dass der Steiger so ein Nazi war. Er hat dich ja auch nicht angezeigt.«

Der Vater wandte seinen Blick nicht von der Straße ab. »Was interessiert mich der Steiger?«, sagte er. »Ich denke nur an die armen Soldaten – sie sind als junge, kräftige Männer in den Krieg gezogen, und als Krüppel schleifen sie jetzt durch die Felder, um nach Hause zu kommen. Das tut mir weh.«

Fluchtgeschichten

Ich frage Nadim und Reyhan nicht nach Details, aber im Laufe der Zeit kommt immer mal wieder ein Wort über die Flucht und die Gründe dafür. Ein Mosaik entsteht, eine Fluchtgeschichte unter vielen. Ich kann mir nicht vorstellen, wie es ist, in einer Stadt zu wohnen, die unter Beschuss steht, weil auf der einen Seite Assad-nahe Truppen stehen und auf der anderen Seite Assad-Gegner. Ich kann mir nicht vorstellen, wie es ist, die Angst seiner Kinder zu sehen, selber Angst zu haben und dann auch noch das Baby im Bauch zu verlieren. Deshalb den Beschluss zu fassen zu gehen. Zunächst gingen sie in die Türkei, nur um festzustellen, dass sich dort keine Zukunft aufbauen ließ. Die Kinder durften nicht zur Schule, Nadim bekam keine Arbeitserlaubnis, musste schwarzarbeiten und gleichzeitig Türkisch lernen. Sie waren enttäuscht, dass andere arabische Länder wie die Golfstaaten trotz ihrer Kapazitäten keine syrischen Flüchtlinge wollten. Der Entschluss, nach Europa zu gehen, war nicht leicht, sich Schleppern anzuvertrauen, das schlechte Gewissen, als Rechtsanwalt einen illegalen Weg zu wählen und Frau und Kinder für unbestimmte Zeit zurückzulassen. Ihren Mann über das Meer zu schicken, die Angst, dass es schiefgehen könnte, die lange Trennung, das Warten.

Die Wellen, der Himmel, das Boot, das alte Leben hinter sich lassen, einem neuen Leben entgegensteuern, schon zu viele Leichen in der Ägäis zu wissen, die Angst und die Hoffnung, vielleicht ein Gebet zu Allah.

Seine Füße, die ihn quer durch Südosteuropa tragen, das Smartphone sein Kompass, die verlorenen Koffer, der erzwungene Fingerabdruck in Ungarn, Drohungen von Essensentzug und Rückschickung, nur noch die Kleidung am Leib, dann endlich in

Deutschland, über Frankfurt in unsere Stadt, das Flüchtlingsheim, zu viele unterschiedliche Menschen zusammen, oft Stress zwischen den Bewohnern – neun lange Monate, bis er eine eigene Wohnung mieten und seine Familie nachholen darf. Reyhan hält mir ihr Smartphone mit dem zersplitterten Display hin. Es zeigt mir Fotos aus Syrien wie einen Schatz. Die Kinder als Babys, die Familie, die Heimat – alle Bilder durchzogen von den tiefen Rissen im Display.

Wieso erinnern mich ihre Smartphones an die Bernstein-Ketten der alten Ostpreußen? Die häufig dicken Klunker, die ich bei vielen betagten Menschen gesehen habe und die sie trugen in einer Mischung aus Stolz, Verbitterung und Sehnsucht, als hätten sie ihre Erinnerungen darin eingeschlossen. Bernsteine sind die Tränen der Götter. Ovid hat die honigfarbenen Steine so genannt, und die Griechen glaubten, es seien versteinerte Sonnenstrahlen. Versteinerte Erinnerungen. Auch meine Großmutter Christel besaß Bernsteinketten, aber ich weiß nicht, ob sie sie um den Hals trug, ich erinnere mich nur an ihre hochgeschlossenen Kleider. Aber auch ohne Bernstein trug sie ihre Heimat immer mit sich, wenn auch tief in sich verborgen.

Als der Krieg begann, war Christel achtzehn Jahre alt. Es gibt ein Foto von 1926, in dem die damals Fünfjährige mit Kleidchen und Schleife im Haar hinter ihrem Puppenwagen steht. Und ein Foto, das sie zehn Jahre später bei ihrer Konfirmation zeigt – in einem weißen Kleid mit Bibel und Rose in der Hand. Das war 1936, da war Hitler schon drei Jahre an der Macht. War sie in der Hitlerjugend? Hatten ihre Eltern Hitler gewählt? Ich weiß es nicht.

1938 schloss meine Großmutter die einjährige Höhere Handelsschule in Insterburg ab und wurde als Stenotypistin beim Elektrizitätswerk in Gumbinnen angestellt. Ihr Dienstausweis des Ostpreußenwerkes ist auf den 01. September 1939 datiert, auf den Tag,

an dem Deutschland Polen überfiel. Ihr Berufsleben begann gleichzeitig mit dem Krieg. Ich weiß nicht, wie diese Berufsjahre waren,
was sie erlebt hat und wie sie zum Krieg stand.

1944 kamen erst die Luftangriffe auf ihre Stadt, dann die sowjetische Armee immer näher, doch die Flucht wurde der Bevölkerung
zunächst verboten. Am 20. Oktober wurde die Stadt überstürzt geräumt, meine Großmutter und ihre Mutter konnten nur ihr Handgepäck mitnehmen, als sie aus ihrer Wohnung in Gumbinnen auf
den Hof eines Onkels nach Heiligenbeil am Frischen Haff flohen.
Dort harrten sie aus, Unsicherheit, Feldpostbriefe von dem zum
Volkssturm eingezogenen Vater Ernst, dessen Versuche, noch Hab
und Gut aus der Wohnung in Gumbinnen zu retten und sie mit der
Eisenbahn nach Heiligenbeil zu verschicken. Das letzte Weihnachtsfest in Ostpreußen, die silberne Hochzeit der Eltern im Januar 1945 – der Vater bekam Fronturlaub, der Winter war erbar-
mungslos kalt, der Entschluss zur Flucht, doch die sowjetischen
Panzer standen vor Elbing, trennten die nicht besetzten Teile Ostpreußens vom Reichsgebiet ab, der Landweg nach Westen war versperrt, Flüchtlings-trecks erreichten den Hof des Onkels, das Wasser wurde knapp. Anfang Februar dann die Flucht mit der Mutter
über das Eis des Frischen Haffs, sie wurden von einer anderen Frau
auf deren Pferdefuhrwerk mitgenommen, über ihnen Bombenan-
griffe sowjetischer Flugzeuge, der warme Pelzmantel des Vaters,
der meine Großmutter wahrscheinlich vor dem Erfrieren rettete.
Über Danzig und von Pommern aus mit der Eisenbahn in offenen
Loren in die Nähe von Hamburg. Nach einigen Wochen das Be-
helfsheim in Holstein, im Herbst 1946 die Nachricht, dass ihr Vater
Ernst im April '45 in den Kämpfen um Königsberg gefallen sei, die
Heirat mit meinem aus Schlesien stammenden Großvater Fritz, der
gemeinsame Umzug in eine Flüchtlingsbaracke, dort die Geburt
des einzigen Sohnes, meines Vaters, und erst elf Jahre nach

Kriegsende die Umsiedlung in eine richtige Wohnung in meiner späteren Heimat.

Ich weiß nicht, was meine Großmutter auf der Flucht erlebt hat. Ich war zu klein, um sie danach zu fragen, und wahrscheinlich hat sie auch niemals darüber gesprochen. Vielleicht hat sie Menschen gesehen, die mit ihrem Pferdewagen in das Eis einbrachen, Kinder, die erfroren am Wegesrand lagen, neben zurückgelassenem Hab und Gut, sterbenden Greisen und toten Pferden, vielleicht hat sie auf diesem brüchigen Weg gesäumt von Elend zu Gott gebetet. Es gibt nur Vielleichts, keine Gewissheit. Vererbte Bernsteine im Schmuckkästchen erzählen das nicht.

Geblieben ist der warme Pelzmantel. Noch heute hängt er im Schrank meiner Eltern. Auch er behält seine Geschichten für sich.

Advent

Unsere Wohnung ist mit Kerzen, Sternen und Krippenfiguren geschmückt, die Adventskalender werden jeden Tag um ein Päckchen leichter, überall gibt es duftende Weihnachtsmärkte und beleuchtete Innenstädte, aber der Zauber dieser Zeit erreicht mich in diesem Jahr nicht. Vielmehr schrecken mich die bunt blinkenden Schaufenster mit ihrem Watteschnee und grinsenden Weihnachtsmannfiguren sowie die Werbeprospekte mit Weihnachtsangeboten im Briefkasten noch mehr ab als sonst.

Ich denke daran, dass Advent eigentlich »Ankunft« bedeutet. Mir fällt mein alter Lateinlehrer ein. Adventus, adventus, adventui, adventum, adventus, adventu. Advenire heißt ankommen. Advenient – sie werden ankommen. Und schließlich muss ich daran denken, dass Jesus als kleines Kind mit seinen Eltern vor Herodes nach Ägypten fliehen musste. Er war selbst ein Flüchtling.

»Was hältst du davon, wenn wir am vierten Advent Flüchtlinge und deutsche Freunde zu uns einladen, um dem ganzen Krieg, Terror und Hass im Kleinen etwas entgegenzusetzen?«, frage ich Tobias. »Wir haben doch jetzt genug Platz.«

»Das können wir machen«, sagt Tobias, »aber als erstes müssen wir Nadim und Reyhan fragen.«

Beim nächsten Flüchtlingscafé treffe ich Hafsa und Zainab wieder. Ich gebe ihnen eine der Einladungen, die ich mit Tobias am Abend zuvor entworfen und ins Englische übersetzt habe: »Einladung zu einem gemütlichen Kaffeetrinken für unsere Freunde aus Deutschland, Syrien und anderswo«. Dazu das Bild einer Weltkugel, die von sich an der Hand fassenden Menschen umrundet wird, eine Wegbeschreibung und unsere Kontaktdaten.

Da Hafsas Tisch schon voll ist, setzte ich mich zu einem deutschen Ehepaar und einer albanischen Flüchtlingsfamilie. Ich stelle mich vor, die beiden heißen Anja und Jörg und verbringen seit August einen Großteil ihrer Zeit neben der Arbeit und ihren jugendlichen Kindern in der Flüchtlingshilfe. Sie haben mit anderen zusammen eine Kleiderkammer aufgebaut und schon viele Geflüchtete kennengelernt. Die albanische Familie ist ihnen besonders ans Herz gewachsen. Doch wahrscheinlich droht denen die Abschiebung, denn seit Oktober gilt Albanien als sicherer Herkunftsstaat. Die Familie sei dort jedoch keinesfalls sicher, erklärt Anja, denn sie stünde unter Blutrache. Weil ihr Großvater in der Vergangenheit während eines Streits ein männliches Mitglied einer anderen Familie getötet habe, seien sie jetzt von tödlichen Racheakten bedroht und in Albanien ständig umhergezogen, auf der Flucht vor der anderen Familie. Besonders die Kinder seien gefährdet, da bei ihrer Tötung das Leid der Eltern und somit die Rache umso größer sei.

Für mich öffnet sich ein neues Tor in eine mir unbekannte Welt, ein Fluchtgrund abseits des syrischen Bürgerkriegs und der afrikanischen Armut und Konflikte.

Anja erzählt, dass die Familie sogar eine beglaubigte Urkunde vom Staat darüber habe, dass sie mit Blutrache belegt sei. In Nordalbanien richteten sich viele seit Ende des Kommunismus wieder nach den mittelalterlichen Gewohnheitsrechten des Kanun. Sobald die Familie albanischen Boden betrete, seien die männlichen Mitglieder vom Tode bedroht und könnten erschossen werden.

»Das ist ja gruselig«, entfährt es mir.

»Aber Albanien ist doch ein sicherer Herkunftsstaat«, sagt Jörg spöttisch. »Nein, im Ernst, du kannst dir nicht vorstellen, was wir in den letzten Wochen alles erlebt und für Geschichten mitbekommen haben. Die Hälfte unserer Bekannten kann überhaupt nicht verstehen, dass wir uns da so reinhängen. Einige haben sich von uns abgewandt, aber auf die können wir auch verzichten.«

Später sehe ich eine Familie mit kleinem Baby alleine an einem Tisch und setze mich zu ihnen. Es stellt sich heraus, dass der Vater Englischlehrer aus Damaskus ist, und deshalb unterhalten wir uns auf Englisch. Er heißt Ahmad und sieht jung aus, ebenso seine Frau, sie trägt ein farbiges Kopftuch und die kleine Tochter die ganze Zeit auf dem Arm. Ahmad deutet auf die Spielecke und zeigt mir seinen vierjährigen Sohn und seine siebenjährige Tochter. Ich erzähle ihm, dass ich zwei Kinder im selben Alter habe. Obwohl mein Schulenglisch nicht besonders gut ist, sind wir schnell bei tiefgreifenden Themen. Wir sprechen darüber, dass die Medien für Stimmung zwischen Ländern und Religionen sorgen, dass Kriege mit Lügen beginnen, dass Krieg sich nicht mit Krieg bekämpfen lässt, dass Smartphones praktisch für die Flucht, aber ansonsten nicht gut für die Kommunikation unter Menschen sind. Das Gespräch ist sofort unglaublich vertraut, obwohl wir beide es nicht in unserer Muttersprache führen. Am Ende erzähle ich ihm von Nadim und Reyhan, die aus der Nähe von Damaskus kommen, und lade ihn zu unserem Adventskaffee ein. Bei ihm wie auch bei Hafsas Familie versuche ich deutlich zu machen, dass unsere Einladung sofort gilt und nicht dreimal wiederholt wird, dass in Deutschland ausgesprochene Einladungen keine Höflichkeit, sondern ernst gemeint seien und ich mich über ihr Kommen sehr freuen würde. Auch Anja und Jörg sowie die albanische Familie lade ich ein.

Anja und Jörg haben Weihnachtsfeier vom Sportverein ihrer Kinder, und in den nächsten Tagen stelle ich fest, dass die meisten unserer deutschen Freunde auf Weihnachtsmärkten, bei der Verwandtschaft oder anderweitig verplant sind. Aber Mo und eine befreundete Familie aus dem Kindergarten sagen zu.

Am vierten Advent sagt die befreundete Familie wegen eines Magen-Darm-Virus ab, Mo hat bereits am Abend vorher angekündigt, nicht zu kommen, weil er wieder Liebeskummer habe und nicht gut drauf sei. Ich versuche noch spontan, weitere Deutsche einzuladen – eine Freundin, einen Kollegen, einen Onkel von Tobias, einen befreundeten Pastor und eine Kindergartenmutter –, aber das ist so kurz vor Weihnachten ein hoffnungsloses Unterfangen. Also werden wir keine deutschen Gäste haben, und an Flüchtlingsfamilien hat bis jetzt auch nur die Familie Ibrahim fest zugesagt.

Wir lassen uns nicht beirren, bereiten eine lange Tafel in meinem Atelier vor und eine Spielecke mit Verkehrsteppich und Kugelbahn für die Kinder. Wir stellen Apfelkuchen, Schokoladenmuffins und Zwiebelbrötchen, die wir am Tag zuvor gebacken haben, auf den Tisch, dazu Weihnachtsplätzchen, Obst und Nüsse. In die Mitte stelle ich den Adventskranz und zünde alle vier Kerzen an.

Ob Hafsa mit ihren Kindern kommen wird, Ahmads Familie oder die Albaner? Ich bin gespannt, stelle weitere Kerzen auf und Tobias kocht Kaffee und Tee.

Wir haben auf 14:30 Uhr eingeladen. Eine Viertelstunde vorher klingelt es. Es ist Ahmad mit seiner Frau und den drei Kindern, er entschuldigt sich, dass sie so früh kommen, sie haben genug Zeit eingeplant, um unser Haus zu finden. Ich freue mich riesig, dass sie unserer Einladung nachgekommen sind, und wir tragen den Kinderwagen mit der schlafenden Babytochter in den Flur. Pünktlich um 14:30 Uhr kommen die Ibrahims. Die Kinder gehen zu sechst in die Spielecke, und wir Erwachsene setzen uns an den Tisch. Weitere Familien kommen nicht, so sind wir nur sechs Erwachsene und sieben Kinder, aber es wird trotzdem ein schöner Nachmittag.

Nadim und Ahmad sprechen viel Arabisch, zwischendurch reden wir mit Nadim Deutsch, das kann Ahmad aber noch nicht, oder wir sprechen mit Ahmad Englisch, was Nadim wiederum nicht so gut versteht. Ahmad hat mal in Nadims Stadt unterrichtet. Sie sprechen viel über die Städte, die Lage in Syrien und über Assad. Manches übersetzt Nadim mir. Reyhan und Ahmads Frau Sara sind zurückhaltend bei den Gesprächen. Und ich vergesse vor lauter Zuhören und Reden, zwischendurch den Gästen neuen Kaffee oder Gebäck anzubieten. Zum Glück ist Tobias in diesem Punkt aufmerksamer als ich.

Immer wieder geht es in unseren Gesprächen um den Krieg, und wir sind uns einig: »War is no solution to war.«

Ahmad ist wie Nadim alleine geflohen und hat seine Familie nachgeholt. Beide Familien hoffen, irgendwann nach Syrien zurückgehen und das Land wieder aufbauen zu können. Mich macht ihr Eifer traurig. Ich muss daran denken, dass bei uns siebzig Jahre nach dem zweiten Weltkrieg der Kampfmittelräumdienst noch immer nicht arbeitslos geworden ist. Dass in den großen Städten immer noch bei Bauarbeiten Blindgänger gefunden, Menschen evakuiert und die Bomben entschärft werden müssen.

Ich möchte gar nicht wissen, was nach dem Krieg in Syrien alles herumliegen wird. Die Waffen sind moderner, zerstörerischer, teilweise chemisch verseucht, aber ich spreche meine Gedanken nicht aus, denn ich sehe den Glanz in den Augen der beiden Männer, wenn sie von Syrien erzählen.

Die Kinder spielen zusammen, irgendwann ziehen sie sich ihre Jacken an und fahren auf dem Hof Roller und Fahrrad.

Mir erscheint alles so absurd. Wir haben dieses Jahr das Haus gekauft, und die beiden Familien haben ihre Häuser und alles verloren.

Ich beobachte die Flammen der roten Adventskranzkerzen, die im Luftzug flackern. Die Männer reden vom Krieg. »Ehre sei Gott in der Höhe und Friede auf Erden bei den Menschen seines Wohlgefallens«, kommt es mir plötzlich in den Sinn. Friede auf Erden.

Reyhan und Sara lächeln. Ich wende mich von dem Kriegsgerede der Männer ab und den beiden Frauen zu. Saras kleine Tochter ist inzwischen wach geworden und bei ihrer Mutter auf dem Arm. Sara stillt sie unter einem Tuch. Anschließend guckt die Kleine neugierig in die Runde. Sie ist als einzige ihrer Familie in Deutschland geboren.

Wir unterhalten uns mit Zeichen und einzelnen Wörtern. »Schule. Rami und Jonathan«, sagt Reyhan.

Ich nicke: »Ja, Rami und Jonathan sitzen jetzt nebeneinander.« Mitte Dezember ist Rami von der Integrationsklasse zurück in Jonathans Klasse gewechselt. Jonathan hat erzählt, dass Rami der Beste aus der Klasse in Mathe sei. Darauf spreche ich Reyhan nun an.

Sie lacht. »Rami immer Mathe. Every morning Mathe.«

»Vor der Schule?«, frage ich erstaunt.

Reyhan nickt stolz.

Als ich klein war, stand mein Vater jeden Morgen zwischen vier und fünf Uhr auf und setzte sich an den Schreibtisch. Er arbeitete viel und erfolgreich, stemmte nebenbei ehrenamtliche Aufgaben und war in allem sehr ehrgeizig. Vielleicht war tief in ihm noch immer der kleine Flüchtlingsjunge, der aus der Baracke in Norddeutschland in die fremde Kleinstadt zog. Dessen Eltern alles verloren hatten. Der ihr einziges Kind war, ihre einzige Zukunft. Der beweisen musste, dass er mehr war als das Kind von Flüchtlingen. Der nicht wie seine Mitschüler in der evangelisch-reformierten Marktkirche konfirmiert wurde, sondern in der evangelisch-lutherischen Gemeinde, was den Menschen in dieser Stadt fast so fremd war wie der Katholizismus. Der sich integrierte und seinen Weg fand, aber vielleicht immer mit dem Anspruch, den anderen etwas voraus zu sein.

Dieser Ehrgeiz ist mir auch im Flüchtlingscafé aufgefallen, als die junge Zainab nicht mit ihren schulischen Erfolgen zufrieden war und sich selbst keine Zeit gönnte, weil sie Deutschland etwas zurückgeben und Architektur studieren wollte wie ihr verstorbener Vater. Auch ich selbst kenne das Gefühl, nicht gut genug zu sein, immer perfekt sein zu müssen, beweisen zu müssen, dass man es wert ist. Vielleicht ist dieses Gefühl das, was am längsten bleibt von einer Flucht der Vorfahren. Das, was unbewusst weitergetragen wird von Generation zu Generation, auch wenn die Töchter und Söhne längst verwurzelt sind.

Als sich die Ibrahims und Ahmads Familie verabschiedet haben und wir mein Atelier aufräumen, erhalte ich eine Nachricht von Zainab. Sie schreibt, dass sie sich mit ihrer Mutter auf den Weg gemacht und sogar Blumen gekauft hätte, da sei es aber schon 16:00 Uhr gewesen und sie hätten nicht auf die Einladung geguckt, welche Uhrzeit dort stand. Ich schreibe ihr, dass wir auch um 16:00 Uhr noch genug Stühle und Essen gehabt haben, und weiß nicht, was ich von dieser Absage halten soll. Vielleicht war das die höfliche Art, uns zu sagen, dass sie keine Lust hatten zu kommen. Wer weiß.

Abends im Bett fragt Jonathan: »Mama, warum kommen die syrischen Männer eigentlich erst alleine nach Deutschland und die Frauen und Kinder warten in irgendwelchen anderen Ländern und kommen erst später?«

Ich erzähle ihm, dass die Flucht illegal ist, berichte von Schleusern, viel Geld und Familiennachzug. Eine sehr ernste Gute-Nacht-Geschichte für einen Erstklässler.

Weihnachten und Feuerzauber

Nach unserem ungewöhnlichen Adventskaffeetrinken stürze ich mich in die Weihnachtsvorbereitungen. Ich bin erstaunt, wie gut es mir plötzlich tut, unsere eigene Tradition zu leben. Den Tannenbaum aufzustellen, den Weihnachtsschmuck rauszuholen wie jedes Jahr und das Festessen zu planen. Traditionen sind berechenbar.

Beim Einpacken der letzten Geschenke muss ich an ein Weihnachtsfest in meiner Kindheit denken. Ich war damals in der dritten oder vierten Klasse. Für meine Oma Grete hatte ich in mühevoller Arbeit zwei Topflappen gehäkelt. Ich war stolz auf die festen Maschen, die mir gelungen waren. Meine Mutter vollendete mein Werk mit einer Borte. Die Überraschung für meine Oma war perfekt. Nun brauchte ich noch ein Geschenk für meine Großmutter Christel. Ich hatte nicht besonders viel Lust, mir mit weiteren Geschenken so viel Mühe zu geben. Deshalb nahm ich eine Klopapierrolle, malte mit Filzstift ein Gesicht darauf und schnitt die Pappe oben zu Stehhaaren ein. Der Heiligabend kam, wie jedes Jahr feierten meine Oma und meine Großmutter bei uns, weil sie beide schon lange Witwen waren. Und dann bekam meine Oma die Topflappen von mir, in denen so viel Arbeit steckte, und meine Großmutter die Klopapierrolle, die von einem Kindergartenkind süß gewesen wäre, aber nicht von einer neun- oder zehnjährigen Schülerin. Ich schäme mich noch heute für dieses Geschenk.

Einmal, als meine Großmutter Christel schon im Altersheim war, fragte ich meine Oma Grete, warum ich sie lieber hätte als die kranke Großmutter.»Du hast deine kranke Großmutter genauso lieb, nur sie kann eben nicht mit euch spielen«, antwortete sie mir.

Ich hatte trotzdem ein schlechtes Gewissen und manchmal keine Lust, sonntags mit ins Altersheim zu fahren.

Am Heiligabend schmücken wir morgens mit den Kindern den Weihnachtsbaum. Die kleinen Holzengel auf Schlitten und Skiern, Sterne, Kugeln, Herzen, Krippenfiguren, Glocken und Kerzen – wir hängen den Baum so lange voll, bis die Kisten leer sind und man zwischen allen Zweigen etwas entdecken kann. Ich erkläre den Kindern die Symbole: die Engel, die die Frohe Botschaft verkünden, die Sterne, die den Weg weisen und Licht bringen, die Herzen für die Liebe, die Krippe für die ärmliche Stallgeburt, die Glocken, die die Weihnachtsfreude verkünden, den Weihnachtsbaum selbst als Zeichen des Lebens und die Kerzen, weil Jesu Geburt Licht in die Welt gebracht hat.

Zu Weihnachten schreiben wir vielen Menschen Karten und machen engen Freunden kleine Geschenke. Lange haben wir überlegt, ob wir das auch bei Nadim und Reyhan tun sollen, schließlich sind sie uns zu Freunden geworden.

»Das ist unsere Tradition«, sagt Tobias am Heiligabend, als er mit den Kindern auf dem Weg zur Kirche der Familie Ibrahim die Geschenke bringt, während ich zu Hause unterm Weihnachtsbaum die Gaben für Jonathan und Jasper vorbereite. »Das ist unsere Tradition« ist normalerweise Nadims Argument, wenn wir wieder einmal über und über bewirtet werden. Jetzt sind wir dran. Für Nadim haben wir ein kleines Buch über unseren Stadtteil gekauft, für Reyhan ein buntes Teelichtglas und für Rami und Bassam je eine kleine Packung Lego, aus der man Fahrzeuge bauen kann. Die Ibrahims sind überrascht und bitten die drei herein. Tobias und die Kinder werden sofort mit Tee, Bananen, Schokolade und allem, was sich auf die Schnelle findet, bewirtet. Und Rami und Bassam holen aus ihrem Zimmer noch einen kleinen

Schlüsselanhänger und einen Weihnachtsmann, den sie Jonathan und Jasper schenken, um sich zu revanchieren.

Später vor der Kirche treffen wir uns wieder. Tobias lacht. Er habe noch nie Heiligabend orientalischen Tee getrunken.

Im Gottesdienst liest die Pastorin aus der Weihnachtsgeschichte:»Es begab sich aber zu der Zeit, dass ein Gebot von dem Kaiser Augustus ausging, dass alle Welt geschätzt würde. Und diese Schätzung war die allererste und geschah zur Zeit, da Quirinius Statthalter in Syrien war.«

Da muss ich an den orientalischen Tee denken, an die fernen Orte in der Bibel und wie wenig unser winterliches Weihnachtsgefühl mit dem Stall in Bethlehem zu tun hat.

In einem Feldpostbrief vom 25. Dezember 1944 schreibt mein Urgroßvater Ernst, der Vater meiner Großmutter Christel, aus seinem Bataillon bei Königsberg an meine Urgroßmutter von dem großzügigen Frontverpflegungssatz. Mein Urgroßvater war zu dem Zeitpunkt dreiundfünfzig Jahre alt, hatte schon im ersten Weltkrieg gekämpft und war durch Hitlers Erlass zur Bildung des Deutschen Volkssturmes im Oktober 1944 eingezogen worden. Seine Frau Betty, nach der mein Vater mich benannt hat, lebte mit ihrer Tochter Christel, meiner Großmutter, seit der Räumung Gumbinnens auf dem Bauernhof ihres Bruders in Heiligenbeil.

Weihnachten 1944 war es relativ ruhig an der Front. Mein Urgroßvater schrieb an seine Frau, dass sie mittags Gulasch mit Salzkartoffeln und abends Kartoffelsalat und einen Stollen erhalten hätten. Sie hätten bei der Feier sogar einen Weihnachtsbaum gehabt, außerdem wurden sie mit Bohnenkaffee, Kuchen und Moselwein versorgt. Zu Weihnachten bekamen alle einen halben Liter Schnaps geschenkt, den sie am ersten Weihnachtstag gemeinsam im Bunker trinken wollten. Der Batteriechef und der Abteilungskommandeur hätten Reden gehalten, außerdem wurde gesungen und vorgetragen. Auf seinem »bunten Teller«, in einem Karton, seien sieben Rollen und drei Beutel Drops, drei Rasierklingen, eine Zahnbürste mit Zahnseife, Umschläge und Feldpostbriefe, Zigarettenpapier, ein Licht, Pfefferkuchen, Kuchen sowie ein kleines Stück Schokolade gewesen. Was denkt man, wenn man als Frau oder Tochter so einen Brief liest? Wenigstens ist er gut verpflegt? Zumindest hatte er eine schöne Weihnachtsfeier?

Sein Brief geht noch weiter. Er schreibt, dass natürlich nicht alle bei der Feier anwesend sein konnten, sondern ein Gefreiter und der Funker-Gefreite im Bunker geblieben seien. Kurz nach der Feier sei ein kleiner Feuerzauber ausgelöst worden. Gewehre und Maschinengewehrfeuer höre man Tag und Nacht als Störungsfeuer, ab und zu auch andere Waffen. Aber er habe sich an diesen Zauber wieder ganz gut gewöhnt. Der Frost habe nachgelassen. Zum Wäschewaschen käme er nicht, da alles sehr beengt sei und das Wasser weit geholt werden müsse, deshalb solle seine Frau ihm noch ein Braunhemd schicken. Im Übrigen seien die Offiziere alle sehr nett zu ihm. Er schließt mit Wünschen an seine Familie für ein gesundes neues Jahr.

Feuerzauber – was für ein Euphemismus. Ich muss dabei an Feuerspucker auf Mittelaltermärkten denken oder kunstvolle Feuerwerke an Silvester, aber nicht an Maschinengewehrschüsse an der Front. Ob Christel und Betty besorgt waren? Haben sie zwischen den Zeilen gelesen? Hat sich mein Urgroßvater in Wirklichkeit Sorgen gemacht wegen des »Feuerzaubers«? Glaubte er noch an die Parolen oder ahnte er, dass dies sein letztes Weihnachten sein würde?

Und meine Großmutter? Wie verbrachte sie ihr letztes Weihnachtsfest in Ostpreußen? Auf dem Hof ihres Onkels waren noch andere Flüchtlinge untergekommen. Hatten sie einen Weihnachtsbaum? Gingen sie in die Kirche? Was aßen sie an diesem Fest? Hatten sie genug zu essen? Hatten sie es warm? Waren sie zuversichtlich, eines Tages in ihre Wohnung nach Gumbinnen zurückkehren oder wenigstens in Heiligenbeil bleiben zu können, oder ahnten sie schon, dass ihnen bald die Flucht bevorstand?

Eine Ahnung müssen sie gehabt haben, denn mein Urgroßvater Ernst ging von seiner Kompanie aus noch mehrmals in die Wohnung nach Gumbinnen und versuchte, so viel Hab und Gut wie möglich zu retten und mit der Eisenbahn nach Heiligenbeil zu verschicken. In seinen Briefen berichtet er davon.

Wie gerne läse ich die Antwortbriefe meiner Urgroßmutter Betty und was sie ihrem Mann über sich und meine Großmutter geschrieben hat. Über ihr Weihnachtsfest 1944. Aber diese Briefe sind irgendwo zusammen mit meinem Urgroßvater in den Kämpfen um Königsberg im April 1945 untergegangen.

Am Abend des zweiten Weihnachtstages sitzen meine Söhne da mit viel zu vielen Geschenken, die sie in den drei Tagen zuvor von uns, den beiden Großeltern, ihrem Onkel und ihrer Tante bekommen haben, und sind überfordert. Jonathan erzählt, dass er seine Oma am Nachmittag gefragt habe, wieso sie uns eigentlich immer so furchtbar viel schenke, das sei doch zu viel, so viel bräuchten wir doch gar nicht. Ich staune über unseren Sohn, denn wir haben ihm gegenüber nie etwas Negatives über die Menge der Geschenke gesagt, doch offensichtlich empfindet er es selbst so.

Später gesteht Jonathan, dass er sich in seinem Zimmer überhaupt nicht mehr wohlfühle, weil er überall so viel Spielzeug habe und überhaupt nicht mehr wisse, wie er noch aufräumen solle.

»Wir können das gerne aussortieren und die Sachen dann auf einem Flohmarkt verkaufen«, schlage ich vor. »Von dem Geld könnten wir dann einen Familienausflug machen.«

Jonathan überlegt. »Du, Mama, wir haben doch eigentlich genug Geld für Ausflüge, oder? Können wir das Geld nicht nach Syrien schicken oder an Flüchtlinge geben?«

Ende Dezember besuchen uns die Ibrahims. Sie bringen uns nachträgliche Weihnachtsgeschenke mit, viel zu viele Geschenke, das ist uns peinlich, aber schließlich haben wir mit der Schenkerei angefangen. Ich bekomme Schwarzen Tee und ein edles Spitzenhandtuch, das bestimmt sehr teuer war.

Unser Weihnachtsbaum und die Kerzen im Raum sind hell erleuchtet, wir servieren Weihnachtsplätzchen und Stollen. Rami und Bassam bestaunen den Baum, und Nadim und ich unterhalten uns über Symbole wie Stern und Engel, die es auch im Islam gibt.

»Ich mag Weihnachtslichter in Straßen. Überall Licht, wenn kalt und dunkel. Und hier bei euch auch Lichter. Aber was bedeuten Lichter?«, fragt Nadim.

»Die Lichter stehen für Hoffnung und Wärme. Außerdem hat Jesus gesagt ‚Ich bin das Licht der Welt‘, und an Weihnachten feiern wir ja seine Geburt.«

Die Kinder essen ein paar Plätzchen und verschwinden schnell oben in den Kinderzimmern, während wir uns in Ruhe unterhalten.

Silvester steht vor der Tür. Rami hat bei einem Böller vor zwei Tagen große Angst bekommen. Unser »Feuerzauber« klingt in seinen Ohren wie Krieg. Nadim hofft, dass die Kinder Silvester nicht aufwachen.

Er erzählt, dass es im Islam kein Silvester wie bei uns gebe, aber dass er selbst vor dem Krieg in Syrien manchmal mit christlichen Studienkollegen Silvester gefeiert habe.

Reyhan entdeckt ein Foto an der Wand, das unsere Familien und Geschwister zeigt. Wir kommen beide aus einer typischen vierköpfigen Familie. Tobias hat einen Bruder, ich eine Schwester. Nadim und Reyhan haben beide mehrere Geschwister, und ein Onkel von ihnen hat sogar zehn Kinder.

Nadim erzählt, dass bei jedem Telefonat mit der Verwandtschaft die Frage käme, ob Reyhan endlich wieder schwanger sei. Nadim ist glücklich mit seinen beiden Söhnen, aber Reyhan belastet das Gerede der Verwandtschaft. Sie wäre nach der Fehlgeburt in Syrien wohl gerne noch mal schwanger geworden. Ich erzähle, dass zwei Kinder in Deutschland genau richtig sind, weil hier alles auf ein bis zwei Kinder ausgerichtet ist und Mütter mit weniger Kindern auch flexibler sind. Überzeugt scheint Reyhan mir nicht. Im Februar wird endlich ihr Deutschkurs beginnen – nach neun Monaten in Deutschland. Sie freut sich darauf, die Sprache zu lernen, schließlich war sie in Syrien Lehrerin und möchte auch endlich ohne Nadim kommunizieren können. Allerdings wird der Deutschkurs jeden Tag bis 12:45 Uhr gehen und Rami muss fast immer um 11:30 Uhr von der Schule abgeholt werden. Deshalb muss eine Kinderbetreuung her. Ich verspreche, zu helfen und mich nach den Möglichkeiten zu erkundigen.

Reyhan muss Deutsch lernen. Ich erzähle, dass es immer noch meist türkische Frauen gibt, die nach mehreren Jahrzehnten in Deutschland kein Deutsch sprechen. Dass sich in den 60er und 70er Jahren niemand um den Spracherwerb und die Integration gekümmert hat, weil man davon ausging, dass die Gastarbeiter sowieso irgendwann wieder nach Hause gehen. Dass diese Frauen in den deutschen Großstädten mittlerweile komplett türkische Communities vorfänden: Geschäfte und Ärzte, für die sie kein Deutsch bräuchten.

Reyhan und Nadim staunen. Natürlich gebe es auch unzählige gut integrierte und lupenreines Deutsch sprechende Türkinnen, füge ich hinzu, aber die Frauen ohne Sprachkenntnisse seien eben auch da.

Nadim schüttelt den Kopf. Nein, Reyhan solle Deutsch lernen, er könne schließlich nicht immer dabei sein und ihr alles übersetzen. Er will mir die Kontaktdaten der Ausländerbehörde geben, damit ich dort anrufen kann.

Später kommen die Kinder wieder nach unten, setzen sich zu uns und Tobias kocht ihnen noch einen heißen Kakao. Jasper kann sich kaum noch auf den Beinen halten, er streitet sich um Kekse, auch die anderen drei scheinen sich müde gespielt zu haben. Als Nadim und Reyhan das bemerken, stehen sie auf und gehen. Nie bleiben sie zu kurz oder zu lang, sondern immer genau richtig.

Nachdem wir uns verabschiedet haben, sagt Jonathan zu mir: »Mama, irgendwie bin ich immer richtig glücklich, wenn die Ibrahims da sind. Eigentlich brauche ich gar keine Geschenke von denen, es ist einfach auch so schön, wenn die uns besuchen.«

Das stimmt. Auch mich begleitet nach jedem Besuch eine Art Euphorie, weil mir etwas geschenkt wurde: nichts, was man kaufen kann, keine Spitzenhandtücher, sondern Gespräche, die meinen Horizont erweitern.

Silvester und der Wolf

Einmal fragte mich Nadim, was wir in Deutschland für Geschichten haben, in Syrien hätten sie unzählige Geschichten. Ich glaubte, er meinte Märchen, und deshalb erzählte ich ihm das erste, das mir einfiel:

»Wir haben ein Märchen von einem Mädchen mit einer roten Mütze, das heißt Rotkäppchen und wird von seiner Mutter mit einem Kuchen und einer Flasche Wein zur kranken Großmutter geschickt. Der Weg führt durch den Wald, die Mutter warnt das Mädchen, nicht vom Weg abzukommen. Im Wald begegnet dem Mädchen der böse Wolf.«

Reyhan unterbrach mich. »Layla!«

Ich verstand nicht, blickte fragend zu Nadim.

Nadim lachte. »Wir haben eine Geschichte, die heißt ›Layla und der Wolf‹. Mädchen hat auch ein rote Mütze und Wolf isst Großmutter und dann Layla.«

»Ja, genau!«, rief ich. »Das ist ›Rotkäppchen und der Wolf‹. Der Wolf frisst die Großmutter und legt sich dann in ihren Kleidern ins Bett. Rotkäppchen denkt, es sei die Großmutter, wundert sich nur über die großen Augen und die großen Ohren und den großen Mund. Und als sie fragt, warum der Wolf so einen großen Mund habe, sagt er ›Damit ich dich besser fressen kann!‹ und verschlingt das Rotkäppchen.«

Nadim nickte. »Dann kommt Jäger. Wolf schläft.«

»Genau, und dann schneidet er dem Wolf den Bauch auf und das Mädchen und die Großmutter kommen lebendig wieder heraus. Und dann holen sie Steine, nähen sie in seinen Bauch, und als er später aufstehen will, fällt er tot in sich zusammen.«

»Das ist Layla!« Reyhan lachte herzlich.

Ich selbst konnte mir dieses Märchen überhaupt nicht mit orientalischem Personal vorstellen und war von der Internationalität des Rotkäppchens ebenso überrascht wie fasziniert.

Mo ruft mich an und erzählt von seiner Nichte. Sie ist gerade achtzehn geworden, lässt sich von ihren Eltern nichts mehr verbieten und wollte zum ersten Mal Silvester mit ihren Freundinnen so richtig feiern. Sie waren dafür extra nach Köln gereist. Zu viert liefen sie über die menschenvolle Domplatte auf dem Weg zu einem Club, da waren sie plötzlich von mehreren Männern umzingelt, die sie in gebrochenem Deutsch und einer fremden Sprache beschimpften, an den Busen fassten, eine der Freundinnen sogar zwischen den Beinen berührten, eine andere versuchten zu küssen und anschließend zwei Smartphones mitgehen ließen.

Die Mädchen waren völlig geschockt und suchten in dem Gedränge nach Polizisten, verbrachten schließlich den Rest der Silvesternacht statt im Club auf der Polizeiwache, wo sie andere Frauen trafen, denen ähnliches passiert war.

Mo ist vollkommen fertig, seine arme Nichte, sein Bruder sei immer streng mit ihr gewesen und jetzt habe sie endlich selbstständig werden wollen, und dann das, so viele Männer, die die Frauen offensichtlich als Beute, als Freiwild gesehen hätten. Sein Bruder sei außer sich.

Und dann ist da die andere Seite, die Gedanken an die Menschen, denen er auf der Balkanroute begegnet ist und die inzwischen vielleicht Deutschland erreicht haben. Flüchtlinge, die jetzt vielleicht noch kritischer angesehen werden, wenn sich herausstellt, dass es offensichtlich Ausländer waren. So etwas können die Geflüchteten gerade gar nicht gebrauchen, sagt Mo, aber man wisse ja, wie die Menschen seien, die bräuchten Schubladen, und in so eine Schublade käme man leicht, aber der Weg hinaus aus der Schublade sei viel schwieriger, manchmal fast unmöglich.

Die Silvesternacht sei friedlich verlaufen, vermeldet die Polizei zunächst, dann sickern erste Informationen durch: In dieser Nacht, da ist etwas passiert in Köln, da waren Männer, viele Männer, die haben Frauen umzingelt, begrapscht und bestohlen, und diese Männer, so die Frauen, hatten ein nordafrikanisches oder arabisches Aussehen, und die Polizei hat es nicht in den Griff bekommen, konnte die Frauen nicht schützen, ein rechtsfreier Raum vor der zweitgrößten Kathedrale Deutschlands.

Die Medien schäumen über, bis man das Wort Silvesternacht nicht mehr hören kann.

In den sozialen Netzwerken teilen sich die Menschen großenteils in zwei Gruppen: Die einen möchten über die bösen Ausländer und deren Verbrechen reden und darüber, dass sie es ja schon immer gewusst haben. Die anderen möchten über die bösen deutschen Männer, Sexismus und das Münchener Oktoberfest reden. Differenzieren möchte eigentlich niemand.

Mein erster Gedanke ist: Die Beschreibung der Täter überrascht mich nicht. Wie oft saß ich als junge Studentin alleine in Bus oder Bahn? Wie oft wurde ich angemacht, weil man mich wegen meiner langen blonden Haare offenbar für Freiwild hielt? »Du bist hübsch, kann ich deine Telefonnummer haben?«, war in gebrochenem Deutsch oder Englisch die harmlose Variante der Anmache. Schlimmer fand ich es, wenn sie sich direkt neben mich setzten, mir so den Fluchtweg versperrten und mich verbal bedrängten. Ob ich einen Freund hätte, sie wollten sich mal mit mir treffen, ich sei so schön, ob sie meine Telefonnummer haben könnten, manchmal sprachen sie auch direkt von Sex. Sie behandelten mich wie eine Sache oder Ware, es war völlig egal, wer ich war, ich hatte lange blonde Haare und schien dadurch leicht ins Bett zu kriegen zu sein. Ich fühlte mich belästigt, verabscheute diese Situationen, hatte immer Angst, dass sie mir nach dem Aussteigen folgten, aber gleichzeitig blieb ich immer viel zu höflich, denn die, die mich so anmachten, kamen offensichtlich aus Nordafrika oder weiter südlich gelegenen afrikanischen Ländern, und ich wollte ihnen nicht das Gefühl geben, etwas gegen Ausländer zu haben. Vielleicht waren sie ja auch in großer Not, hätten gerne eine Deutsche geheiratet, um hierbleiben zu können. Trotzdem: Nein, ich wollte sie nicht kennenlernen, nein, ich würde ihnen nicht meine Telefonnummer geben, nein, ich wollte mich nicht mit ihnen treffen. Mein Nein galt nichts, sie versuchten mich zu überreden, bedrängten mich, als sei das ein Spiel, bei dem ihnen die Sechs auf dem Würfel längst sicher war, während ich mich einfach nur unwohl fühlte und überlegte, wie ich ihnen am besten entgehen konnte.

Irgendwann achtete ich in Bussen und Bahnen darauf, mich bloß nicht in die Nähe von potentiellen Anmachern zu setzen. Deutsche sprachen mich nie in öffentlichen Verkehrsmitteln an, die trauten sich das eher auf Partys, in Kneipen oder Discos. Eine Ausnahme waren betrunkene Fußballfans – vor denen hatte ich auch Angst. Zum Glück kam ich immer relativ unbeschadet aus der Situation heraus, mehr als eine Hand auf meinem Oberschenkel ist nie gewesen, und als ich erst Kinder hatte, hörten die Anmachen sowieso auf. Trotzdem sind diese Erlebnisse das erste, was mir nach der Silvesternacht in Köln einfällt.

Mein zweiter Gedanke ist Jamal. Als ich damals als junge Studentin morgens in seinem Bett aufwachte, lag er nicht mehr neben mir. Stattdessen kniete er mit dem Koran auf einem Teppich vor dem Bett und betete. An einer Wand hingen orientalische Sachen und ein Bild der Moschee in Mekka. In diese Richtung betete er. An den anderen beiden Wänden hingen Plattencover und Poster von Depeche Mode und weiteren Bands. Jamal beugte sich nach vorne, seine halblangen dunkelblonden Haare waren noch wirr von der

Nacht, ich betrachtete ihn, man sah ihm nicht an, dass er einen syrischen Vater hatte, sein Gebetsgemurmel war mir fremd, und doch konnte ich den Blick nicht von ihm lassen und bewunderte seine Konsequenz. Wir hatten wie Bruder und Schwester nebeneinander geschlafen. In der Nacht hatte er mir eröffnet, dass er nicht monogam leben könnte, und von zwei aktiven Affären erzählt. Er sagte es mir, bevor etwas zwischen uns passiert war. Ich war verliebt. Er hätte das ausnutzen können. Mit mir schlafen und mich verletzen können. Doch er tat es nicht.

Mein dritter Gedanke ist: Die sexuelle Gewalt, die ich in meinem Leben erfahren habe, kam von einem Deutschen.

Er wisse nicht, warum sich Flüchtlinge so benehmen und warum die Polizei nicht einschreitet, sagt Nadim bei unserem nächsten Treffen. Und ich denke sofort, dass man ja noch gar nicht weiß, ob das alles Flüchtlinge waren. Nadim hat das Thema Silvesternacht von sich aus angesprochen. Er ist der Meinung, dass die Polizei Härte zeigen sollte und man Straftäter unter den Flüchtlingen sofort in ihre Länder zurückbringen müsste. Ich erkläre ihm, dass das nicht so einfach ist, weil manche Länder Straftäter auch gar nicht zurücknehmen.

Reyhan ist entsetzt darüber, was die Männergruppen Silvester getan haben. Das sei nicht mit ihrer Religion vereinbar und als Gast in einem Land dürfe man sich erst recht nicht so benehmen.

Nadim erzählt, dass Marokko und Algerien – die Länder, aus denen die Tatverdächtigen wohl großenteils stammen – rein muslimische Länder seien. Über achtundneunzig Prozent der Bevölkerung gehöre dort dem Islam an. In Syrien hingegen habe es immer verschiedene Religionen nebeneinander gegeben, auch zehn Prozent Christen. Kirchen neben Moscheen seien keine Seltenheit gewesen. Er glaubt, dass Marokkaner und Algerier vielleicht deshalb nicht mit den Frauen hier umgehen könnten.

»Und dann Alkohol, Alkohol ist sehr schlecht. Ist verboten in unserer Religion.« Allah habe den Menschen den Alkoholkonsum schrittweise verbieten wollen, erzählt er. Zuerst habe er das Trinken von Alkohol erlaubt. Aber die Menschen konnten damit nicht umgehen. Deshalb habe er ihnen gesagt, sie dürften trinken, aber nicht zu den Gebetszeiten. Als die Menschen sich jedoch trotzdem nicht disziplinieren konnten, verbot er den Alkohol ganz.

Nadim nimmt das kleine Glas Tee, und bevor er daraus nippt, erklärt er: »Unser Körper nicht für uns, gibt es eine Mietvertrag zwischen uns und Gott. Deshalb kein Alkohol.«

Für sie sei es am Anfang ungewohnt gewesen, auf den Stadtplätzen so viele Alkoholiker zu sehen. Wer in Syrien trinkt, mache das heimlich zu Hause und nicht in der Öffentlichkeit.

»Hast du denn noch nie in deinem Leben Alkohol getrunken?«, frage ich. »Probiert man das als Student nicht mal aus?«

Nadim grinst. Doch, klar habe er das mal ausprobiert früher. Und wenn ein Freund Zigaretten oder Shisha rauche und Alkohol trinke, müsse man auch immer entscheiden, ob man das dem Freund und der Gastfreundschaft zuliebe mitmache oder sich an das Alkoholverbot halte. Als Student habe er öfter mal Alkohol getrunken, aber jetzt schon lange nicht mehr.

Vom Hunger

Madaya liegt im Qalamoun-Gebirge an der Grenze zum Libanon. Vor dem Krieg sei Madaya sehr reich gewesen durch den Grenzschmuggel. »Illegaler Import/Export«, erklärt Nadim. Madaya sei der einzige Ort gewesen, wo man Ware aus Europa habe kriegen können. Nadims Heimatstadt liegt nur zwanzig Kilometer von Madaya entfernt.

Jetzt ist Madaya in den Nachrichten. Die Stadt wird von der syrischen Armee und der mit ihr verbündeten Hisbollah belagert und ist komplett von der Versorgung abgeschnitten. Die Einwohner sind krank und abgemagert. Mütter können wegen der Unterernährung nicht mehr ihre Babys stillen, es sollen schon Säuglinge verhungert sein. Der Fluchtweg ist auf der einen Seite durch die Belagerer und auf der anderen Seite durch Minen und Scharfschützen versperrt. Fotos von bis auf die Haut abgemagerten Menschen gehen durch die Medien. Kinder mit großen Augen, dünnen Ärmchen und aufgeblähten Bäuchen, die in diese Welt aus Krieg und Hunger vielleicht gar nicht hineingeboren werden wollten.

Auf dem Familienfoto meines Großvaters Fritz aus dem Jahr 1915 fehlt sein Vater. Er wurde direkt 1914 in den ersten Weltkrieg eingezogen, seine Frau Susanna blieb mit den drei Kindern in dem Zimmer im kleinen Bauernhaus des Onkels in Nieder-Ohlisch zurück. Auf dem Foto sitzt sie in langem Rock. Ihre Haare sind gescheitelt und zurückgebunden, hinter dem Haaransatz und den Ohren trägt sie ein weißes Kopftuch. Ihr Blick ist ernst wie auf Fotos zu dieser Zeit üblich, aber kraftvoll. Ihre Tochter Anna steht in einem dunklen Kleid neben ihr, sie muss zu dem Zeitpunkt etwa zehn oder elf Jahre alt gewesen sein. Ihr geflochtener Haarkranz gibt den Blick auf ihr bleiches, fast verschrecktes Gesicht frei. Sie soll blutarm gewesen sein und immer sehr blass und mager. Rechts von ihr steht ihr Bruder Fritz, mein Großvater, etwa acht Jahre alt, in einem Anzug, mit sichtbaren Wangenknochen und grimmigem Blick. Als er starb, war ich drei Jahre alt. Ich habe ihn nicht bewusst kennengelernt. Vorne sitzt der kleine Heinrich, er hat etwas längeres, seitengescheiteltes Haar und mit seinen fünf oder sechs Jahren den kindlichsten unschuldigsten Gesichtsausdruck. Mein Großonkel Heinrich hat mich trotz der Entfernung zwischen seinem späteren Wohnort in Österreich und unserer westdeutschen Kleinstadt in meiner Kindheit und Jugend begleitet.

In Bielitz am Rande der Schlesischen Beskiden hörte er als kleiner Junge im ersten Weltkrieg die schweren Geschütze dröhnen und heulen, als die Russen die etwa fünfzig Kilometer entfernte Festung Przemysl eroberten und auf dem Vormarsch nach Krakau waren. Heinrich durchschauerte es, und er hatte furchtbare Angst, dass die Russen bis nach Bielitz kommen würden. Sie kamen nicht, aber der Hunger hielt Einzug. Zwar gab es Lebensmittelmarken, aber nach einiger Zeit fielen die Brotrationen an Menge und Qualität immer ärmlicher aus. Zweimal pro Woche bekamen sie als Familie ein Brot zugeteilt. Manchmal wurde nur die Hälfte oder weniger geliefert, das Brot wurde schlechter und schlechter, fiel auseinander, und sie mussten das bisschen in Bröselform untereinander verteilen. Auch die anderen Zuteilungen wie Zucker, Fleisch, Speck und Mehl waren äußerst knapp bemessen, sodass die Mutter Susanna große Sorgen hatte, ihre drei Kinder satt zu kriegen. Die Kinder mussten mithelfen, wo es nur ging. Heinrich musste mit seinen fünf Jahren jeden Tag die Kuh des Onkels an einem Strick auf die Weide bringen. Dafür bekamen sie, wenn die Kuh Milch gab, oft einen halben Liter davon. Für das Kartoffelbeet, das sie auf dem Grundstück des Onkels anlegen durften, mussten die beiden Jungen zweimal pro Woche auf der Straße

»Pferdekrapfen« als Dünger sammeln. Im Wald pflückten sie Kräuter für Tees für den Winter, Hagebutten, auch Pilze fanden sie dort, und in der Erntezeit gingen sie zum Ährenklauben und trugen die Reste zusammen, die dem Bauern beim Getreideeinbringen durch den Rechen gingen. Manchmal durfte Heinrich Milch holen von einer Bäuerin, für die die Mutter nähte. Die Bäuerin ging jedes Mal mit dem Milcheimer vom Melken direkt zur Wasserpumpe und verdünnte die Milch mit drei bis vier Hüben, bevor sie sie dem kleinen Jungen in die Hand drückte.

Die Mutter musste die drei Kinder oft bis spät in den Abend alleine lassen, weil sie für andere Leute nähte oder in der Landwirtschaft half, um zusätzlich etwas Milch, Kartoffeln, Butter oder Obst für ihre Kinder zu erhalten. Aus Gerstenkörnern mahlte sie Malz für Kaffee, oft aßen sie Kartoffeln mit Milch, am miesesten fand Heinrich die Kwatschken, eine Erdfrucht zwischen Kohlrabi und Futterrüben, die eigentlich als Viehfutter gedacht war.

Einmal kam der Vater auf Urlaub aus dem Krieg nach Hause und sie hatten keine Kartoffeln mehr. Da suchte die Mutter ihren nur noch spärlichen Wäschevorrat durch. Mit Schürzen, Kopftüchern und Hemden als Tauschobjekt fuhren sie am nächsten Tag mit der Eisenbahn an die dreißig Kilometer weit in polnische Dörfer in der Nähe von Andrychau. Sie erhielten Kartoffeln, ein paar Möhren und Kohlköpfe, die sie Krauthäupel nannten, und mussten sich die nächsten Tage keine Sorgen mehr machen.

Gegen Ende des Krieges wurde es mit der Versorgung noch schlechter. Die Mutter trocknete Kartoffelschalen, vermengte sie gemahlen mit etwas Mehl und buk daraus Brote, die scheußlich schmeckten, aber ein bisschen satt machten. Auch nach Kriegsende blieb die Not der Versorgung.

Österreich-Ostschlesien wurde zur Hälfte dem polnischen Staat zugeteilt, doch auch innerhalb Polens wurde die Stadt Bielitz, die jetzt Bielsko hieß, mehrheitlich von Deutschen bewohnt, die sich – wie schon die sechshundert Jahre zuvor – ihre deutschen Schulen und Kultur bewahren konnten. Der Vater war heile aus dem Krieg zurückgekehrt, die Söhne besuchten die Bürgerschule und gingen in die Lehre. Sie verdienten ihr erstes Geld, doch schon bald kam die Krise, es gab weniger Arbeit, die Söhne wurden gekündigt und waren ein paar Jahre arbeitslos. Trotzdem regten sich in der Familie Pläne, ein eigenes Haus zu bauen, denn aufgrund der Weltwirtschaftskrise waren die Preise sehr niedrig. Heinrichs Firma war in Aufbruchsstimmung, und er wurde als erster wieder eingestellt. Zudem half er seinen Eltern tatkräftig beim Bau des Eigenheims. 1932 war das Haus fertig. Nach einer Kindheit mit Entbehrungen und einer Jugend mit Inflation und Wirtschaftskrise muss es ein erhabenes Gefühl gewesen sein, in das eigene Haus zu ziehen. Doch während die Söhne wieder gute Arbeit hatten, verdunkelte sich der politische Himmel.

Der August 1939 war schön und sehr warm, sie konnten noch bis in den September hinein draußen baden. Die Polen wurden langsam zum Militär eingezogen. Anfang September um halb sechs morgens fiel Heinrich beim Kämmen der Spiegel aus der Hand, weil es dreimal kräftig rumste. Es waren drei Sturzkampfflugzeuge, die den großen Exerzierplatz bombardierten. Am Nachmittag kamen die deutschen Truppen und besetzten die Städte Bielsko und Biała ohne Gefechte, da diese zum großen Teil von Deutschen bewohnt waren. Dann zogen sie weiter Richtung Krakau. Der Landkreis Bielitz wurde gebildet und in das Deutsche Reich eingegliedert.

Dieser Landkreis mit der Stadt Oświęcim erlangte traurige Berühmtheit durch das Konzentrationslager Auschwitz mit seinen zahlreichen Nebenlagern. Die Bilder von ausgemergelten Menschen mit hohlen Wangen an Stacheldrahtzäunen, dürre Kinder mit großen Augen, nackte skelettartige Menschen vor Gewehrläufen, Berge von abgemagerten Leichen. Unzählige Juden, dazu

Systemkritiker, Homosexuelle, Zeugen Jehovas, unangepasste Pfarrer und geistig Behinderte wurden hier zu Tode gehungert, gequält, vergast. Fotos, die sich mahnend in die Geschichte gehämmert haben. Bilder, deren Anblick man kaum erträgt.

Die Menschen auf den mutmaßlichen Fotos aus Madaya, die im Internet kursieren, sehen aus wie die KZ-Häftlinge von damals. Sie sollen sich in ihrer Not von Gras und Suppen aus Blättern ernähren. Anderen syrischen Städten geht es ähnlich, dabei werden teilweise regimetreue Städte von Aufständischen oder Islamisten belagert und, wie im Fall von Madaya, Städte mit Aufständischen von den Soldaten Assads und seinen Verbündeten – der Hunger wird als Waffe eingesetzt. Nun sollen endlich Hilfslieferungen nach Madaya gebracht worden sein.

Madaya sei eine wunderschöne Stadt gewesen, schwärmt Nadim, die Berge, das Klima, die gute Luft. Reyhan zeigt mit den Händen große runde Formen und sagt Nadim etwas auf Arabisch. Nadim übersetzt. In Madaya habe es das frischeste Obst gegeben, die dicksten Pflaumen und viele andere Früchte. Reyhan zählt verschiedene Früchte auf, und Nadim übersetzt sie uns oder beschreibt sie, wenn er den deutschen Namen nicht kennt. Reyhans Augen strahlen, während sie von Madaya erzählt. Sie atmet tief ein, als umgebe sie hier im Wohnzimmer die gute Bergluft von Madaya.

Und wenn wir irgendwann einmal nach dem Krieg nach Syrien kämen, dann würden sie uns diese schöne Stadt zeigen. Wir könnten die großen Früchte kosten und das frische Quellwasser, die Landschaft sehen und die Stadt mit ihrem ganz besonderen Reiz.

Ich denke an die Minen um Madaya herum, daran, dass es dauern wird, sie alle zu entschärfen, und dass Syrien für lange Zeit kein Touristenziel mehr sein wird. Und dann sage ich plump in die idyllischen Gedankenbilder von Madaya hinein, dass die Bundeswehrflugzeuge lieber Lebensmittel über belagerten Städten abwerfen sollten, anstatt Fotos aus der Luft zu machen. Wahrscheinlich zerstöre ich damit gerade die farbenfrohen Erinnerungen in ihren Köpfen.

Nadim seufzt und sagt:»Warum nicht können alle miteinander reden und Frieden machen?«

Wir sprechen über Politik, Waffenlieferungen und Stellvertreterkriege. Dann kommt Nadim noch auf den Selbstmordanschlag vor der Blauen Moschee in Istanbul zu sprechen. Der Attentäter sprengte sich inmitten einer deutschen Reisegruppe in die Luft, zehn Deutsche starben und elf Menschen wurden verletzt. Wir sprechen über die Türkei und ihr Verhältnis zum IS, der für den Anschlag verantwortlich gemacht wird. Zwischen dem schiitischen Iran und dem sunnitischen Saudi-Arabien kriselt es momentan auch.

Und vielleicht hätten wir bei den frischen Früchten aus Madaya bleiben sollen, denn eigentlich ist die Weltpolitik viel zu groß und erdrückend für das kleine Wohnzimmer mit dem stolzen Marmortisch.

Vom Abstandhalten, UmFs und Wolfskindern

An einem Samstagnachmittag Ende Januar erhalte ich eine Kurznachricht von Nadim: Seine Frau habe arabisches Essen gekocht und wolle es uns schenken. Ob wir zu Hause seien und er uns einen Teller vorbeibringen könnte. Ich bin gerührt. In Deutschland kommt nie jemand auf die Idee, einem Essen abzugeben, höchstens wenn man sowieso zu Besuch und etwas übrig ist. Jonathan liegt mit Fieber und Erkältung oben im Bett, Tobias ist mit Jasper zu einem Kindergeburtstag gefahren. Wir selbst haben an diesem Tag wenig Zeit zu kochen. Ich schreibe Nadim, dass er gerne vorbeikommen könne. Dann laufe ich durch die Wohnung: Habe ich irgendwo eine Kleinigkeit, die ich Reyhan zurückgeben kann? Ohne dass sie sich sofort wieder verpflichtet fühlt, etwas zurückzuschenken? Schließlich gibt Jonathan zwei Spielzeugautos für Rami und Bassam ab, die ich schnell in Geschenkpapier einwickele, bevor es klingelt.

Ich drücke den Türöffner, aber Nadim bleibt draußen vor der Tür. Als ich ihm entgegenkomme, steht er zögerlich da und reicht mir den Teller mit Essen. Ich nehme ihm diesen ab und trete ein Stück zur Seite.

»Komm doch rein.«

»Tobias ist da?«

»Nein, Tobias ist mit Jasper auf einem Kindergeburtstag.«

Nadim bewegt sich nicht, ich gucke ihn verwirrt an, dann verstehe ich, dass er nicht reinkommen will, weil Tobias nicht zu Hause ist. Ich lache. »Du kannst ruhig reinkommen!«

Aber Nadim bleibt draußen, also unterhalten wir uns noch kurz weiter, ich gebe ihm die Autos für Rami und Bassam, und dann hat er es plötzlich sehr eilig. Ich kann mich gerade noch für das Essen bedanken und schon ist er verschwunden.

Als ich den Teller in die Küche bringe und unter die Folie gucke – Reyhan hat orientalischen Reis mit Hühnchen und Salat zubereitet –, wird mir erst richtig klar, dass Nadim Angst hatte, unsere Wohnung zu betreten. Weil Tobias sauer werden könnte, wenn er mit mir alleine ist, oder weil jemand anderes etwas Schlechtes von ihm denken oder ich mich bedrängt fühlen könnte? Ich stehe da in der Küche und kann das überhaupt nicht glauben. Wir kennen uns seit einem halben Jahr, haben beide zwei Kinder, das ist bei uns normalerweise Grund genug, dass der Partner und alle anderen Vertrauen haben und es nicht für verwerflich halten, wenn Eltern unterschiedlichen Geschlechts, die ihre Kinder in der gleichen Klasse haben, sich mal alleine unterhalten.

Noch nie in meinem Leben habe ich mir Gedanken darüber gemacht, dass das jemand unsittlich finden könnte.

Wenn ich mit Mo abends um die Häuser ziehe, mich mit Künstlerkollegen in irgendwelchen Cafés bespreche, mich ein Kindergartenvater in seinem Auto nach Hause bringt, dann interessiert Tobias das überhaupt nicht. Und die anderen auch nicht. Weil sich einfach niemand etwas Böses dabei denkt. Weil es seit unserer Schulzeit normal ist, dass Mädchen und Jungen oder Männer und Frauen miteinander befreundet sein können, ohne dass etwas passiert.

Nadims reserviertes Verhalten kam für mich völlig überraschend, denn ich habe mir überhaupt nichts Böses dabei gedacht, ihn hereinzubitten.

Später überlege ich mir, dass es für Nadim wahrscheinlich einfach die erlernte Form der Höflichkeit war und dass ich mich selbst vermutlich auch so verhielte, wenn ich so aufgewachsen wäre. Und gleichzeitig wird mir klar, wie sehr sich meine Jugendzeit durch all die Unternehmungen mit Freundinnen und besten Freunden, all die Kneipenabende, nächtliche Diskobesuche, Partys und langes Ausgehen wahrscheinlich von Nadims Jugendzeit unterschieden hat.

»Da ist deine Jugend vorbei«, sagt Mo nachdenklich, während er einen Schluck Bier nimmt. »Wenn du so etwas erlebt hast, dann bist du nicht mehr unbeschwert. Die UmFs versuchen mit den Jugendlichen hier natürlich mitzuhalten, aber eigentlich haben sie nur Krieg und Flucht im Kopf.«

»Was sind UmFs?«, frage ich verwirrt.

Mo grinst. »Die unbegleiteten minderjährigen Flüchtlinge, abgekürzt UmFs. Wie willst du unbeschwert in Deutschland Party machen, wenn deine Schwester in Syrien nicht weiß, wie sie am nächsten Tag ihre Kinder satt kriegen soll?«

Ich schweige betreten und nippe an meiner Maracujaschorle. Wir haben uns in einer Kneipe getroffen, in der ich oft als Studentin war: Alte Industrielampen werfen warmes Licht auf die Tische, die Wände sind voller Plakate und sehen aus wie flache Litfaßsäulen, die Kerze auf dem Tisch flackert, Regentropfen rinnen draußen am Fenster hinab, aber hier drinnen ist es trocken und gemütlich. Mo hat einen neuen Job. Nach seinem Trip auf die Balkanroute erschien ihm sein ohnehin verhasster Bürojob noch sinnloser und er hat sich spontan für eine Einrichtung für jugendliche Flüchtlinge beworben. Da er Pädagogik studiert hat und sie dort händeringend Leute suchten, wurde er sofort genommen. Zum Glück konnte er sich mit seinem alten Chef einigen und direkt Anfang Januar den neuen Job beginnen. Und jetzt sitzt er nicht mehr vor Computern, sondern vor den unfassbaren Geschichten seiner Schützlinge.

»Ein Junge aus Afghanistan, Ramasan, ist den ganzen weiten Weg mit seinem Bruder durch den Iran und die Türkei nach Griechenland geflohen. Auf Lastwagen zwischen Frachtkisten, zu Fuß über die Berge an der iranisch-türkischen Grenze, versteckt in einem Bus, dann mit einem Boot von der Türkei nach Griechenland. Bis nach Athen haben sie es zusammen geschafft, und dann hat er seinen Bruder im Gedränge verloren, als Hilfsgüter verteilt wurden. Das war vor sechs Monaten.«

»Er hat ihn nicht wiedergefunden?«

»Nein. Er hat alles abgesucht, gewartet, irgendwann ist er dann mit den anderen Flüchtlingen weitergezogen, weil sein Bruder und er nach Deutschland wollten.«

»Hatten die Jungen kein Smartphone?«

»Doch, aber das haben ihnen die Schlepper unterwegs abgenommen.«

»Wie alt sind die beiden?«

»Ramasan ist fünfzehn, sein Bruder elf.«

»Und die Eltern?«

»Der Vater wurde von Taliban erschossen, die Mutter ist noch mit den jüngeren Geschwistern in Afghanistan.«

»Und wie kommt Ramasan jetzt zurecht?«

»Er macht sich Vorwürfe, nicht gut genug auf den Kleinen aufgepasst zu haben. Ich hoffe, dass das Rote Kreuz den Bruder finden wird. Aber die haben grad viel zu tun. Etliche Familien werden auseinandergerissen, teilweise von den Schleppern in unterschiedliche Boote gedrängt, oder Kinder verlieren auf der Flucht im Gedränge an Bahnhöfen ihre Eltern.«

Wie damals, denke ich und starre auf die Regentropfen, die unentwegt das Fensterglas hinabrinnen. Die vollgeregnete Scheibe bricht die Lichtreflexe der Autoscheinwerfer draußen, und in meinem Kopf entstehen Bilder.

Durch die blau getönten Scheiben des Reisebusses sah ich Jurgis zum ersten Mal. Es war im Sommer 2006, ein heißer Julitag. Meine Eltern, ein paar andere und ich stiegen aus, um ihn zu begrüßen. Er steckte seine Hände in die Hosentaschen, als wolle er sie verbergen. Später sah ich, dass er große, behaarte Arbeiterhände hatte, Hände, die stehlen mussten, als sie noch klein und zart waren, aber wund und voller Krätze. Wir streckten ihm unsere gepflegten Westhände entgegen und umarmten ihn. »Gutten Takk«, sagte er immer wieder und noch ein paar andere Wörter, aber viel mehr kannte er nicht von unserer Sprache, die eigentlich auch seine gewesen wäre, aber nicht mehr war. Hans-Peter sagten wir zu ihm, und es schien ungewohnt zu klingen in seinen Ohren, denn hier in Litauen hieß er Jurgis.

Wir holten ihn in unseren Bus mit den blau getönten Scheiben. Hinten war noch ein Platz frei, und dort saß er dann während der Fahrt. Vielleicht lauschte er unseren Gesprächen, die er nicht verstand und die sich vielleicht doch vertraut anhörten. Er blickte aus dem Fenster, während die flache Landschaft vorbeiraste – die ihm so bekannten Farben der Ebene etwas verändert durch das Blau der Scheiben –, sein Blick schien sich darin zu verlieren. Vielleicht dachte er an die zerberstenden Scheiben damals bei den Bombenangriffen. An den Traum, den er lange geträumt hatte, bevor ihm klar wurde, dass dieser Traum eine Erinnerung war. Dass er und seine beiden älteren Geschwister wirklich damals in den Wirren von Krieg und Flucht ihrer Mutter abhanden gekommen waren. Und plötzlich alleine dastanden auf den weiten Straßen Ostpreußens. Fünf Jahre war er alt, alle hatten Angst vor den Russen, und dann sagte ihnen jemand, dass ihre Mutter wahrscheinlich tot sei. Vielleicht erinnerte er sich während des Stimmengewirrs im Bus gerade an den Hunger, der seinen kleinen Körper eingenommen, ihn besetzt, immerzu in seinem Kopf gehämmert hatte und stärker gewesen war als alles. Sie hatten in Ruinen geschlafen, im Wald gehaust, in Gewehrläufe geblickt und manchmal vor Hunger Erde gegessen oder Fleisch von verwesenden Pferdekadavern. Und dann hat jemand erzählt, dass es in Litauen Brot gibt, und sie sind mit den anderen Kindern mitgegangen, über die Grenze, hinüber in das fremde Land. Sie haben gebettelt auf den Bauernhöfen, und wenn man sie wegscheuchte, haben sie gestohlen. Die Litauer nannten sie die »vokietukai«, die kleinen Deutschen. Irgendwann war er so schwach, dass er nicht mehr laufen konnte. Seine ältere Schwester musste ihn tragen.

Schließlich war da dieses Bauernpaar, er saß bei ihnen in der Stube und bekam etwas Warmes zu trinken und zu essen. Seine Geschwister ließen ihn dort und versprachen wiederzukommen. Aber sie kamen nicht wieder.

Das Bauernpaar nannte ihn Jurgis, und von da an lebte er bei ihnen. Er lernte litauisch, arbeitete auf dem Hof, wurde später adoptiert, und irgendwann glaubte er, dass er das mit der Mutter und seinen Geschwistern nur geträumt habe, und vergaß, dass er Deutscher war.

Erst Jahrzehnte später erfuhr er, dass seine Geschwister es damals in den Westen geschafft, die Mutter wiedergefunden und ihr erzählt hatten, dass er tot sei.

Und nun saß er da, hörte seine Muttersprache und verstand uns nicht. Alle waren freundlich zu ihm. Hans-Peter sagten sie und lächelten ihn an, und er lächelte zurück, aber vielleicht stellte er sich vor, wie es gewesen wäre, wenn er damals nicht nach Osten, sondern wie die anderen in den Westen gegangen wäre. Wenn auch er seine Familie wiedergefunden hätte.

Dann würde er jetzt vielleicht mit uns in perfektem Deutsch reden, wie wir teure Kleidung tragen und glänzende Uhren. Er hätte gepflegte Hände, eine gute Rente und führe in komfortablen Reisebussen mit getönten Scheiben in den Urlaub.

Er wäre nicht Jurgis geworden, hätte vielleicht nicht so hart arbeiten müssen und keine litauische Frau geheiratet. Seine Kinder und Enkelkinder wären andere, und sie wären auf deutsche Schulen gegangen und hätten mehr gelernt, als er es jemals gedurft hatte.

Später hielt der Bus vor einem großen Restaurant auf der Kurischen Nehrung, wir stiegen aus und setzten uns an mehrere Tische. Ich saß Jurgis gegenüber, beobachtete ihn, wie er die Speisekarte studierte und bei den Preisen schlucken musste. Mein Vater lächelte und lud ihn ein. Alle schienen ein bisschen hilflos zu sein, die sechzig Jahre überwinden zu wollen, und doch war klar, dass Jurgis nie wieder Hans-Peter werden würde.

Er erzählte uns mit Hilfe eines Übersetzers, dass er bei der Fußballweltmeisterschaft sehnsüchtig vor dem Fernseher gesessen habe, die deutsche Nationalmannschaft auf dem Bildschirm verfolgt und verborgen vor seiner litauischen Familie nach dem Ausscheiden gegen Italien die ganze Nacht geweint habe – das seien doch schließlich seine »Verwandten« gewesen.

Ich betrachtete unsere Reisegruppe, viele Rentner und ein paar Jüngere, die während der WM selbstverständlich Deutschlandfahnen schwenken und jubeln sowie später kollektiv um das Ausscheiden trauern konnten, nur weil einem Teil von ihnen oder ihren Eltern damals die Flucht gelungen war. Weil sie Glück hatten.

Später zeigte Jurgis uns den Gedenkstein für die Wolfskinder im memelländischen Mikytai. Regelmäßig fuhr er den weiten Weg mit dem Fahrrad hier her, um das Denkmal zu pflegen. Im Gedenken an die vielen Kinder, die es nicht überlebt haben. Er hatte Blumen gepflanzt und Flaschenkonstruktionen gegen Maulwürfe in die Erde gesteckt. Unsere Reisegruppe stand andächtig vor dem Stein. Und einige überlegten vielleicht, was gewesen wäre, wenn sie damals die falsche Richtung eingeschlagen hätten und nach Osten gegangen wären.

Am Ende stellten wir uns noch zu einem Verwandtschaftsfoto vor dem Gedenkstein auf. Hans-Peter war der Cousin meiner Großmutter Christel. Mein Großonkel zweiten Grades heißt jetzt Jurgis und war ein Wolfskind.

Mitte Februar beginnt Reyhan endlich ihren Deutschkurs. Ich freue mich für sie, zum einen weil sie in Syrien Lehrerin war und die intellektuelle Herausforderung bestimmt vermisst hat, zum anderen weil der Weg bis hierhin gar nicht einfach war.

Es gab ein Problem: Der Kurs geht täglich bis 12:45 Uhr, Rami hat aber oft nur bis 11:30 Uhr Schule. Nadim ist in seinem Deutschkurs in der Innenstadt, und deshalb brauchten wir eine Kinderbetreuung, damit Reyhan nicht immer die letzten eineinhalb Stunden ihres Kurses verpasst. Nadim hatte schon beim Jobcenter nachgefragt und die hatten ihn an die Ausländerbehörde verwiesen. Die dortige Sachbearbeiterin war aber zunächst im Urlaub. Ich bot mich an, mit ihr zu telefonieren und die Sache zu klären, wenn sie wieder da sei. Von der Grundschule wusste ich inzwischen, dass keine Betreuungsplätze bis 13:20 Uhr frei waren, dass es sogar eine lange Warteliste gab.

Nadim gab mir die Telefonnummer der Dame von der Ausländerbehörde, sie hieß Frau Lange, und später dachte ich, dass mich vielleicht dieser Name schon hätte skeptisch machen müssen. Am ersten Tag versuchte ich es ein paar Mal, aber es war nur besetzt. Am nächsten Tag erreichte ich besagte Frau Lange. Ich erklärte unser Anliegen und erfuhr, dass der Kurs eigentlich schon im August 2015 beginnen sollte, der Start jetzt aber auf den 15. Februar verschoben worden sei. Die Sachbearbeiterin wollte die Unterlagen abgleichen und sich später noch mal melden.

Bei unserem zweiten Telefonat meinte sie, dass der 15. Februar ja erst in fünf Wochen sei und der Vater bis dahin vielleicht mit seinem Deutschkurs fertig, sodass er dann auf die Kinder aufpassen könnte. Ich glaubte nicht, dass Nadims Kurs bis dahin beendet sei, denn er machte schon den B2-Deutschkurs. Frau Lange wollte am nächsten Tag mit Nadims Betreuer bei der Ausländerbehörde telefonieren und nachfragen, ob es passt, dass Nadims Kurs aufhört und Reyhans Kurs beginnt. Währenddessen fragte ich mich, wieso Ehemann und Ehefrau, auch wenn sie unterschiedliche Nachnamen trugen, nicht denselben Sachbearbeiter hatten. Ich solle Rami schon mal vorsichtshalber auf die Warteliste der Schulbetreuung setzen lassen.

Am nächsten Tag bekam ich wieder einen Anruf von Frau Lange. Die Sachbearbeiterin hatte erfahren, dass Nadims Kurs bis Anfang Juni geht. Danach sei er für die Kinderbetreuung zuständig, wenn er dann nicht direkt eine sozialversicherungspflichtige Beschäftigung aufnähme. Es ginge also erst einmal darum, die Zeit von Mitte Februar bis Anfang Juni zu überbrücken. Reyhan müsse nämlich jetzt den Kurs besuchen, erklärte Frau Lange, weil sie sonst über sehr lange Zeit keinen Kurs machen könne – der nächste in unserem Stadtteil beginne vielleicht erst in einem Dreivierteljahr. Die dreieinhalb Monate müssten nun irgendwie überbrückt werden. Vielleicht, meinte sie, könnten wir die paar Wochen irgendwie so hinbekommen. Eventuell sollte Reyhan wirklich den Kurs früher verlassen oder man könnte sich mit verschiedenen Familien absprechen, um das Kind nach der Schule zu betreuen.

Ich rief die Schuldirektorin an. Die Betreuung war bereits übervoll, wir überlegten, was es sonst für Möglichkeiten gäbe. Vielleicht könnte eine andere arabische Familie Rami mitnehmen oder Rami könnte für die letzte Stunde jeweils in die Inte-grationsklasse gehen. Das wäre zumindest besser als nichts gewesen, wenngleich Rami eine Betreuung mit Hausaufgabenhilfe und seinen deutschen Klassenkameraden sicherlich mehr helfen würde.

Noch am selben Tag rief mich die Leiterin der Schulbetreuung an. Sie habe gesehen, dass Rami schon seit August auf der Warteliste für einen Betreuungsplatz stand. Eine Mutter, die der Familie

Ibrahim damals geholfen hatte, habe Rami gleich zu Schuljahres-
beginn auf die Liste setzen lassen. Die Leiterin wollte wissen, ob
ich ehrenamtlich bei der Flüchtlingshilfe arbeite. Nein, sagte ich,
wir seien nur mit den Ibrahims befreundet, deshalb kümmerte ich
mich. Erleichterung am anderen Ende der Leitung. Dann ginge es
also nur um Rami, gut, sie könne das nämlich nicht für alle Flüchtlingskinder möglich machen. Rami aber könne nun doch einen
Platz bis 13:20 Uhr bekommen. Für die dreieinhalb Monate seien
hundertfünfundsiebzig Euro fällig, wenn das Amt die Kosten über-
nähme, wäre Rami der Platz sicher.

Wieder telefonierte ich mit Frau Lange von der Ausländerbehörde. Die sprach mit dem Fallmanager des Jobcenters und rief
mich dann zurück. Der Fallmanager wolle mit seiner Chefin sprechen, die Übernahme der Kosten sei unwahrscheinlich, aber er
wolle es versuchen.

Sonst müsse man versuchen, das Geld über Spenden zusam-
menzukriegen und vielleicht beim Lions-Club oder ähnlichen In-
stitutionen anfragen.

Zehn Tage hörte ich nichts, dann rief ich Frau Lange nochmals
an. Sie hatte die Info mit den hundertfünfundsiebzig Euro an das
Jobcenter weitergegeben, die wollten das intern klären, aber sie
hatte nichts mehr gehört. Ich bekam die Durchwahl des Fallmana-
gers vom Jobcenter.

Der sagte, dass er seine Teamleiterin vor über einer Woche deswegen angeschrieben habe. Er glaubte, dass das Jobcenter die Kosten übernehmen könne, sie müssten nur intern klären, aus welchem Topf das Geld genommen würde. Weil es nicht explizit ein
Kinderbetreuungsbudget für Flüchtlinge gebe. Er wollte das noch
mal klären und mich dann zurückrufen.

Sechs Tage vor Beginn des Deutschkurses erhielten wir die
mündliche Info, dass das Jobcenter die Kosten übernimmt. Dafür

wollte der Fallmanager Unterlagen schicken, die Reyhan ausfüllen und zurückschicken sollte. Endlich, die Betreuung war finanziert! Ein paar Tage später bekam Reyhan Formulare vom Jobcenter, die so unverständlich waren, dass die Ibrahims sie gar nicht auf die Betreuungsfinanzierung bezogen, sondern sich an diverse Hilfsstellen wandten, die wiederum mit dem seltsamen Schreiben nichts anfangen konnten. Kein Wunder, denn nirgendwo war ersichtlich, dass es um die Finanzierung der Kinderbetreuung ging, stattdessen drehte sich der Fragebogen um die Themen Ausbildung und Arbeit. Wir füllten das Formular so gut es ging für Reyhan aus, aber selbst wir Muttersprachler hatten Schwierigkeiten damit.

Zwischen all den Telefonaten beruhigte ich die Ibrahims wegen der deutschen Bürokratie und versuchte, ihnen Hoffnung zu geben, dass es doch noch klappen könnte.

Zur Durchsetzung der dreieinhalb Monate Betreuung für Rami habe ich etwa ein Dutzend Telefonate geführt, es waren die Ausländerbehörde, das Jobcenter, die Schuldirektorin, die Leiterin der Ganztagsbetreuung und ein Berater involviert, viel Schriftverkehr ist hin- und hergegangen. Ich stelle mir vor, wie viele solcher Telefonate momentan in Deutschland durch die Leitungen gehen, wie viele Menschen hin und her telefonieren oder schreiben, um für Flüchtlinge notwendige Hilfen oder Erleichterungen zu erreichen. Bei dem Gedanken an die ganzen Telefonate, Behörden und Ehrenamtlichen wird mir ganz schwindelig.

Beim nächsten Flüchtlingscafé sehe ich Hafsa und Zainab wieder, aber sie sitzen an einem anderen Tisch und ich spreche sie nur kurz. Von Ahmad habe ich seit unserem Adventstreffen nichts mehr gehört, obwohl wir die Handynummern ausgetauscht haben. Eigentlich wollte ich der Flüchtlingshilfe aussortierte

Haushaltsgegenstände von unserem Umzug und Stadtspazier-
gänge für Geflüchtete anbieten, aber etwas hält mich zurück.

Bei mir am Tisch sitzt Valmir, ein junger Mann aus Albanien.
Er spricht etwas englisch, deshalb erfahre ich, dass er Anfang letzten Jahres nach Deutschland gekommen ist. Ein schmächtiger,
jünglinghafter Mann mit dunklem Haar und einem fragenden
Blick. Mir fällt es schwer, mich mit ihm zu unterhalten, denn ich
weiß nicht viel über Albanien, und nach den ersten Fragen, woher
er komme und wie lange er schon in Deutschland sei, fehlen mir
die Anknüpfungspunkte.

Aber er fragt mich unvermittelt:»Can you help me for any document or something like this?«

»Can you say me which document you mean?«, frage ich
zurück.

Valmir senkt seinen Blick.»I have not documents to stay for
long time here.« Er hebt seinen Blick und guckt mich energisch an.
»But I want to stay here and to integrate.«

Ich seufze.»I think you need a good reason to stay here. Not
for me but for the administration. Germany thinks that Albania is
a safe country.«

Valmir lacht.»A safe country? That's terrible! Okay okay,
thanks.«

Er will sich von mir abwenden, so als hätte ich persönlich die
Länder in sichere und unsichere Herkunftsstaaten eingeteilt.

»I think every refugee has a good reason«, versuche ich es noch
einmal,»but I am not the administration.«

»Just ask you«, sagt Valmir und wirkt beleidigt.

Wie soll ich ihm erklären, dass Albanien vor kurzem zum si-
cheren Herkunftsstaat erklärt wurde und die Chancen auf ein dauerhaftes Bleiberecht gering sind, zumal Albanien Nato-Mitglied
und EU-Beitrittskandidat ist?

»It's okay that you ask me. But I think you need a person with very good knowledge about it.«

Valmir gibt mir seine E-Mail-Adresse, und ich verspreche ihm, mich nach Hilfsangeboten für sein Problem zu erkundigen.

Noch am Abend schreibe ich jemanden von Pro Asyl an, der mir Adressen von der örtlichen Flüchtlingsberatung gibt, und schicke diese Infos an Valmir.

Danach beschließe ich, das Flüchtlingscafé nicht mehr zu besuchen, sondern mich lieber nur auf die Ibrahims zu konzentrieren. Ich kann nicht die ganze Welt retten.

Nach den Erfahrungen mit Ramis Betreuungsplatz merke ich, dass mir alles zu viel wird, dass ich solche Dinge nur für eine Flüchtlingsfamilie stemmen kann.

Zuerst habe ich ein schlechtes Gewissen, weil ich gerne mehr tun würde, als ein paar Tropfen auf den heißen Stein zu gießen. Aber dann denke ich, dass aus Tropfen manchmal auch Rinnsale werden. Wenn ich den Ibrahims unsere Stadt zeige und nahebringe, werden sie das vielleicht an andere Flüchtlinge weitertragen. Und wenn nicht, so haben wir wenigstens einer Familie geholfen.

Nachdem ich das für mich beschlossen habe, geht es mir besser. Vielleicht werde ich mit einem Bilderzyklus zum Thema Flucht beginnen. Erst einmal gönne ich mir an diesem Abend aber ein Glas Wein, kuschle mich mit Tobias vor den Fernseher und wir gucken »Tatort«. Und das fühlt sich wunderbar normal an.

Hoffnung und Scherben

Je mehr wir der Familie Ibrahim bei bürokratischen Dingen helfen oder einfach nur mit Nadim über seine Berufspläne reden, desto häufiger bringt er uns arabisches Essen oder einen selbstgebackenen Apfelkuchen von seiner Frau vorbei. Auch heute steht er wieder mit einem Topf vor der Tür, wir bitten ihn herein, doch er scheint diesmal nicht nur das Essen im Gepäck, sondern auch etwas auf dem Herzen zu haben.

Kaum haben wir ihm einen Sitzplatz und einen Kaffee angeboten, rückt er auch schon damit heraus: Er hat ein Jobangebot. Über einen syrischen Freund. Eine Automobilindustriefirma sucht fünf Mitarbeiter, die Autoteile zusammenbauen. Sein Freund möchte das auch machen, aber das sei weiter weg, deshalb müsste man dafür umziehen und er wolle mal unsere Meinung hören.

»Wo denn?«, fragen Tobias und ich wie aus einem Mund.

Nadim nennt uns ein Wandergebiet, das etwa hundert Kilometer von uns entfernt liegt.

»Und wie heißt die Stadt?«

Er nennt uns nochmals das Wandergebiet.

»Das ist keine Stadt, das ist ein Kreis, ein Gebiet mit viel Wald und kleinen Bergen, winzigen Dörfern und Städten.«

»Keine große Stadt?«

»Nein, viele kleine Dörfer und Städte. Weißt du nicht, wie genau der Ort heißt?«

Nadim sucht in seinem Smartphone, dann zeigt er auf den Namen einer Kleinstadt.

»Oh«, entfährt es Tobias, der in der Nähe aufgewachsen ist.

Wir tragen schnell aus dem Internet die wichtigsten Informationen zu der Stadt zusammen: ein hübsches Rathaus, ein alter

Stadtmauerturm, eine Pfarrkirche mit barocker Turmhaube, ein idyllischer Stausee und die Hälfte des Stadtgebietes besteht aus Wald. Vierundzwanzigtausend Einwohner – allein unser Stadtteil beherbergt ein Drittel mehr Menschen. Immerhin gibt es in der Provinzstadt sogar eine türkische Moschee mit zweihundert Mitgliedern. Aber zur Arbeitsagentur und zur Ausländerbehörde muss man in die Nachbarstädte fahren.

Wir versuchen Nadim zu erklären, dass es schwierig ist, in eine Dorfgemeinschaft hineinzukommen, und dass unsere Großstadt sicherlich offener ist. Hier gibt es Arabisch-Unterricht an der Grundschule, während die christlichen Schüler Religionsunterricht haben, hier gibt es eine arabische Moschee, Geschäfte, Vereine.

»Vielleicht man muss sich da mehr integrieren«, sagt Nadim und fügt dann überzeugt hinzu: »Das ist gut. Hier manchmal mir sind zu viele arabische Menschen. Ist gut für Gemeinschaft, aber nicht gut für Sprache lernen.«

»Aber da gibt es nichts«, versucht es Tobias. »Da gibt es nur Schützenvereine, Karnevalsvereine und die Freiwillige Feuerwehr, dort bekommt man Kontakt.«

In meinem Kopf formieren sich Bilder von Dorfkneipen und Bierkrügen – ich kann mir Nadim nur schwer zwischen den schunkelnden Menschen vorstellen.

»Sportvereine gibt es wahrscheinlich noch«, füge ich hinzu, »und viel Natur.«

Nadim umfasst seine Kaffeetasse. »Aber vielleicht das ist ein guter Job. Gute Chance.«

»So einen Job findest du überall, dafür musst du nicht umziehen. Hier hast du mehr Möglichkeiten.«

Tobias überlegt. »Du musst dir ansehen, wie so eine Kleinstadt aussieht. Wenn du willst, können wir beide nächste Woche dorthin fahren.«

Anfang März laden wir die Ibrahims zum Essen ein. Wir wollen uns revanchieren für die reichliche Bewirtung, die Reyhan uns immer zugutekommen lässt. Diesmal decke ich das gute Geschirr, das ich bei unserem ersten Treffen lieber im Schrank gelassen habe, um mich nicht zu sehr über die Ibrahims zu stellen. Jetzt platziere ich es auf dem Tisch, weil die Familie es uns wert ist, dass wir es benutzen. Tobias hat Spaghetti und eine vegetarische Bolognesesoße gemacht, dazu Salat. Ich hätte gerne etwas von dem guten Geflügelfleisch vom Bauernhof aus unserer Gefriertruhe zubereitet, aber das ist nicht halal, deshalb servieren wir nun ein Gericht, das gar nicht deutsch ist. Zum Nachtisch habe ich noch eine Torte gebacken.

Nach dem Essen gehen die Kinder sofort nach oben zum Spielen. Erst hören wir Piratengeschrei, später Verhandlungen im Kaufladen und nachgemachte Motorengeräusche vom Autoteppich.

Reyhan versucht nach drei Wochen Deutschkurs schon viel mehr Wörter auf Deutsch zu sagen. Nadim hat das Angebot von Tobias, sich mit ihm die ländliche Kleinstadt mit der Autozulieferfirma anzusehen, nicht angenommen. Stattdessen ist er mit Reyhan und seinem syrischen Freund dorthin gefahren. Sie haben die Moschee gesehen und einen türkischen Laden, ansonsten ein schönes Städtchen, aber viel Wald und Landschaft.

»Sehr klein«, sagt Reyhan.

Nadim widerspricht. »Aber gute Arbeit. Für eine Stunde 8,50 Euro.«

»Das ist bei uns der Mindestlohn«, erklärt Tobias, »so etwas finden wir bestimmt auch hier.«

Nadim möchte arbeiten, Geld verdienen, sobald er seinen Deutschkurs beendet hat, das merkt man ihm an. Er fühlt sich verantwortlich, will selbst für seine Familie sorgen. Aber das wird er irgendwann auch hier in der Großstadt schaffen.

»Reyhan fand nicht gut, für mich Stadt okay. Sie will hierbleiben.« Reyhan lacht. »Hier Schule, Kindergarten, Kinderarzt, Supermarkt, Moschee, Freunde. Ich kann zu Fuß.«

»Da gibt es auch«, beginnt Nadim, und dann redet er mit seiner Frau auf Arabisch weiter. Er scheint ihr Argumente zu liefern, eines nach dem anderen, er scheint die Arbeitsmöglichkeit wirklich als eine große Chance zu sehen.

Reyhan guckt ihren Mann an, als wolle sie gleich mit dem Fuß aufstampfen. Nachdem er seinen Monolog beendet hat, sieht sie zu mir, dann entgegnet sie Nadim trotzig: »Aber da gibt es nicht Betty!«

Ich lache, und Reyhan lächelt zurück.

Später frage ich Nadim, was denn eine Alternative sein könne, und wir durchstöbern an meinem Computer das Internet nach Stellenanzeigen von Rechtsanwälten, die Auszubildende suchen. Im Anschluss an den B2-Deutschkurs muss er ein einmonatiges Praktikum absolvieren, deshalb habe ich versprochen, in den nächsten Tagen dort anzurufen und mal vorzuhorchen, was es für Chancen gibt. Helferjobs können wir immer noch suchen.

Danach gehen wir zurück ins Esszimmer, gönnen uns noch ein Stück Torte und reden über andere Dinge, aber Nadim ist schweigsam geworden. Seine Frau möchte nicht umziehen, auch wir raten ihm ab. Ich glaube, er hätte am liebsten einen Fahrplan für seine Zukunft, auch wenn er neulich geäußert hat, dass er sich an die geregelten Fahrpläne der deutschen Busse erst einmal gewöhnen musste, weil in Syrien alles spontaner und intuitiver laufe. Dazu macht ihm die Vergangenheit Sorgen, die für seine Verwandten noch Gegenwart ist: Syrien. Seine Geschwister haben kein Geld für die Flucht, zumal es schwierig ist, während des Krieges Geld zu verdienen. Der Vater ist alt, krank und ohne ärztliche Hilfe.

In Syrien ist seit Ende Februar Waffenstillstand, und bislang scheint er weitgehend gehalten zu werden. »No bombs«, sagt Reyhan. Das ist zumindest ein bisschen beruhigend.

Nadim seufzt. Am liebsten ginge er zurück, sobald in Syrien Frieden ist. Er hat Sehnsucht nach seinem Land und seiner Familie. »Wir gehören nach Syrien«, sagt er. »Das ist unsere Land. Hier ist gut, aber trotzdem wir sind fremd hier. Dort passen wir am besten hin.«

Ich würde ihm sein Heimweh gerne nehmen. Mir ginge es wahrscheinlich genauso an seiner Stelle. Die Arbeitssuche bringt Unsicherheit und die Waffenruhe die Hoffnung auf Frieden. Aber es wird dauern, bis Syrien sicher ist. Und bis dahin haben sie sich hier vielleicht etwas aufgebaut.

Meine Großmutter Christel wollte nie zurück. Als mein Vater sie als junger Erwachsener nach ihrer Heimat fragte, antwortete sie schroff: »Da ist alles kaputt. Ich werde da nie wieder hinfahren, und du wirst es auch nicht tun.«

Die Wende kam, kurz danach starb meine Großmutter. Jetzt waren die Grenzen offen. Mein Vater hielt sich nicht an ihr Verbot, und auch ich bereiste später ihre Heimat.

Von ihrem ersten Russlandbesuch in den Neunzigerjahren brachten meine Eltern Scherben mit. Scherben und eine Ecke Stuck. Sie hatten sie ausgegraben auf dem Bauernhofgrundstück unserer Vorfahren im ehemaligen Heiligenbeil, wo meine Großmutter die letzten Monate vor der Flucht verbrachte. Das Haus stand nicht mehr, nur das Kellergeschoss war noch unter der Erde verborgen. An einer Scherbe konnte man sogar erkennen, welche Geschirrmarke unsere Vorfahren benutzt hatten. Den Stuckfund stellten meine Eltern auf unser Kaminsims. Dort stand er viele Jahre und erinnerte an die vielen nicht erzählten Geschichten.

Ich werde nicht mehr erfahren, welche Bilder sich im letzten Herbst und Winter vor der Flucht in meine Großmutter gebrannt haben, welche Scherben in ihr Leben schnitten. Aber ich kann erahnen, warum sie keine Geschichten erzählende Großmutter war wie die andere, die den Krieg zwischen den sanften Hügeln meiner Heimat weitgehend ruhig überstanden hatte.

Vielleicht war es gar kein Rheuma, das meine Großmutter zerfressen hat. Vielleicht war es unerfüllbares Heimweh, das sich schwer auf sie gelegt und ihre Seele ebenso wie ihre Finger gekrümmt hat. Vielleicht musste sie in dieser kleinen Stadt zwischen den Hügeln immer an die Weite der Ostsee denken, an die Seen und Wälder ihrer Heimat, in der sie mehr als ein Drittel ihres Lebens verbracht hatte.

Das Glück, die Flucht heil überstanden zu haben, war vielleicht für meine Großmutter gar kein Glück. In der fremden Kleinstadt war sie umgeben von Menschen, die ihre Erfahrungen nicht teilten, und der Weg zurück blieb ihr versperrt. Vielleicht fühlte sie sich in der kleinen Dachgeschosswohnung genauso eingeschlossen wie die Insekten im Bernstein. Die äußere, hauchdünne Hülle der Insekten bleibt im Kontaktbereich mit dem Harz erhalten und schimmert durch den luftdicht verschlossenen Stein, während sie sich innerlich zersetzen. Wenn man den Bernstein öffnet, zerfallen die Insekten zu Staub. Meine Großmutter scheute den Kontakt zu anderen Menschen. Sie lebte eingeschlossen in ihrer Bernsteinwohnung und war vielleicht innerlich schon längst tot.

Grenzen

itte März wird die Balkanroute geschlossen. Slowenien lässt keine Flüchtlinge mehr durch, daraufhin kündigen Kroatien, Mazedonien und Serbien an, dass sie an ihren Grenzen nun ebenso handeln werden. Schon im Februar war die Zahl der Durchreisenden begrenzt worden, später ließ Mazedonien nur noch Syrer und Iraker durch. Mittlerweile harren im griechischen Idomeni an der mazedonischen Grenze dreizehntausend Flüchtlinge aus. Ich lese im Internet Berichte von Ärzten und freiwilligen Helfern, die versuchen, in Idomeni die Flüchtlinge und die vielen Kinder einigermaßen zu versorgen, und ich lese von Leuten, die meinen, dass man sich durch Kinderaugen nicht erpressen lassen dürfe. Währenddessen versinken die Zelte der Menschen nach heftigen Regenfällen im Schlamm.

Viele harren schon wochenlang dort aus. Menschen, die bis an diese Grenze gekommen sind, Menschen, die bis an ihre eigenen Grenzen gekommen sind, Menschen, die die Grenzen testen. Die Grenzen Europas und die Grenzen der europäischen Einigkeit.

Ich wusste schon früh, was Grenzen sind. Anni, die Schwester meines Großvaters Fritz, landete nach der Vertreibung aus Schlesien in Ostdeutschland, sie bekam zwei Söhne und vier Enkelkinder. Zum Geburtstag erhielt ich kurze Telegramme von den Verwandten aus der DDR. Auch freute ich mich immer auf die Briefe aus Stralsund und Dresden, denn die ostdeutschen Briefmarken bereicherten meine Sammlung und waren sonst schwer zu bekommen.

Manchmal fuhren wir mit Sondergenehmigung und geschmuggelten Westzeitschriften unter den Autofußmatten in die DDR, um unsere Verwandten zu besuchen. Die Grenzkontrollen dauerten oft lange, und es gab einen riesigen Aufstand, wenn die Grenzbeamten die Zeitschriften entdeckten. Damals war für mich hinter der DDR die Welt zu Ende. Erst nach der Wende erfuhr ich von einem Osten, der noch weiter östlich gelegen, einst deutsch und die Heimat meiner Großmutter Christel und ihrer Vorfahren gewesen war.

2005 stand ich wieder an einer Grenze. Den ganzen Tag waren wir bei schönstem Herbstwetter über Landstraßen und kilometerlange Alleen, durch unzählige Dörfer, an einsamen Höfen und idyllischen Seen vorbeigefahren. Hinter Elblag hatten wir die ehemalige Reichsstraße 1 Richtung Braniewo genommen. Inzwischen war es dunkel geworden, die alte Plattenstraße besaß weder Begrenzungslinien noch Straßenpfeiler, rechts und links sahen wir nur düsteren Wald im Licht unserer Scheinwerfer. Und dann standen wir an der polnisch-russischen Grenze. Wir waren müde, die Schlange lang, die Atmosphäre an diesem kleinen Grenzübergang im Nirgendwo beinahe unheimlich. Alex, der die vierzehn Stunden bis hier her gefahren war, lehnte sich seufzend über das Lenkrad. Selbst Irina schien nervös zu sein. Es fühlte sich wieder an wie damals, am Grenzübergang Lübeck-Schlutup – dieses mulmige Gefühl, dieses Grenzgefühl hatte ich seit der Wiedervereinigung und der Abschaffung der Grenzkontrollen in der EU durch das Schengener Abkommen nicht mehr gehabt. Wir krochen in der Autoschlange durch die schwarze Nacht auf den beleuchteten Übergang zu, die polnischen Beamten winkten uns durch, und nach zwei Stunden Wartezeit nahm endlich ein russischer Grenzbeamter unsere Reisepässe entgegen. Ein anderer blickte in unseren Kofferraum, hob das ein oder andere hoch – ich war unruhig wegen meiner Fotoausrüstung. Dann schloss er die Kofferraumklappe wieder und sprach mit Irina, es schien aber nicht um meine Kamera zu gehen. Alex und sie mussten hier an der Grenze eine für

Russland gültige Haftpflichtversicherung abschließen, außerdem ein Einfuhrdokument für das Auto ausfüllen. Sie gingen mit den Grenzbeamten mit und kamen einige Zeit später mit einem erleichterten Portemonnaie und einem Schrieb zurück. In einem weiteren Grenzhäuschen wurden unsere Reisepässe abgestempelt, und wir durften passieren.

Wir sprachen nicht viel, als wir der dunklen Straße Richtung Kaliningrad folgten. Der kleine Ort hinter der Grenze hieß Mamonowo und lag schwarz in der Nacht. Ich schickte meine Gedanken in den Himmel zu meiner Großmutter Christel, die hier vor ihrer Flucht gewohnt hatte, in einer anderen Zeit, als auf dem Ortsschild noch Heiligenbeil stand. Die kleine Stadt war kaum beleuchtet, im Dunkeln ließen sich nur einzelne Umrisse von Gebäuden erahnen. Plötzlich fing unser Scheinwerferlicht einen großen Stein mit einem Bildnis an einer Weggabelung ein, kurz leuchtete er im Dunkeln auf, und schon waren wir vorbei, fuhren stadtauswärts, eine lange Kastanienallee entlang.

Ich kannte diesen Stein von Fotos. Und ich kannte seine Geschichte. Es war eine der Geschichten, auf die mein Vater bei seiner unermüdlichen Suche nach Informationen über seine Vorfahren gestoßen war. Eine Geschichte, für die ich mich beim ersten Hören nicht besonders interessiert hatte, die aber an mir hängen geblieben war und die sich jetzt im nächtlichen Mamonowo wieder in Erinnerung rief.

Mein Ururgroßvater hieß Robert und führte um die Jahrhundertwende den Hof, auf dem meine Großmutter Christel, seine Enkelin, 1944 unterkam. Eines Tages bekam er die Nachricht, dass seine Arbeiter beim Pflügen seines Feldes auf einen großen Stein gestoßen seien. Sie gruben ihn aus, und zum Vorschein kam ein mächtiger Findling von zwei Metern fünfzig Höhe. Zu diesem Zeitpunkt suchte die Stadt Heiligenbeil einen geeigneten Stein, um dem

Reichsgründer Otto von Bismarck ein Denkmal zu setzen. Deshalb kaufte die Stadt Robert den Stein für dreißig Mark ab, er musste ihn jedoch an Ort und Stelle schaffen. Der Weg war drei Kilometer lang. Robert spannte acht Pferde vor einen Holzschlitten, später kam noch ein Fuhrunternehmer mit zwölf Pferden zu Hilfe, aber erst eine Konstruktion von Flaschenzügen an den Bäumen verbunden mit den Pferdestärken brachte den Stein zu seinem Bestimmungsort. Dort an der Weggabelung Richtung Königsberg wurde der Stein abgemeißelt, erhielt ein Bildnis von Fürst Bismarck sowie seinen Namen.

Nach dem Krieg wurde der Kopf Bismarcks durch den Kopf des Oberst Mamonow, der der Stadt ihren neuen Namen gab, und eine ihm gewidmete Gedenktafel ersetzt. Aber der Stein blieb der alte, der Findling von Roberts Feld, und sein Aufleuchten erschien mir wie ein stiller Gruß meiner Vorfahren in der Nacht.

»Kennst du schwarze Stein in Mekka?«, fragt Nadim.

Ich schüttele den Kopf.

»In Kabaa. Stein ist nicht von diese Welt. Vielleicht von andere Planet.«

»Ein Meteorit?«

»Ja, Meteorit. Vielleicht. Ist nicht von Erde.«

Nadim erzählt von diesem besonderen Stein, der vielleicht die Grenze zwischen einer anderen und unserer Welt überwunden hat. Ich muss an die Bilder im Fernsehen denken von den vielen weißgekleideten Pilgern, die nach bestimmten Riten die Kabaa umrunden. Bilder, die hier meist im Zusammenhang mit Massenpaniken gezeigt werden und mich deshalb immer an die Loveparade 2010 erinnern.

»Warst du schon mal in Mekka?«

Nadim nickt. Einmal sei er dort gewesen. Beeindruckend fand er das, aber leider sei es auch sehr teuer, dorthin zu pilgern. Erst recht von Deutschland aus.

»Ist Ihr Bekannter Sunnit, Alawit oder Christ?«, fragt mich der Rechtsanwalt am Telefon.

»Ich glaube, er ist Sunnit«, sage ich unsicher, denn ich habe Nadim nicht gefragt, ob er die sunnitische oder schiitische oder eine andere Form des Islams lebt. Der Rechtsanwalt hatte eine Ausbildungsstelle zum Rechtsanwaltsfachgehilfen ausgeschrieben, deshalb hatte ich ihn angerufen, um zu fragen, ob er einem syrischen Rechtsanwalt ein Praktikum ermöglichen könnte und vielleicht im Anschluss eine Ausbildung.

»Wenn er Sunnit ist«, sagt der Rechtsanwalt, »hat er eventuell Probleme, sich von Frauen etwas sagen zu lassen. Das müsste man klären, denn es gibt hier eine Bürovorsteherin und zwei weitere Frauen, denen er als Auszubildender unterstehen würde.«

Während ich noch überlege, ob Nadim damit ein Problem haben würde, und zu dem Schluss komme, dass er wahrscheinlich keins hätte, dass er schließlich auch mit mir als Frau stundenlang über Politik diskutiert, fährt der Rechtsanwalt fort.

Grundsätzlich sei er ja für Experimente offen, allerdings müsse mein Bekannter auch wissen, dass es für so eine Ausbildung sehr wenig Entlohnung gibt. Im ersten Lehrjahr nur vierhundertfünfzig Euro. Wenn das geringe Entgelt und die Frauen kein Problem seien, könnten wir gerne für nächste Woche ein Vorstellungsgespräch vereinbaren.

Dann fügt er noch hinzu, und seine Stimme klingt dabei nicht mehr so skeptisch wie bei der Religionsfrage, sondern freundlich und ruhig: »Wenn Sie mich fragen: Ihr Bekannter ist ja sozusagen ein Kollege von mir. Akten zu sortieren und so eine Frauenausbildung mit geringer Vergütung ist vielleicht nicht das richtige für einen Rechtsanwalt. Wenn er Mitte dreißig ist, ist doch noch alles möglich. Er könnte auch in Deutschland noch mal Jura studieren.« Das alles erkläre ich Nadim, und wir loten seine Möglichkeiten und deren Grenzen aus. Natürlich möchte er gerne studieren oder eine Ausbildung machen, aber er muss auch seine Familie finanzieren. Erst einmal wollen wir uns auf das Praktikum konzentrieren. Ein vierwöchiges Praktikum für einen syrischen Rechtsanwalt sollte doch zu finden sein.

Ich schreibe noch weitere Anwälte an. Einer hat Fotos seiner Rechtsanwaltsfachangestellten auf der Internetseite der Kanzlei. Eine der Frauen trägt ein Kopftuch. Ich schlussfolgere daraus, dass seine Grenzen weit gesteckt sind.

Heimatbegegnungen

Nadim erzählt, dass er auf der Flucht mit dem Boot von der Türkei aus nach Mytilini übergesetzt sei. Die Überfahrt sei kurz gewesen. Sie haben mit zwanzig Leuten in einem kleinen Schlauchboot gehockt, das in der Mitte so groß wie der Mamortisch in seinem Wohnzimmer gewesen sei. Dort hätten sie ihre Füße sowie ihr Gepäck gehabt und auf dem Rand eng nebeneinander gesessen. Er habe sich vorher für die Überfahrt eine Schwimmweste für zwanzig Euro gekauft. Die ganze Überfahrt habe vierzig Minuten gedauert und zweitausend Euro gekostet.

Wir wollen die Route in meinem alten Schüleratlas nachvollziehen, doch die griechische Küste und Lesbos sind dort viel zu klein abgebildet. Deshalb gehen wir alle vor meinen Computer und starten im Internet einen virtuellen Globus. Tobias holt Stühle, damit Nadim und Reyhan sich setzen können, aber Nadim ist unruhig, er möchte lieber stehenbleiben. Die Erdkugel liegt vor uns auf meinem großen Bildschirm, wir zoomen nach Griechenland, fliegen über die nördliche Ägäis und die türkische Westküste, finden Lesbos mit der Hafenstadt Mytilini, und Nadim sucht in den Küstenstädten nördlich von Izmir nach seinem Abfahrtsort. Dann fährt er mit seinem Zeigefinger über den Monitor, über das blaue Meer, einfach zehn Zentimeter von rechts nach links, als sei das nichts. Aber natürlich wissen wir alle, dass er Glück hatte. Dass das blaue Meer nicht so harmlos und ruhig ist, wie es hier auf dem Computer scheint.

»Wie heißt eure Stadt in Syrien?«, frage ich. Nadim buchstabiert, ich tippe den fremden Namen in die Suche ein.

Wir starren alle vier auf meinen Computer und sind ganz still, während die Kinder oben fröhlich spielen. Wir fliegen über die

Türkei, über das östliche Mittelmeer, über Zypern und den an der Küste grünen Libanon bis nach Syrien, eine von oben gesehen großenteils sandgelbe Fläche, vom Euphrat durchschnitten. Dann nähern wir uns dem Ort bei Damaskus, das Satellitenbild zeigt Straßenzüge und Betonhäuser von oben, umgeben von kargem, sandigem Land.

»Da«, sagt Reyhan und zeigt auf eine große Kreuzung im Süden der Stadt. Und Nadim erklärt, dort bei der großen Kreuzung an der Hauptstraße nach Homs sei die Wohnung von Reyhans Eltern. Die Wohnung, in der jetzt Soldaten wohnen, nachdem Assad-nahe Truppen mit Gewehren vor der Tür gestanden und die Eltern vertrieben haben. Ich versuche näher heranzugehen, Reyhan und Nadim beugen sich über den Bildschirm, reden Arabisch und suchen aufgeregt das Haus. Helle Betonhäuser, dunkelgrüne kiefernartige Bäume, die die Straßen säumen. Jetzt zeigt Reyhans Finger auf eines der Häuser, sie ist sich sicher, dort ist es. Sie lacht, spricht schnell, aufgewühlt, und ich höre die Wehmut in ihrer Stimme.

Wir klicken ein paar Fotos der Stadt an, die irgendwelche Menschen auf der anderen Seite des Internets vor dem Krieg dort eingestellt haben. Helle Flachdachhäuser, die sich an einen kahlen Hang schmiegen, Asphaltstraßen in warmem Sonnenlicht, ein großer Platz, ein bunter Markt, eine Moschee mit einer helltürkisen Kuppel und einem Minarett, das auf kleine Schäfchenwolken über den kahlen Hängen der Berge weist.

»Und wo ist euer Haus?«, frage ich.

»Im Norden«, sagt Nadim, und wir fliegen über die Stadt, holen den nördlichen Teil näher heran.

»Da ist Moschee!«, ruft Reyhan. »Und hier Krankenhaus«, fügt Nadim hinzu. Und dann zeigen sie auf eine Straße, die aussieht wie ein U, und auf ein Flachdachhaus in der Kurve. »Das ist unser Haus!« Reyhan lacht, wischt sich eine Träne aus den Augen und sagt etwas auf Arabisch. Von Verwandten wissen sie, dass das Haus zum Teil beschädigt ist, die Wohnung vielleicht auch geplündert, aber die Satellitenaufnahmen scheinen aus der Vorkriegszeit zu sein. Ich versuche, noch etwas mehr heranzuzoomen. Das Haus kommt näher, aber das Bild wird unscharf und etwas verzerrt. Reyhan ist trotzdem begeistert, gerührt, und ich merke, dass sie am liebsten in meinen Bildschirm springen und in das Satellitenbild eintauchen würde. Dann könnte sie die u-förmige Straße entlang bis zu dem Flachdachhaus in der Kurve gehen und wäre wieder zu Hause. Einfach so.

»Danke, Betty«, sagt Reyhan gerührt, aber in Gedanken scheint sie längst in dem Haus zu sein, die Räume zu durchlaufen, ihr Heim abzutasten, zu gucken, ob alles noch so ist, wie sie es verlassen hat.

Nadim steht hinter ihr, starrt auf den Monitor, wirft einen ernsten Blick zu seiner Frau und sagt: »Wir müssen das vergessen.«

Mein Großvater Fritz musste auch vergessen. Den großen Zigeunerwald, der tief bis in das Dorf Nieder-Ohlisch am Fuße der Schlesischen Beskiden reichte, die Kamitzer Platte, die sich hoch über dem Dorf erhob, den klaren Ohlisch-Bach, die Endstation der Bielitzer Straßenbahn, die Villen der reichen Textilfabrikanten in der Nachbarschaft, das alte, idyllische Bauernhaus des Onkels, in dem er geboren wurde und in dem seine Familie ein Zimmer bewohnte, und schließlich das Haus, das seine Familie sich nach langem Sparen baute und in das sie 1932 einzogen.

Mein Großvater sah all das nie wieder, der Weg zurück blieb ihm nach dem Krieg versperrt und er starb vor der Wende. Ich war erst drei Jahre alt, eine Erinnerung an ihn habe ich nicht. Doch ich durfte sein Haus sehen, an einem Apriltag, als ich elf war.

Wir waren mit seinem zweiundachtzigjährigen Bruder, meinem Großonkel Heinrich, in Polen. Ich lief mit meiner Schwester über verfallene Friedhöfe, und jedes Mal, wenn wir unseren

Nachnamen auf einem Grabstein entdeckten, riefen wir die anderen herbei. Für mich war das alles fremd und aufregend. Der Markt in Bielsko-Biała. Die alten Kirchenbücher. Der Ausflug zur Kamitzer Platte. Das Frühstück im Hotel. Wir besuchten Menschen, die deutsch sprachen und uns über und über bewirteten. Eine alte Frau schenkte meiner Mutter Häkeldeckchen. Eine andere wohnte in einer alten, verfallenen Villa. Immer gab es Kuchen und es wurden viele Fotos gezeigt. Und manchmal bekamen wir polnische Süßigkeiten geschenkt, die anders schmeckten als die deutschen.

Von Weitem sahen wir das Haus in Nieder-Ohlisch. Wir stiegen aus dem Auto, und mein Großonkel Heinrich starrte auf das Gebäude, das er vor siebenundvierzig Jahren verlassen hatte. Ein schlichtes Haus mit Krüppelwalmdach und kleinem Giebelfenster, um das große Grundstück ein Zaun gespannt. Wir standen am Auto und starrten alle in diese eine Richtung. Doch der Großonkel wollte das Haus nicht nur aus der Ferne sehen; die Einwände meiner Eltern, dass man da nicht einfach so hingehen könne, weil doch jetzt Polen darin wohnten, überhörte er. Trotzig nahm er meine Schwester und mich an die Hand und steuerte mit uns auf das Haus zu. Meine Eltern blieben peinlich berührt am Auto zurück. Im Garten arbeitete der Besitzer. Der Großonkel zeigte uns den Drahtzaun, den er vor über sechzig Jahren um den Garten gezogen, die Obstbäume und Sträucher, die er gepflanzt hatte. Der Pole bemerkte uns und kam zum Zaun. Mein Großonkel redete mit ihm auf Polnisch, sie sprachen und gestikulierten, und als dem neuen Besitzer klar wurde, dass mein Großonkel keine Besitzansprüche, sondern nur Heimweh hatte, lud er uns ein, das Haus anzusehen.

Wir folgten ihm. Ich erinnere mich an die Tauben auf der Veranda, das Esszimmer, das polnische Ehepaar. Onkel Heinrich erkannte wieder, er zeigte und erklärte uns Kindern, dass er den

Boden selbst verlegt und wie er die Wände verputzt hatte. Dann wieder Gespräche auf Polnisch, die wir nicht verstanden.

Ich blickte mich um und wusste, dass ich in dem Haus stand, in dem mein Großvater Fritz gewohnt hatte, bevor er ´43 eingezogen wurde. Ich, die Enkelin, stand in seinem Dorf, in das er nie wieder zurückgekommen war. Für einen Moment war mir das fast etwas unheimlich, aber viel stärker war das Gefühl der Feierlichkeit. Onkel Heinrich stand da, verglich Erinnerung mit Wirklichkeit – es war ein Heimkommen für wenige Minuten nach fast einem halben Jahrhundert. Und ich hatte seit diesem Tag eine Erinnerung an ein Haus am Fuße der schlesischen Beskiden, die mich mit meinem verstorbenen Großvater verband.

Von Ostern und Opfern

Ende März machen wir mit den Ibrahims einen Ausflug. Es ist Ostermontag, das Wetter windig und kalt, Regen droht. Wir fahren mit dem Bus in die Nachbarstadt.
»Busse hier immer pünktlich«, sagt Nadim, während der Bus uns stadtauswärts fährt. »In Syrien keine Haltestellen.«
»Keine Haltestellen? Hält der Bus dann überall?«
»Ja, überall. Wo du willst. Egal.«
Ich kann mir überhaupt nicht vorstellen, wie das funktionieren soll. Nadim erzählt, dass die Busse in Syrien auch nie pünktlich kämen. Sie hielten an, wenn jemand an der Straße stünde und winke. Das seien meist Kleinbusse für zwölf Personen. Und wenn man dem Busfahrer genug Geld gebe, führe er einen bis vor die Haustür, transportiere Möbel oder erfülle andere Sonderwünsche.

Ein Bus ohne verlässlichen Linienverkehr wäre mir sehr fremd. Nadim sagt, er sei in Syrien meist Bus gefahren, zwar habe er einen Führerschein, aber Autos seien dort teurer als in Deutschland. Das kleinste Auto koste zehntausend Euro. Dazu käme viel zu viel Zoll. Zwar seien Öl und die Reparatur in Syrien günstig, aber für viele bliebe ein Auto ein Traum. Reyhan hat keinen Führerschein.

Unterhalb der Burg, die wir besichtigen wollen, steigen wir aus, gehen durch eine Gasse und dann über schmale Wege den Berg hinauf. In den Vorgärten des Dorfes hängen bunte Ostereier an den Sträuchern. Oben am Fuße der Burg gibt es kleine Fachwerkhäuser, Geschäfte und Gastronomie. Die Aussicht ins Tal ist trüb, aber noch ist es trocken. Während wir vor einem Reiterstandbild Fotos machen, kauft Tobias schnell die Eintrittskarten, bevor Nadim etwas dagegen sagen kann. Im Burginnenhof hat ein Mittelalterverein seine Zelte aufgeschlagen, doch es ist ungemütlich und der Wind wird stärker. Nadim ist sehr interessiert an der Geschichte der Burg, die bis in das 12. Jahrhundert zurückreicht. Er stellt viele Fragen und betrachtet jedes Detail.

In der Burg hat ein mittelalterlich gekleideter Mann direkt am Eingang seinen Tisch aufgestellt, um die jährliche Steuer von den Untertanen einzuziehen. Vor sich hat er ein großes Buch aufgeschlagen.

Rami ist der erste, der den Tisch erreicht.

»Wie ist dein Name?«, fragt der Steuerverwalter, ein großer stattlicher Mann, der seine Worte betont mittelalterlich wählt.

»Rami«, antwortet der kleine schwarzhaarige Junge vor ihm.

»Und woher kommst du?«

»Aus Syrien.«

Der Mittelaltermann lacht. »Aus dem fernen Orient. Sieh an. Und wo wohnst du jetzt?«

»In Deutschland.«

»In welcher Stadt?«

Rami nennt ihm unsere Stadt, und der Mann notiert feinsäuberlich mit Tinte Namen und Ort in das große Buch. Als Steuer müssen wir eine Kleinigkeit von unserem Proviant abgeben. Reyhan, die in ihrer schwarzen Abaya hinter Rami steht, reicht dem Mann eine ganze Tüte Bonbons, er nimmt sich eins heraus, bedankt sich und gibt ihr die Tüte zurück.

»So habt ihr für dieses Jahr eure Steuer gezahlt. Zieht nun eures Weges.«

Wir gehen weiter, betrachten die Ausstellungsstücke, die Wandmalereien, die alten Möbel. Nadim erzählt von der Zitadelle in Damaskus und von Sultan Saladin.

Im großen Saal haben die Ritter inzwischen unter den Wandgemälden mit Kriegsszenen Waffen ausgebreitet und zeigen ihre Kettenhemden. Ein Ritter erklärt uns, wie man mit dem Schwert den Gegner vom Pferd stieß. Vielleicht geben wir ein seltsames Bild ab, wie wir dastehen mit Kriegsflüchtlingen und uns den Krieg erklären lassen. Wir dürfen das Schwert hochheben, das Kettenhemd, das ganze Gewicht, was ein Ritter damals zu stemmen hatte. Aber viel mehr als das Gewicht der Ausrüstung wog die Bürde, vorgeschickt zu werden. Die einfachen Bauern hatten weder einen Helm noch ein Kettenhemd, meist nicht einmal einen Schild. Zu Fuß und ohne jeglichen Schutz waren sie die ersten, die ihr Leben lassen mussten. Und da scheint im Rittersaal unter den schweren Holzdecken und Kronleuchtern plötzlich Aktualität hervorzublitzen, weil es auch siebenhundert Jahre später noch immer so ist, dass Kriege zuallererst die Schwächsten treffen.

»Siebenundzwanzig Millionen Russen sind im Krieg gefallen.« Irinas Stimme zitterte. »Siebenundzwanzig Millionen! Und wie viele Deutsche? Na?«

Alex und ich starrten Irina an. Ihre Augenbrauen hatten sich über ihrer schmalen Nase zusammengezogen und verdüsterten ihr ansonsten hübsch geschminktes, von ihren blond gefärbten Haaren umrahmtes Gesicht. Mit so einem Gefühlsausbruch hatten wir nicht gerechnet.

»Diese alte Ostpreußin neulich«, Irinas Stimme wurde gehässig, »die fand ich total ätzend, und ihr Schicksal ist mir scheißegal. Egal was wir Russen aus Rache getan haben, das war gerechtfertigt, eben weil es Rache war!«

»Aber es geht doch nicht um Schuld oder darum, Kriegstote gegeneinander aufzurechnen«, versuchte es Alex.

»Siebenundzwanzig Millionen«, wiederholte Irina, »kein anderes Land hat so riesige Verluste erlitten.«

»Das wissen wir. Und wahrscheinlich hat niemand in der Schule die Schuld des eigenen Landes so sehr aufgearbeitet wie wir. In Geschichte, Politik, Religion, Deutsch, sogar in Kunst haben wir Plakate zu Gedenktagen gestaltet. Aber in unserem Projekt geht es doch nicht um Schuld, sondern um persönliche Schicksale. Auf beiden Seiten. Die ostpreußische Bevölkerung durfte schließlich lange nicht fliehen. Auch sie waren Opfer der deutschen Befehlshaber, die rechtzeitig hätten evakuieren müssen, um die Bevölkerung zu schützen.«

»Das ist doch Propaganda, was ihr da redet, nur weil ihr nicht damit klar kommt, dass Deutschland den Krieg verloren hat.«

Alex versuchte, Irina ruhig und sachlich zu antworten, während sich in meinem Kopf die Gedanken überschlugen.

Ich war in Kaliningrad, an dem Ort, an dem mein Urgroßvater Ernst kurz vor Kriegsende gefallen war. In Irinas Heimat. Lange hatten wir unser Projekt vorbereitet, viele Gespräche geführt. Bereits in Deutschland hatte ich Fotoportraits von alten Ostpreußen gemacht und Alex deren Geschichte journalistisch aufgearbeitet. Es ging uns um Menschen, die die gleiche Heimat haben, nur zu unterschiedlichen Zeiten, um die Menschen vor 1945 in Königsberg und die Menschen nach 1945 in Kaliningrad. Alex kannte Irina schon länger, deshalb war klar, dass wir sie nicht nur porträtieren, sondern auch als Teammitglied betrachten würden. Wir waren begeistert gewesen, als sie uns anbot, in Kaliningrad bei ihren Eltern zu wohnen, uns die Stadt zu zeigen und ihre Freunde kennenzulernen.

In Deutschland war alles so einfach gewesen, doch jetzt fühlte ich mich, als würde uns die Geschichte mit ihren Kriegsereignissen erschlagen, als hätte Irina ein paar Tage zuvor in der Nacht an der Grenze bei Mamonowo die Irina, die wir bisher kannten, beim Zoll abgegeben.

Was war geschehen? Ich erinnerte mich an die Ankunft mitten in der Nacht in Kaliningrad, an den herzlichen Empfang von Irinas Eltern, die uns trotz der späten Stunde noch Lachsbrote, Sprotten und Borschtsch servierten. An das moderne Upper-Class-Haus mit dem bewachten Parkplatz, das sie bewohnten. An den Braunkohlegeruch beim Öffnen des Fensters am nächsten Morgen. An die alten beige-orangefarbenen Straßenbahnen aus sozialistischer Zeit, die unweit des Fensters alle paar Minuten zwischen den herbstlich bunten Kastanienbäumen vorbeifuhren. An den für mein Empfinden ungeordneten Verkehr, an das Ausfüllen der Formulare bei der Migrationsbehörde, wo wir offiziell anmelden mussten, dass wir bei Irinas Eltern wohnten, und uns anschließend einen Stempel dafür in einer anderen Behörde holen mussten. An meine ersten Fotoaufnahmen von der Dominsel und dem Pregel, an die gleichgesichtigen Plattenbauten, die den wiederaufgebauten Dom wie einen Fremdkörper in ihre Mitte nahmen. An die große Bauruine, das Haus der Räte, auf dem Areal des gesprengten Königsberger Schlosses. Meine Verwirrung bei dem alten Panzer am Waldrand an der Straße nach Svetlogorsk. Dort, erzählte Irina, führen Brautpaare aus Tradition für die Hochzeitsfotos hin, ließen sich vor dem Panzer ablichten und dankten dafür, dass das russische Volk nach dem Zweiten Weltkrieg noch lebt.

An Svetlogorsk und Selenogradsk, die früheren Badeorte Rauschen und Cranz an der Ostseeküste, in denen die herbstlich-stürmischen Wellen an Strände vor Betonpromenaden schlugen und alte verfallene Bädervillen ausharrten in der Hoffnung, eines Tages vielleicht doch wieder aufgebaut zu werden. Fotos von Irina auf der Betonpromenade, später auf der Kurischen Nehrung mit Blick auf das Haff.

Die überbordende Bewirtung von Irinas Eltern. Weingespräche am Kamin, die in Diskussionen übergingen. Wir hatten in den letzten Tagen immer wieder diskutiert. Und ich hatte versucht, unsere Differenzen wegzufotografieren. Mich auf unser Projekt zu konzentrieren und nicht auf unsere Meinungen, die gegeneinander prallten.

Ich fotografierte Irinas Freunde, junge Kaliningrader, die in schicken Neubauwohnungen lebten. Alex führte Interviews, Irina übersetzte Fragen und Antworten. Letztere waren glatt, und ich merkte, dass ich ihr nicht mehr vertraute.

Irina führte uns zu ihren Lieblingsplätzen, und ich fotografierte. Die Rückseite des Tiergartens, den Schlossteich, die Markthalle mit ihrem wunderbar bunten Treiben, die Luisenkirche und den Luisenpark mit romantischer Brücke. Die Motive zwischen den bunten Herbstbäumen waren idyllisch, doch das war nur die Hälfte der Wahrheit. Deshalb fotografierte ich einen Plattenbau neben dem Schlossteich. Irina starrte mich böse an.

Ich fotografierte eine alte verfallene Villa aus deutscher Zeit. Irina deutete herrisch auf die renovierte Villa daneben. Ich fotografierte eine rundliche Frau, die am Straßenrand buntes Obst verkaufte. Irina schrie mich an. Die solle ich nicht fotografieren, das sei Klischee. Ich hatte schon viele alte ärmliche Frauen am Straßenrand stehen sehen, die einen Eimer eigener Äpfel zum Verkauf anboten. Diese hier hatte sogar einen richtigen Obststand, sie war eine Händlerin, sah nicht ärmlich aus, ihr Obst hingegen wunderbar bunt, überbordende Früchte, ein schönes Fotomotiv, das ich nicht im Geringsten als negativ empfand.

Irina führte uns in einen riesengroßen Supermarkt, der in der Abenddämmerung leuchtete. Innen war er modern und gut ausgestattet, zwischen den reichlich gefüllten Regalen schoben die Menschen ihre Einkaufswagen durch. Irina zeigte auf die Einkaufenden: »Guck dir die vielen Leute an, der Supermarkt ist doch voll, ich weiß gar nicht, warum alle immer von so viel Armut in Kaliningrad sprechen!«

Am Abend saunierten wir, als könnten wir unsere Differenzen einfach so ausschwitzen. Im Erdgeschoss des Hauses von Irinas Eltern gab es Gemeinschaftsräume mit Sauna, Schwimmbad, Fernseher, Fitnessgeräten, Tischtennis und Sitzecke. Die Sauna wurde vom Hausmeister eingeheizt, und hinterher spülte seine Frau unser benutztes Geschirr. Mir war das unangenehm.

Ich hatte ein paar Wörter Russisch gelernt, ein paar Höflichkeitsfloskeln, die ich hauptsächlich Irinas Eltern gegenüber verwendete. Nun bedankte ich mich bei der Hausmeisterin für das Spülen. Irina warf mir einen verächtlichen Blick zu.

Wir tranken Wein, verwoben uns wieder in Diskussionen, verhedderten uns in der Geschichte. Und wenn wir uns nicht über historische Fakten stritten, dann kamen Irina und Alex auf ihre platonische Freundschaft, die seit ein paar Monaten bestand, holten vergangene Ereignisse ans Licht, analysierten ihre zwischenmenschliche Beziehung und warfen sich gegenseitig absurde Dinge vor. Wir beschlossen, unser Projekt abzubrechen, und machten am nächsten Morgen die nachts unter Alkoholeinfluss gefällte Entscheidung wieder rückgängig.

Wir rissen uns einen halben Tag zusammen, bevor unsere Differenzen wieder umso heftiger hervorbrachen. Ich merkte, wie ich mich immer mehr hinter meiner Kamera zurückzog, wie ich begann zu schlucken, denn ich schämte mich für unsere Streits vor Irinas Eltern, die uns reichlich bewirteten. Vielleicht war dieser Ort verflucht, hier, wo meine Großmutter ihren Vater im Krieg hatte zurücklassen müssen, in der Stadt, in der mein Urgroßvater Ernst gefallen war.

»Siebenundzwanzig Millionen«, schnaubte Irina. »ihr könnt sagen, was ihr wollt, diese Zahl steht gegen euch.«

Wir hatten gegen diese Zahl überhaupt nichts einzuwenden, nur bestand unser Projekt darin, neben den jungen Kaliningradern auch alte Ostpreußen zu porträtieren, und dazu gehörte auch ein gewisses Verständnis für ihre Fluchtgeschichte.

Alex erzählte Irina von Erich Koch, dem Gauleiter der NSDAP in Ostpreußen, der zuerst führend am Völkermord der polnischen und ukrainischen Juden beteiligt gewesen war und später durch sein Verbot, rechtzeitig zu fliehen, das Leben oder die Gesundheit Hunderttausender Deutscher auf dem Gewissen hatte.

Alex hatte Geschichte studiert, aber seine historischen Fakten ließ Irina an sich abprallen wie billige Anmachen. Zudem tat sie so, als sei sie mit ihren dreißig Jahren persönlich im Zweiten Weltkrieg dabei gewesen.

»Ihr seid doch nationalistisch!« Irinas Stimme überschlug sich. Ich starrte sie an. Schon mehrmals hatte sie an diesem Abend ihren eigenen Nationalismus bewiesen. Für sie schienen alle Deutschen Nazis zu sein, alle Polen Verbrecher und alle Russen toll. Sie fand ohnehin, dass vor der Perestroika alles besser war.

»Ich habe mir gestern Abend deine Fotos angeguckt!« Irina funkelte mich böse an.

»Du hast was?«

»Ich musste doch kontrollieren, was du alles fotografiert hast und wie du mein Land darstellen willst.«

»Du kannst doch nicht einfach ...«

»Wieso nicht? Die Fototasche stand doch im Flur. Ich habe die Fotos gelöscht, die ein falsches Bild auf Kaliningrad werfen könnten!«

»Du hast was?« Alex und ich starrten uns fassungslos an. »Du kannst doch nicht einfach meine Fotos löschen!« Ich stürzte zu meiner Kamera und klickte die noch gespeicherten Fotos durch. Die Frau mit dem Obststand fehlte, die verfallenen Villen, selbst ihre Freunde hatte sie teilweise gelöscht. »Spinnst du? Das waren meine Fotos!« Tränen schossen mir in die Augen.

Alex atmete tief durch. »Okay«, sagte er mit angestrengter Ruhe. »Ich glaube, wir beenden das Projekt an dieser Stelle. Wenn hier jetzt schon Sachen gelöscht werden, dann sind wir endgültig kein funktionierendes Team mehr. Betty und ich gehen jetzt schlafen, und morgen fahren wir nach Hause.«

»Das geht nicht!«, rief Irina. »Dann müsst ihr mir nächste Woche die Busfahrt zurück nach Deutschland bezahlen, schließlich bin ich nur wegen des Projektes hier!«

Die Eltern standen plötzlich im Wohnzimmer, sie waren offensichtlich von unserem Streit wieder wach geworden. Irina setzte sich mit ihnen in die Küche, während Alex und ich uns ins Gästezimmer zurückzogen. Als ich später ins Bad ging, starrten sie mich böse an. Ich hätte ihnen gerne etwas erklärt, aber mein Russisch ging über die paar Höflichkeitsfloskeln nicht hinaus.

Schweigend packten wir unsere Sachen. Wir hatten schon viele Projekte zusammen gestemmt, auch häufig mit anderen Künstlern zusammengearbeitet, aber so etwas war uns noch nie passiert.

»Wir fahren morgen vor dem Frühstück«, sagte Alex plötzlich. »Das ist total unhöflich, aber was sollen wir noch hier? Den Eltern können wir uns nicht erklären, und ihre Gastfreundschaft noch einmal anzunehmen, während wir mit ihrer Tochter zerstritten sind, ist doch für alle unangenehm.«

Ich nickte. Unhöflich war es und peinlich, sich einfach davonzuschleichen, aber ich wollte nur noch weg. Irina hatte meine Fotos gelöscht, wir hatten einander nichts mehr zu sagen. Und die Eltern sollten beim Frühstück nicht in den Konflikt zwischen der Loyalität zu ihrer Tochter und ihrer Gastfreundschaft kommen.

In der Nacht schlief ich schlecht. Auch ohne die Augen zu schließen, fühlte ich mich schon mitten in einem Albtraum. Alex' Handy weckte uns um 05:00 Uhr, wir zogen uns schnell an und trugen leise unser Gepäck zur Wohnungstür. Ich schrieb einen Dankeszettel an Irinas Eltern und platzierte ihn auf dem Küchentisch. Alex legte das Fahrgeld für Irinas Bus zurück nach Deutschland dazu.

Wir nahmen unser Gepäck, und ich drückte leise die Klinke hinunter, doch die Wohnungstür war abgeschlossen. Entsetzt blickte ich zu Alex. Der Schlüssel steckte nicht. Wir stellten das Gepäck wieder ab, sahen uns um, aber nirgendwo lag sichtbar ein Schlüssel. Und in fremden Sachen herumzuwühlen, gehörte sich nicht. Ratlos standen wir vor der Tür.

Plötzlich kam Irina in den Flur. Ich bat sie, uns die Tür aufzuschließen, weil wir fahren wollten.

»Ihr könnt nicht einfach so abhauen, erst müsst ihr einsehen, dass ihr schuld an allem seid, dann schließe ich euch auf.«

Irina sah uns böse an, jegliche freundschaftliche Zuneigung war aus ihrem Blick verschwunden. Sie hatte uns tatsächlich mit voller Absicht eingeschlossen. Ich atmete tief durch.

»Ich diskutiere mit niemandem, der uns einschließt. Mach bitte die Tür auf!«

»Erst reden!«

»Wir haben schon genug geredet, wir tun doch seit Tagen nichts anderes, als zu reden.« Meine Stimme hatte ein Crescendo vollführt. »Schließ uns bitte auf!«

Irina schüttelte den Kopf.

»Bitte, schließ uns auf.« Alex' Stimme war ruhiger als meine, er schien zu überlegen.

Aber ich wollte nicht nachdenken, keine Kompromisse, ich wollte einfach nur raus aus dieser Wohnung. Das Gefühl, eingeschlossen zu sein, machte mich nervös.

Alex und ich konnten uns doch von Irina nicht einsperren lassen! In einer deutschen Wohnung hätte ich gegen die Tür gehämmert und getreten, bis Irina Angst um ihre Tür gehabt hätte oder die Nachbarn aufmerksam geworden wären. Aber wir waren nicht in Deutschland. Hätte ich gegen die Tür gehämmert und getreten, hätte Irina nur die Polizei rufen müssen und denen irgendwas erzählen können. Wir hätten uns nicht auf Russisch rechtfertigen können. Und wir befanden uns nicht in einem demokratischen

Land. Irina hatte uns in der Hand. Funkelte da Hass in ihren Augen oder Triumph?

»Die Tür muss auf!«, wollte ich Irina entgegenschreien, aber mein Herz raste, ich spürte, wie ich innerlich zitterte und Irina und Alex vor meinen Augen verschwammen. Ich konnte nicht mehr, glitt mit meinem Rücken an der Tür hinunter, bis ich auf dem Boden saß, und versuchte ruhig zu atmen. Mein Herz schlug bis zum Hals, Panik stieg in mir auf. Wir waren in einem fremden Land, dessen Sprache wir nicht beherrschten, von einer möglicherweise verrückten Frau eingesperrt. Ich hatte keine Kraft mehr zu diskutieren, wir waren gescheitert, an der Historie dieser Stadt und an uns selbst.

Irina und Alex redeten irgendwas, schließlich ließ Alex sich noch mal auf ein klärendes Gespräch ein und ging mit Irina in die Küche. Ich blieb alleine mit der verschlossenen Tür zurück. Die Stimmen der beiden hörte ich wie Gemurmel, aber ich erfasste nicht den Inhalt ihrer Worte. Meinen Körper spürte ich kaum noch, saß starr an der Tür, wusste nicht wohin mit mir, wollte raus aus dieser beschissenen Wohnung und dieser verfluchten Stadt. Wo war der Schlüssel? Ich musste hier raus! Das Gemurmel der beiden aus der Küche mischte sich mit dem Gemurmel in meinem Kopf, den Stimmen der Toten, den Stimmen meiner Vorfahren, den Stimmen der Geschichtsschreiber – mein Kopf drohte zu zerspringen, er war das einzige, was ich von meinem Körper spürte, ich wollte fliehen, aber die verschlossene Tür schien unüberwindbar, vielleicht hielt Erich Koch sie zu, so wie er damals meinen Vorfahren die rechtzeitige Flucht nicht ermöglicht hatte, ich hörte sein Lachen, vielleicht wurde ich verrückt, vielleicht käme ich hier nie wieder raus aus diesem dunklen Flur und dieser dunklen Geschichte.

Im Burghof steht ein alter Brunnen. Wir beugen uns über den Rand und schauen in die Tiefe. Ein Gitter durchbricht den Blick ins schwarze Nichts. Ein paar Münzen sind auf dem Gitter hängen geblieben, ob in der Tiefe Wasser ist oder nur Dunkelheit, ist nicht auszumachen.

»Oh, tief ist das«, sagt Nadim.

»Yusuf«, sagt Reyhan und redet dann auf Arabisch weiter. Nadim übersetzt. »In unserer Religion gibt es Prophet Yusuf. Er wurde in tiefe Brunnen geworfen. Von seinen Brüdern.«

»Josef«, lache ich. »Josef und seine Brüder, das war früher meine Lieblingsgeschichte in der Kinderbibel!«

Ich denke an die Eifersucht der Brüder, an ihren Neid, an Josefs Träume, die sie überheblich fanden, an ihren Hass, der so stark war, dass sie den eigenen Bruder in einen dunklen Brunnen warfen.

»Und dann haben sie Josef oder Yusuf nach Ägypten verkauft. Dort deutet er die Träume des Pharao, rettet das Volk dadurch vor einer Hungersnot, und schließlich kommen auch seine Brüder zu ihm und bitten um Essen, erkennen ihn aber nicht.«

»Ja, genau!« Reyhan lächelt.

Wir stehen im Burghof vor einem alten Brunnen und finden in seiner Tiefe die Gemeinsamkeiten unserer Religionen. Wir erzählen uns die Geschichte zu Ende, obwohl wir sie alle schon so oft gehört haben, aber wir haben sie immer als Bibelgeschichte oder Korangeschichte gehört und nie als verbindendes Element.

»Josef testet die Brüder, erkennt, dass sie sich gewandelt haben, verzeiht ihnen, und am Ende ist die ganze Familie wieder zusammen.«

»Richtig«, ergänzt Reyhan. »Alle Brüder mit Frau und Vater Yakub.«

»Happy End«, lacht Nadim.

Ich starre in den tiefen Brunnen. »Wir haben so viele Geschichten gemeinsam, das ist eigentlich schön und etwas, was uns verbinden könnte, aber viele Deutsche kennen die Bibelgeschichten gar nicht so genau.«

»Warum?«, fragt Reyhan und redet dann auf Arabisch weiter. »Meine Frau möchte wissen, warum in Deutschland viele Menschen wollen nicht haben Religion, auch nicht Christen-Religion.«

»Weil sie das nicht brauchen, um glücklich zu sein«, sagt Tobias. »Außerdem haben die Kirchen sich in der Hitlerzeit teilweise angepasst, es gab Christen, die sich zum Gebot der Nächstenliebe bekannt haben, aber viele waren eben einfach Mitläufer und haben nichts gegen die Verbrechen gesagt oder sie sogar unterstützt. In der 68er-Revolution war alles Alte und alles, was mit den Nazis zu tun hatte, verpönt. Dazu gehörte auch ein Teil der Kirche. Und 1968 wollten die Menschen keine strengen Regeln mehr, sie wollten frei sein.«

Nadim stützt seine Arme auf dem Brunnenrand ab und sieht Tobias an. »Aber wie können sie leben ohne Gott und ohne seine Regeln?«

»Regeln und Werte haben sie ja trotzdem. Unser Grundgesetz oder die Menschenrechte zum Beispiel. Aber sie wollen keinen Gott über sich, sie wollen das Gefühl haben, selbst über ihr Leben zu bestimmen.«

»Aber warum?«

Ich muss an ein Gespräch denken, das ich mal mit einem pensionierten Pfarrer zu dem Thema geführt habe. »Mir hat mal jemand gesagt, dass die Deutschen nach dem Zweiten Weltkrieg alles wieder aufgebaut haben und so aus Ruinen ein unglaublich reiches Land entstanden ist. Dass ihnen das so viel Selbstvertrauen gegeben hat, dass sie gar nicht mehr so sehr den Gott über sich brauchten. Denn die meisten Menschen bräuchten eher einen Gott, wenn sie sich klein und schwach fühlten.«

Nadim übersetzt, aber ich bin mir nicht sicher, ob Reyhan mit unseren Antworten etwas anfangen kann, ich weiß ja selbst nicht, ob unsere Antworten richtige Antworten sind. Ich weiß nur, dass die wenigsten meiner Bekannten mit uns an diesem Brunnen hätten stehen und die Josefgeschichte nacherzählen können. Dass ich aber auch nicht auf die Idee gekommen wäre, nach der Geschichte zu fragen, weil Religion in meinem Bekanntenkreis nur selten Thema ist.

An einem Tag Mitte April kommt Jonathan schlecht gelaunt aus der Schule. Um ihn aufzuheitern, erzähle ich ihm, dass wir uns am nächsten Tag mit den Ibrahims treffen.

»Ich will mich nicht immer mit den Ibrahims treffen. Da komme ich nicht mit.«

»Was ist denn los?«

Jonathan verschränkt die Arme vor der Brust. »Nichts. Ich will mich auch mal mit anderen Leuten treffen.«

»Das machen wir doch auch, aber morgen sind wir bei den Ibrahims eingeladen. Reyhan hat bestimmt wieder Kuchen für euch gebacken.«

»Ich will da aber nicht hin!« Jonathan steht auf, stampft die Treppe hoch Richtung Kinderzimmer, dreht sich noch einmal zu mir um und ruft: »Ich gehe nicht zu dem blöden Rami!«

Kurze Zeit später höre ich seine Zimmertür zuknallen. Ich laufe hinter ihm her, klopfe an und trete trotz der ausbleibenden Antwort ein. Jonathan liegt auf dem Bett und verbirgt sein Gesicht in den Federn, seine kinnlangen blonden Wuschelhaare liegen wild auf dem Kopfkissen, ich streiche über seinen Kopf, über seinen Rücken und ernte Schluchzen. »Was ist denn passiert?«

»Rami hat mich ausgelacht, weil ich immer mit Mädchen spiele.«

»Es kann Rami doch egal sein, mit wem du spielst.«

Jonathan schüttelt den Kopf und kuschelt sich an mich. »Das ist es ja. Rami will immer jede Pause und in der Übermittagsbetreuung mit mir spielen. Aber ich wollte auch mal wieder mit meinen Freundinnen alleine spielen. Deshalb habe ich ihm vorgeschlagen, dass wir manche Pausen miteinander spielen und manche nicht.«

»Hm, vielleicht ist das schwer für ihn zu verstehen, dass du mal mit ihm spielen willst und mal nicht?«

»Aber Mama, ich muss doch auch mal alleine mit Tilda und Elisa spielen können!«

Ich überlege. »Ja, da hast du recht. Du darfst dir natürlich aussuchen, mit wem du spielst, aber Rami darf auch eifersüchtig sein auf die Mädchen. Dich dann zu ärgern, weil du mit Mädchen spielst, ist aber Quatsch. Es ist völlig egal, ob man mit Jungen oder Mädchen spielt.«

Ich streiche Jonathan über seinen Haarschopf. Schon im Kindergarten hat er gerne mit Mädchen gespielt. Bis jetzt ist ihm wahrscheinlich noch nicht einmal bewusst gewesen, dass es viele Jungen gibt, die nur mit Jungen spielen.

Am nächsten Tag sitze ich mit den Kindern bei den Ibrahims im Wohnzimmer. Tobias muss arbeiten, was Nadim und Reyhan enttäuscht zu haben scheint. Auf dem Marmortisch stehen dekorativ ein Teller mit Yabrak, den gefüllten Weinblättern, Brot mit Schafskäse, eine Schale mit Möhren- und Paprikaschnitzen und für die Kinder ein süßer Apfelkuchen und Apfelmus. Reyhan füllt uns auf. Sie sieht schick aus, hat hier im Haus ihre Abaya abgelegt, trägt eine schwarze Hose, eine lange türkisfarbene Tunika mit einer schwarzen Strickjacke darüber und dazu ihr schwarzes Kopftuch. Dieser Farbtupfer zwischen den schwarzen Stoffen wirkt richtig fröhlich.

Nadim ist aufgeregt. Er hatte ein Vorstellungsgespräch bei einem Rechtsanwalt in unserem Stadtteil und darf nun sein vierwöchiges Praktikum im Rahmen des B2-Deutschkurses dort absolvieren. Ich bin erleichtert, dass meine Anfragen an die Rechtsanwälte erfolgreich waren.

Reyhan gibt Jonathan und Jasper riesige Kuchenstücke. Rami und Bassam warten darauf, dass meine Söhne mit ihnen spielen, sie scheinen keinen Hunger zu haben. Jonathan isst furchtbar langsam, und ich habe das Gefühl, dass er das extra macht, um nicht mit Rami spielen zu müssen. Irgendwann ist er aber doch fertig und lässt sich überreden, den anderen ins Kinderzimmer zu folgen.

Ich nehme mir noch ein Weinblattröllchen und frage Nadim und Reyhan, ob sie den Zettel mit den Läusen gelesen haben. In der Klasse von Rami und Jonathan haben drei Kinder Kopfläuse. Nadim übersetzt. Reyhan reißt erstaunt die Augen auf und sagt etwas auf Arabisch.

»Aber was ist das?«, übersetzt Nadim. »Wieso haben Kinder Läuse? Wir sind doch in Deutschland. Ich habe nicht gedacht, dass hier gibt es Läuse. Meine Kinder waschen Haare zweimal die Woche.«

Sie sind völlig entsetzt, dass Ungeziefer auch vor einem hochentwickelten Land wie Deutschland keinen Halt macht. Ich habe keine Lust, lange über Läuse zu diskutieren, deshalb erkläre ich kurz, dass man seine Kinder regelmäßig untersuchen soll, was man bei Lausbefall machen muss, und wechsle dann das Thema.

Ich erzähle Nadim, dass ich ihn am letzten Freitag auf dem Weg zur Moschee gesehen habe. Nadim erzählt vom Freitagsgebet. Ich kann mir so lange Gebete überhaupt nicht vorstellen. Für mich sind in der Kirche Lieder die besseren Gebete.

»Singt der Imam eigentlich nur das Gebet vor oder singt ihr in der Moschee auch sonst Lieder, so wie wir in der Kirche singen?«

»Also schon Frau und Mann sind gleich, aber der Mann ein bisschen über der Frau, er muss sie versorgen.«

Wieso redet Nadim von Gleichberechtigung? Die Weinblattröllchen sind wirklich lecker, ich nehme mir noch eins.

»Nein, ich meine, ob ihr in der Moschee Lieder singt?«

»Eigentlich der Mann das Schiff, aber manchmal auch die Frau, wenn der Mann nicht kann.«

»Das Schiff? Welches Schiff? Es gibt ein Kirchenschiff, aber ich meine die Lieder.«

»Ja, Mann ist Leader oder Schiff, wenn Mann krank, dann Frau.«

»Ach so, du meinst nicht Lieder, sondern Leader, das englische Wort für Anführer.« Ich lache auf. »Und mit Schiff meinst du den Chef?«

»Ja, Schiff.«

»Nein, Schiff ist ein großes Boot. Chef heißt das, mit E.«

»Chef. Und wie heißt Leader auf Deutsch? Der Führer?«

»Ja, es heißt Führer, Anführer oder Chef. Aber sag bitte in Deutschland nicht ‚der Führer‘, denn das ist die Bezeichnung für Adolf Hitler. Verwende lieber das Wort Anführer.«

»Der Anführer?«

»Ja, genau, aber ich wollte gar nichts vom Chef, Leader oder Anführer in der Familie wissen, da haben wir uns falsch verstanden. Ich habe gefragt, ob ihr singt in der Moschee? Lieder oder Songs, also ob es Musik gibt in der Moschee oder nur das Gebet?«

Nadim nimmt sein kleines Teeglas. »An Festen gibt Musik, aber sonst nicht.«

»Ach so. In der Kirche werden nämlich viele Lieder gesungen.«

»Arabische Musik mich manchmal macht traurig. In Arabische Frühling 2011 wir immer friedlich gegen Assad demonstriert. Musiker haben Oud gespielt und dazu tausend Demonstranten haben gesungen. Ich auch. Wir sind durch Straßen gegangen und haben Musik gemacht. Dann sind Panzer von Assad gekommen, haben geschossen auf Menschen und nach jeder Demons-tration viele Menschen tot. Musiker wurden festgenommen von Geheimdienst. Sie haben ihnen rausgeschnitten die Band von Stimme.«

Ich schlucke. »Die Stimmbänder? Das ist ja gruselig.«

»Ja, so sie nicht mehr konnten singen gegen Assad. Viele Musi-
ker nicht wiedergekommen aus Gefängnis, wurden umgebracht.
Ich nicht kann hören diese Lieder von Arabische Frühling ohne
Weinen.« Nadims Blick verfinstert sich, er sucht Halt an seinem
Teeglas, findet aber keinen. »In Kirche viele Lieder werden gesun-
gen?«, fragt er schnell.

Ich nicke, bin in Gedanken aber eigentlich noch im Arabischen
Frühling. »Ehrlich gesagt mag ich gemeinsames Singen lieber als
gemeinsames Beten.« Das klingt in der Kirche nämlich immer wie
verschwörerisches Sprechgemurmel, aber das sage ich nicht laut.

Nadim greift sich direkt das Stichwort und damit die Chance
zum Themenwechsel. »Bei uns Gebet fünfmal. Drei Gebete am Tag
und zwei in der Nacht.«

»In der Nacht? Müsst ihr auch in der Nacht beten?«

Nadim erklärt, dass es verschiedene Zeiträume gebe, innerhalb
derer er die Gebete verrichten müsse. Zwei dieser Zeiträume fielen
in die Nacht. Er stehe nachts auf, bete und schlafe dann weiter.
Und wenn er es streng mache, müsse er sich vorher noch rituell
waschen.

Die Vorstellung, mitten in der Nacht meinen Schlaf zu unter-
brechen, um zu beten, löst in mir so viel Befremden aus, dass ich
gar nicht weiß, was ich dazu sagen soll. Ich bin eine Spontan-Bete-
rin, eine Mir-ist-grad-danach-Beterin, eine Monatelang-auch-mal-
nicht-Beterin und ich bin mir ziemlich sicher, dass ich nachts eine
völlig undankbare und mürrische Beterin wäre. Ich weiß nicht, ob
ich diese Disziplin beim Beten bewundern oder meinem Befremden nachgeben soll. Möglicherweise tut es gut, sich mehrmals am
Tag seines Schöpfers bewusst zu sein. Vielleicht kann man mir vor-
werfen, dass ich mir meinen Gott nur hole, wenn ich ihn gerade
brauche. Aber dann spreche ich zumindest frei mit ihm, ohne
Pflicht und aus dem Herzen. Und auch wenn ich ihn nicht ständig
anbete, so versuche ich doch täglich, meist unbewusst, nach seinen

Geboten zu handeln. Wenn ich das jetzt alles Nadim erzähle, wird er es nicht auf Anhieb verstehen und es wird nur zu Missverständnissen führen.

Ich nehme mir noch ein Stück von dem Brot und wende mich Reyhan zu.

»Wie ist dein Deutschkurs?«

Reyhan lacht. »Gut.«

»Ein bisschen einfach«, fügt Nadim hinzu. »Reyhan ist schon Dolmetscherin in ihre Kurs, wenn Lehrer andere arabische Menschen nicht versteht.«

»Nach zwei Monaten schon? Wow.«

Reyhan schiebt mir einen Stapel rüber: feinsäuberlich ausgemalte Vokabelkärtchen mit dem Bild eines Substantivs auf der einen und dem deutschen Wort mit Artikel auf der anderen Seite.

»Mich fragen!«, fordert sie mich auf.

Ich halte die Bilder hoch.

»Das Auto«, sagt Reyhan wie aus der Pistole geschossen. Und dann »der Stuhl«, »der Schrank«, »die Tür«, »der Teller«, »das Kind«. Sie weiß von jedem Kärtchen das Wort mit dem richtigen Artikel, obwohl der Stapel nicht gerade klein ist. Ich staune. In meinem Gehirn haben sich schon lange keine neuen Vokabeln mehr verankert, und wenn sie es müssten, wüsste ich nicht, ob das dann so gut ginge wie zu Schulzeiten. Und damals fand ich es schon nicht unbedingt leicht.

Nadim guckt sich unsere Vokabelabfrage eine Weile an und trinkt dabei seinen Tee, dann wechselt er das Thema.

»Hast du gehört von Erdogan, der Anzeige gemacht hat gegen Jan Böhmermann?«

Ich bejahe. Das war ja nicht zu überhören. Ende März hatte Jan Böhmermann in seiner ZDF-Satiresendung beispielhaft ein Schmähgedicht auf den türkischen Präsidenten vorgetragen mit dem Hinweis, dass eine solche Schmähkritik die Grenzen der Satire überschreite. Daraufhin erstattete Recep Tayyip Erdogan Anzeige gegen den Satiriker, und der türkische Vize-Ministerpräsident bezichtigte Böhmermann eines »schweren Verbrechens gegen die Menschlichkeit«. Seitdem waren die Medien voll von Satireexperten, Paragraphenkennern, Majestätsbeleidigungsabschaffern und ganz Deutschland zerpflückte plötzlich ein Gedicht.

»Ich finde es einfach nur peinlich, dass wir nichts Besseres zu tun haben, als eine ziemlich unbedeutende Satiresendung so hochzuschaukeln, und dass Angela Merkel nichts Besseres zu tun hat, als sofort mit dem türkischen Ministerpräsidenten zu telefonieren und das Gedicht als ›bewusst verletzend‹ zu bezeichnen.«

Nadim nickt. »Immer Trennung machen zwischen Judikative, Exekutive und Legislative. Ich hab nicht gedacht von Deutschland, dass Politik mischt sich in rechtliche Sachen ein. Das kenne ich von anderen Ländern, aber wir sind in Deutschland! Hier ist Trennung doch wichtig.«

Kaum hat er das ausgesprochen, hören wir Geschrei aus dem Kinderzimmer. Jasper kommt zu uns gelaufen. »Mama, Jonathan und Rami streiten sich!«

Ich rufe Jonathan, Nadim ruft etwas Arabisches in Richtung Kinderzimmer. Die beiden erscheinen widerwillig. Jonathan hat seine Augenbrauen gesenkt, seine Lippen zittern, und ich merke, dass er eine Wut in sich hat, wie er sie im Trotzalter nicht größer hätte haben können. Rami steht nicht weniger finster guckend daneben und rollt mit den Augen.

»Warum streitet ihr euch denn?«

»Rami hat beim Spiel gemogelt!«

»Nein, stimmt nicht! Jonathan ist Angeber.«

»Bin ich gar nicht!«

»Hey! Aufhören, Jonathan, du bist hier zu Gast.«

Reyhan weist Rami auf Arabisch zurecht. Rami antwortet. Jonathan guckt mich böse an. »Du bist ein Blödi, Mama!«

»Könnt ihr euch jetzt vertragen oder müssen wir nach Hause gehen?«

»Du Blödi! Ich muss mich gar nicht vertragen. Blöde Mama!«

»So möchte ich nicht genannt werden. Sollen wir gehen?«

»Na gut, vertragen.«

Jonathan und Rami schauen sich widerwillig an. Jetzt lacht Bassam, der hinter den anderen hergekommen ist:»Ich habe eine Idee. Wir spielen Verstecken.«

»Jaaa, ich suche zuerst!«, ruft Jasper, und schließlich willigen auch Jonathan und Rami ein, sich ein Versteck zu suchen.

Jasper fängt an zu zählen und kommt bei den Zahlen ab zwölf ins Stolpern, während die anderen durch die Wohnung rennen und nach einem Versteck suchen. Die Holzdielen beben, und ich atme erleichtert auf, dass es nicht zu einem größeren Streit gekommen ist.

Ich frage mich, was Rami seiner Mutter auf Arabisch gesagt hat. Ob Reyhan auch ein Blödi ist?

Nadim scheint ebenfalls mit seinen Gedanken noch bei der Auseinandersetzung zu sein.»In Deutschland gibt Kinderrechte. Das ist gut, hat aber auch Nachteil. In Syrien und im Islam ist Tradition, Kinder müssen den Eltern gehorchen. Eltern dürfen auch sehr streng mit Kindern sein.«

Ich überlege.»Schlagen und Einsperren bringt aber auch nichts. Das hatten wir in Deutschland früher auch, das hat die Kinder unterdrückt, aber sie nicht zu besseren Menschen gemacht.«

Jasper scheint inzwischen alle gefunden zu haben, denn jetzt zählt Bassam. Nadim hält Reyhan sein Teeglas hin und lässt sich nachschenken.»Bei Militär war einfach. Ich war zwei Jahre bei Militär und ich war der Anführer von vierzig Soldaten.«

Ich lache.»Der Anführer – gerade gelernt und schon in den Satz eingebaut.«

»War richtig?«

»Ja, super richtig. Aber erzähl weiter vom Militär.«

»Ich hab mich manchmal gefühlt wie Vater für vierzig Soldaten. Aber war einfach. Ich hab Befehl gesagt, Soldat musste gehorchen, sonst Strafe oder Militärgefängnis. Soldaten haben immer gehorcht, nicht wie Kinder.«

Wir sprechen noch eine Weile über Kindererziehung, doch plötzlich weint Jasper. Er hat sich den Kopf am Bett gestoßen und wie immer, wenn er müde ist, kann er sich kaum beruhigen. Ich stehe auf, erkläre, dass wir jetzt gehen müssen, weil die Kinder müde sind. Jonathan zieht sofort seine Schuhe an, er scheint froh zu sein, dass wir uns auf den Weg machen. Reyhan packt noch schnell einen Teller mit Essen für Tobias, und dann drückt sie Jasper zum Trost einen Schokoladenadventskalender in die Hand.

Draußen empfängt uns die Aprilsonne, und wir laufen mit einem Nikolaushaus-im-Schnee-Bild nach Hause. Keine Ahnung, wo Reyhan den Adventskalender her hatte, vermutlich gab es ihn irgendwo günstiger und ihr war nicht bewusst, was er bedeutet und dass er für uns im Frühjahr absurd ist. Jonathan und Jasper stört das Nikolaushaus im Schnee mit den vierundzwanzig Fenstern und Türen nicht – sie teilen zu Hause die Schokoladenstücke gerecht untereinander auf.

Ein paar Tage später haben wir eine Malermeisterin da, die in einer feuchten Ecke in meinem Atelier schadhaftes Material entfernen und die Wand neu und diffusionsoffener verputzen soll. Der Feuchtigkeitsfleck war schon bei der Hausübernahme vorhanden, doch er ist größer geworden. Bilder, Staffeleien, Farben – ich habe alles rausgeräumt und freue mich darauf, es bald in ein noch schöneres und von den Wandfarben her verändertes Atelier einräumen zu können.

Ich sitze an meinem Schreibtisch und erledige ein bisschen unliebsame Bürokratie, als mich die Malerin ruft. Sie führt mich zu der Ecke in meinem Atelier. Hinter dem schadhaften Putz hat sich eine Fachwerkstrebe aufgetan, die so porös und durchlöchert ist, dass man mit bloßer Hand den unteren Teil der Strebe entfernen und in der Hand zerbröseln kann. Nach weiterem Abschlagen von Putz stellt sich der Schwellbalken als an dieser Stelle kaum noch vorhanden und der tragende Eckständer als ebenfalls stark angegriffen heraus. Dann geht alles ganz schnell. Ein Schreiner wird gerufen, der ein Loch in die Wand schlägt, Wände und Balken mit Metallstangen verankert und für eine weitere Stützstange auch in die Außenwand ein Loch schlagen muss.

Am Abend stehen wir da mit einem abgestützten Haus, in dem es durch die offene Außenwand zieht. Vor uns der löchrige Balken, der vermutlich vor vielen Jahrzehnten einer Unmenge an Holzwürmern ein gemütliches Zuhause war.

Vor einem Dreivierteljahr hatten wir das Haus gekauft, eigentlich sollte es uns ein gemütliches Zuhause sein und nicht irgendwelchen Parasiten. Ich starre angewidert auf den Balken und merke, wie sehr mich das angreift. Dies ist mein Zuhause und mein Arbeitsplatz zugleich, plötzlich ist es eine riesige Baustelle, und niemand kann sagen, was sich noch alles hinter dem Putz verbirgt.

In der Nacht träume ich von zerbröselten Balken und wankenden Häusern. Es erschüttert mich, ich fühle mich meines intakten Zuhauses beraubt, meiner Illusion von einem Leben in Sicherheit. Am nächsten Morgen muss ich an die Menschen in Syrien denken, an die Häuser, die wie hohle Zähne aus Schutt und Asche ragen, und in denen sie trotzdem noch irgendwie versuchen zu überleben.

Als meine Oma Grete gegen Ende des Krieges zum Schanzen eingezogen wurde, schien ihr das alles wie ein aufregendes Abenteuer. Schützengräben auszuheben bedeutete für sie, rauszukommen aus dem kleinen Dorf und zum ersten Mal in ihrem Leben bis fast an die niederländische Grenze zu reisen. Mit einem Felleisen auf dem Rücken und in Begleitung von einem anderen Mädchen aus dem Dorf, machte sie sich früh am Morgen mit dem Zug auf den Weg. Vormittags kamen sie in Dortmund an, wo sie viele Stunden Aufenthalt hatten, denn ihr Anschlusszug fuhr erst am Abend. Damals wurde Dortmund so heftig beschossen, dass tagsüber der Bahnverkehr stillstand.

Grete, abenteuerlustig und gespannt auf ihre Reise, stieg aus dem Zug, trat aus dem Hauptbahnhof und war entsetzt. Kaum ein Haus um den Bahnhof herum war noch ganz, wo sie hinsah Trümmerhaufen, einzeln stehengebliebene Hauswände mit zerborstenen Fenstern, freigelegte Treppen, die in Kellergeschosse führten, und Straßen, die vor lauter Schutt kaum auszumachen waren. Menschen waren nur wenige über der Erde zu sehen. Sie hatten ihr Leben unter die Erde verlegt, wohnten in Kellern und Luftschutzbunkern. An den Ausgängen der Bunker standen die Namen der Straßen, deren Reste man darüber vorfand. Und überall waren Bauarbeiter mit Loren und erweiterten die unterirdischen Schutzräume.

So viel Zerstörung hatte sie nicht erwartet. Über der Erde war eine Geisterstadt, unter der Erde Menschen, deren Gesichter von dem erzählten, was ihnen oben widerfahren war. Wie damals bei dem Besuch von Gerds Eltern wurde Grete klar, wie sehr sich der Krieg in der Großstadt von dem Krieg auf dem Dorf unterschied. Die Bilder dieses Tages fraßen sich in ihren Kopf und waren immer noch sehr präsent, als sie mir in hohem Alter davon erzählte.

Abends brachte sie der Zug nach Legden, wo sie mit anderen Mädchen in einem Gemeindehaus untergebracht wurde. Sofort am nächsten Morgen ging es an die Arbeit. Die Mädchen mussten auf einem Rübenfeld Schützengräben ausheben. Später bauten sie auch im Wald Stellungen. Dafür fällten Soldaten einzelne Bäume, die Mädchen hoben die Gräben aus. Dann schlugen die Soldaten

Holzpfeiler an die Ränder der Schützengräben und die Mädchen flochten mit Zweigen zwischen den Pfeilern Wände, die dafür sorgten, dass die Erde nicht absackte. Jeden Morgen gingen sie mit Schaufeln und einem Frühstücksbrot los und arbeiteten bis 14:00 Uhr. Anschließend gab es ein Mittagessen und danach hatten sie frei. Die Mädchen aus der Stadt stöhnten. Für meine Oma, die die körperlich schwere Arbeit auf dem Hof gewohnt war, war das ein Kinderspiel. Sie genoss ihre Reise und das Zusammensein mit den anderen. Hier war sie wieder auf dem Land, wo es zwar ab und zu Fliegerangriffe gab und sie Schützengräben aushob, aber ansonsten konnte sie einfach Mädchen sein und die Geisterstadt mit den Unterweltmenschen in Dortmund verdrängen.

Nach der Schule verschanzt Jonathan sich direkt ohne ein Wort in seinem Zimmer. Als ich ihn frage, was los ist, bricht er einen Streit mit mir vom Zaun. Er ist richtig aggressiv, und es dauert eine Weile, bis er mir erzählen kann, was in der Schule geschehen ist.

Vor zwei Tagen sei er in der Übermittagsbetreuung mit seinen Hausaufgaben nicht so schnell wie die anderen gewesen, und als alle nach draußen durften, während er als letzter Erstklässler noch im Raum gesessen habe, sei er in Tränen ausgebrochen. Das haben die anderen mitbekommen und ihn die ganze Zeit »Mädchen« genannt. Rami und eine Freundin von ihm, die er seit dem Kindergarten kennt, seien auch darunter gewesen.

Gestern hätten sie eine Vertretungsstunde bei einer Lehrerin gehabt, die sie schon im ersten Halbjahr im Unterricht hatten. Sie habe Jonathan umsetzen wollen, weil er seine Mitschülerin nach einem Anspitzer gefragt hätte. Als Jonathan protestierte, habe sie gesagt: »Okay, dann bleib da sitzen, Mädchen!«

Da habe die ganze Klasse gelacht – und Jonathan voller Wut die Lehrerin angeschrien, dass er ein Junge sei.

Und heute hätten sie einen Text mit verteilten Rollen lesen müssen. Die Deutschlehrerin habe ihm die Rolle der »Lehrerin Frau Müller« gegeben. Er habe tapfer gelesen, aber Rami, der neben ihm sitzt, habe die ganze Zeit gekichert und ihn den Rest des Tages nur noch »Frau Müller« genannt.

Ich streiche Jonathan über seine langen Wuschelhaare, es waren nur Kleinigkeiten, die geschehen waren, aber für ihn schienen sie übermächtig zu sein. Tränen bahnen sich den Weg über seine Wangen, benetzen meine Bluse. Mein Junge, mein großer Junge.

Ich habe die Staffelei notdürftig im Wohnzimmer aufgebaut, da mein Atelier noch nicht wieder nutzbar ist. Die weiße Leinwand starrt mich an. Die Farben zieren sich. Die Pinsel streiken. Mein Kopf ist leer. Meine Hand nicht fähig. Es ist, als sei zwischen den kaputten Balken und Jonathans Sorgen kein Platz für die Kunst. Mein Plan war ein Bilderzyklus über Flucht – und nun würde ich am liebsten selbst vor der leeren Leinwand fliehen. Tagelang starrt die Leinwand mich an. Ich versuche, ihrem Blick auszuweichen.

Jonathan hat seit den Mädchen-Hänseleien keine Lust mehr auf Rami. Nadim schickt Kurznachrichten, er wolle sich mit uns treffen. Und Tobias und ich trauen uns nicht, den Streit zwischen unseren Söhnen anzusprechen, weil es schon bei Deutschen schwierig ist, sich in die Angelegenheiten der Kinder einzumischen und wir Angst vor Missverständnissen haben. Irgendwann in diesen Tagen baue ich die Leinwand ab. Und beschließe, sie erst wieder hervorzuholen, wenn ich mein Atelier wieder benutzen kann.

Am Wochenende ist Schulfest. Als wir den Schulhof erreichen, halten wir Ausschau nach den Ibrahims, wir sind verabredet. Treffen wollen wir uns direkt auf dem Fest und dann gemeinsam mit den Kindern die angebotenen Spiele machen, uns mit anderen Eltern unterhalten und Bratwurst essen, denn die gibt es sowohl vom Schwein als auch halal.

Wir blicken uns um, doch die Ibrahims sind nicht zu sehen. Auch auf meinem Handy habe ich keine Nachricht. Also beginnen wir ohne sie mit den Spielen und Jonathan brummelt: »Umso besser, wenn der blöde Rami nicht kommt.«

Ich bin genervt, finde es schade, dass die Ibrahims solche Feste nicht wahrnehmen, und es ist anstrengend, mich immer verantwortlich zu fühlen, meinen Blick durch die Menge schweifen zu lassen, falls sie doch noch kommen. Sie bleiben weg. Und ich merke, wie sich Enttäuschung in mir ausbreitet, obwohl ich das gar nicht will. Schließlich sind sie nicht verpflichtet, zum Schulfest zu kommen, und vielleicht haben sie unser gemeinsames Vorhaben auch nicht als feste Verabredung verstanden.

Neulich meinte Nadim zu mir, in Syrien sei alles einfacher. Das ganze Leben sei leichter, weil man nicht immer Termine machen müsse, sondern die Leute Besuch gewohnt seien und sich einfach immer und zu jeder Zeit spontan besuchten. Ich habe nicht gesagt, aber gedacht, dass so etwas nur funktioniert, wenn da immer jemand ist, in der Regel die Frau, die dann auch jederzeit bereit ist, Gäste spontan zu bewirten. Aber ist es denn zu viel verlangt, eine kurze Absage zu schicken, dass man nicht auf das Schulfest kommt?

Jonathan reißt mich aus meinen Gedanken. Er ist verschwitzt und zeigt mir stolz eine Urkunde vom Staffellauf.

»Ich war richtig schnell«, flüstert er mir ins Ohr. »Ich glaube, jetzt nennt mich keiner mehr Mädchen.«

»Und wenn doch?«

»Dann ist mir das egal. Ich finde meine langen Haare schön, die schneide ich doch nicht deswegen ab!«

Jonathan nimmt Jasper an die Hand, und die beiden rennen zur nächsten Station. Dort stellen sie sich in die Schlange, Jonathan redet mit anderen Kindern, wirft seine Haare zurück und lacht. Ich atme auf.

Nachdem ein Zimmermann in der Woche zuvor die defekten Balken ersetzt hat, beginnen Tobias und ich am nächsten Tag, das Loch in der Wand meines Ateliers wieder zuzumauern. Wir setzen Ziegelstein auf Ziegelstein und kitten die Fugen mit Kalkmörtel. Plötzlich klingelt es an der Haustür. Ich öffne in dreckigen Arbeitsklamotten. Es ist Nadim. Als er sieht, was wir arbeiten, zieht er sofort seine Jacke aus und will uns zur Hand gehen. Ich protestiere, er solle sich seine Kleidung nicht ruinieren, aber Nadim hat schon die ersten Ziegel in der Hand.

»Wir konnten nicht kommen zu Fest von Schule«, sagt er schließlich in das Wandloch hinein. Und dann erzählt er, dass am Tag zuvor um 12:00 Uhr mittags plötzlich die einzigen syrischen Verwandten in Deutschland, die nach ihrer Flucht in einer Stadt nur fünfzig Kilometer entfernt untergekommen sind, vor der Tür gestanden hätten. Da sei die Überraschung natürlich groß gewesen, es habe viele Freudentränen über das Wiedersehen gegeben und die Verwandten seien bis 23:30 Uhr geblieben. Der Mann wäre über die Türkei und die griechischen Inseln geflohen, seine Frau hochschwanger und mit kleinem Sohn an der Hand über Libyen und Italien. Nach der Geburt des Babys und in dem neuen Land hätten sie erstmal mit sich selbst zu tun gehabt, deshalb sei das Wiedersehen für die Ibrahims umso mehr eine Überraschung gewesen.

Erleichtert drücke ich einen Stein auf Mörtel – sie hatten einen guten Grund, nicht zum Schulfest zu kommen. Nadim tut es mir nach. Er erzählt, dass ihre Freunde und Verwandten, die nicht mehr in Syrien lebten, über viele Länder verteilt seien: Saudi-Arabien, Ägypten, Sudan, Türkei, Griechenland, Italien, Schweden und Deutschland. Alle seien auseinandergerissen, das sei traurig.

Dann hellt sich sein Gesicht auf. »Aber wenn diese Menschen irgendwann gehen zurück nach Syria, sie haben gute Erfahrung mit andere Länder. Sie haben gelernt von fremde Kultur und andere Gesellschaften. Wenn sie gehen zurück, sie werden machen Syrien zu einem anderen Land. Sie werden machen Veränderung. Vielleicht das ist gut.«

Von Villen, weißen Kleidern und Gänsefedern

Anfang Mai machen wir einen Ausflug in einen Park oberhalb eines der Villenviertel unserer Stadt. Es ist Sonntagmorgen, der Himmel blau und wolkenlos und die Straßen ohne Verkehr, als wir an den alten Gründerzeit- und Jugendstilvillen vorbeigehen. Ich zeige auf die kleinen Türmchen, die Erker, die Buntglasfenster, auf Holzschnitzereien und Stuckwerk an den Fassaden, auf herrschaftliche Balkone und Veranden, auf gusseiserne Tore und verwunschene Vorgärten. Hier haben früher die Fabrikanten gewohnt. Zunächst bauten sie ihre Wohnhäuser stolz neben ihren Fabriken im Tal. Dort wurde es ihnen später aufgrund der vielen sich ansiedelnden Arbeiter zu dreckig, und so verlegten sie ihren Wohnsitz an die Hänge über der Stadt und all dem Arbeiterelend.

»Wie viel kostet Miete hier?«, möchte Nadim wissen.

»Die Mieten sind teuer, das ist eines der drei besten Wohnviertel der Stadt.«

Hier leben Ärzte, Professoren und Rechtsanwälte, will ich hinzufügen, aber dann halte ich inne, vielleicht sollte ich nicht über Rechtsanwälte sprechen, die ihren Beruf ausüben und sich eine solche Wohngegend leisten können.

Nadim betrachtet noch immer die historischen Fassaden. »Wohnen hier auch Ausländer?«

»Wenige«, sagt Tobias, und wir gehen eine Weile schweigsam an den gepflegten Vorgärten entlang.

Kurze Zeit später erreichen wir den Park mit seinen alten Bäumen. Die Kinder rennen sofort los zum Spielplatz. Erleichtert registriere ich, dass Rami und Jonathan zusammen über die Hängebrücke klettern.

Ich setze mich mit Reyhan in die Sonne. Sie zeigt auf die Wiese.

»Gänseblümchen«, sage ich.

»Gänsblumchen.«

»Ja, so ähnlich. Gän-se-blüm-chen.«

»Ganseblümchen. Und das?«

»Löwenzahn oder Butterblume.«

»Löweza? Butterblume?«

Ich spreche ihr »Löwenzahn« noch einmal vor. Reyhan wiederholt es, dann kommt Nadim und spricht es ebenfalls nach. Wir beschäftigen uns eine Weile mit den Blumen um uns herum und mit deren Aussprache.

Die Sonne scheint schon richtig warm, ich ziehe meine Jacke aus. Jetzt sitze ich kurzärmelig neben Reyhan, die ihren schwarzen Mantel über einer schwarzen Hose trägt.

Und auch wenn ich nicht weiß, ob die Frage zu persönlich ist, möchte ich von ihr wissen, ob das im Sommer nicht sehr warm ist in schwarzem Kopftuch und Mantel.

»Ja, ist warm. Sehr warm.« Reyhan lacht.

Ich zeige auf einen Baumstamm, der im Halbschatten liegt. »Wir können uns auch dorthin setzen.«

Reyhan nickt. Wir gehen zum Baumstamm rüber. Nadim und Tobias klettern mit den Jungs über den Kletterparcours. Ich breite unsere Picknickdecke aus und stelle ein paar Plastikdosen aus unserem Rucksack mit Obst und Rohkost darauf. Auch Reyhan zaubert aus ihrer Tasche mehrere Dosen mit Obst, Sonnenblumenkernen und arabischen Süßigkeiten. Sie zeigt mir, wie man die Sonnenblumenkerne mit den Zähnen von ihrer Schale befreit. Ich muss an die Bushaltestellen denken, an denen unter der Bank öfter ein Häufchen Sonnenblumenkernschalen zu finden ist, und an die pikierten älteren Damen, die sich dann kopfschüttelnd auf die Bank setzen: »So ein Müll!« Wir spucken unsere Schalen nicht auf den Boden im Park, sondern sammeln sie in einer leeren Dose.

Unsere Kinder haben die Picknickdecke erblickt und kommen neugierig angelaufen. Auch Tobias und Nadim setzen sich wieder zu uns. Jonathan und Jasper haben schnell herausgefunden, welche arabischen Kekse sie am liebsten mögen, doch schon nach ein paar Minuten ist das Bodentrampolin spannender als das Essen.

Die Mittagssonne bringt ihre Wärme auch zu uns in den Schatten. Ich genieße dieses beginnende Sommergefühl. Trotzdem bleibt mein Blick immer wieder an Reyhans schwarzem Mantel hängen.

»Als du geheiratet hast, hattest du da auch ein schwarzes Kleid an?«

Reyhan blickt zu Nadim, der ihr meine Frage übersetzt.

»Nein, weiße Kleid.«

Nadim ergänzt, dass Hochzeiten in ihrer Stadt früher mit zweitausend oder viertausend Menschen gefeiert wurden, heute oft nur noch mit tausend Gästen. Aber ihm und Reyhan habe eine kleine Hochzeit mit hundert Gästen gereicht. Bei ihrer Hochzeit feierten Männer und Frauen getrennt. Reyhan habe ein weißes Kleid getragen und sei die einzige Frau gewesen, die ohne Kopftuch feiern durfte.

In Syrien sei Heiraten sehr teuer. Er habe vor der Ehe eine Wohnung und Besitz vorweisen müssen, um Reyhan heiraten zu können.

»Der Mann muss die Aussteuer mitbringen?«

»Aussteuer?«

»In Deutschland mussten früher die Frauen Bettwäsche, Geschirr, Schmuck oder Geld mit in die Ehe bringen.«

»In Syrien jede Stadt und jede Religion anders. In unsere Stadt Mann muss haben Wohnung, Schmuck für Frau, Möbel, dann erst er kann Frau heiraten. Und Vater von Brautmann muss Hochzeit bezahlen. Aber mein Vater nicht hatte Geld, deshalb ich alles musste allein bezahlen.«

»Das ist ja krass. Ich dachte, in allen Ländern müsse die Frau die Aussteuer mitbringen. Selbst ich habe ja früher noch Silberbesteck bekommen und zur Konfirmation Handtücher.«

»Nein, bei uns Mann muss bezahlen. Und das ist sehr schwer. In unsere Religion du darfst keine Schulden machen. Nicht bei Bank, nicht bei Freund. Du musst viel arbeiten und Geld sparen, dann du kannst Frau heiraten.«

Meine Oma Grete war eine von vier Töchtern. Der ersehnte männliche Hoferbe blieb aus und keine der Töchter heiratete einen Bauern, der den Hof hätte übernehmen können. Vier Töchter zu haben bedeutete, viermal Aussteuer zusammenkriegen zu müssen. Geld hatten sie damals kaum, aber meine Oma erzählte uns immer wieder von ihrer tüchtigen Mutter und was diese sich alles einfallen ließ, um ihren Töchtern einen guten Start in die Ehe zu ermöglichen.

»Mutter kaufte jedes Jahr zwanzig Gänsegössel. Wenn die geschlachtet wurden, bewahrte sie die Federn auf, sammelte sie Jahr für Jahr und nähte schließlich Betten und Kopfkissen für uns vier Mädchen, die sie mit den Federn der eigenen Gänse füllte. Das war wunderbare Bettwäsche, mit Federn von den eigenen Gänsen und so viel Arbeit, die darin steckte. Sie schuftete auch all die Jahre in ihrem Gemüsegarten und gab das Gemüse, das wir selbst übrig hatten, einer Frau mit, die auf den Markt in die Stadt fuhr und es dort verkaufte. Von dem Geld kaufte sie schlichte Küchenhandtücher, die sie dann selbst umbortete,   oder Bett- und Tischwäsche, in die sie unsere Initialen stickte.«

Ich stellte mir als Kind immer den Berg Gänsefedern vor, der jedes Jahr größer wurde, meine federnhütende Uroma, die nicht wie Frau Holle die Federn ausschüttete, sondern sie hortete wie einen Schatz.

»Dann kamen die vielen Flüchtlinge, die hatten nichts anzuziehen und keine Bettdecke, um sich zuzudecken. Und was haben meine Eltern da gemacht? Sie haben denen das gegeben, was Mutter so schwer für uns erarbeitet hatte. Mutter hat nicht nur den Flüchtlingen etwas gegeben, die bei uns auf dem Hof wohnten, sondern auch anderen, denn viele aus dem Dorf waren nicht so wie meine Eltern, die gaben denen nichts. Die sagten: ›Was wollen die denn hier? Die sollen da bleiben, wo sie herkommen.‹ Da waren die Menschen stur, und die Flüchtlinge haben es nicht leicht gehabt. Die meisten Menschen empfingen sie nicht gut. Auf dem Nachbarhof wurden die Flüchtlinge gar nicht nett behandelt. Denen hat Mutter sehr viel gegeben. Da war eine Frau, die war so patent, die besaß nur noch einen Rock, und da trug sie jeden Tag eine Schürze vor. Der Rock war hinten gestopft, geflickt und abgenutzt. Aber wenn sie in die Stadt ging, drehte sie den Rock so, dass sich das ganze Geflickte und Gestopfte unter der Schürze befand. Und wenn sie zurück nach Hause kam, drehte sie ihn wieder um, dass zu Hause nur das Geflickte weiter abgenutzt wurde.«

Ich stellte mir früher diesen Rock der Flüchtlingsfrau auf der einen Seite immer wie einen hässlichen Hexenrock vor und auf der anderen Seite so unbeschadet wie den einer Prinzessin.

»Mutter und Vater waren stets sehr großzügig. Doch bei der Aussteuer tut mir das heute oft noch Leid. Mutter hatte sich all die Jahre so viel Arbeit für uns gemacht. Und was haben wir dann später machen müssen, damit ich auch alles für die Ehe zusammenbekam? Vater ist zur Bank gegangen, hat einen Kredit aufgenommen und wir mussten alles kaufen. Bettdecken, Bettwäsche, Handtücher. Wir haben billige Bettdecken gekauft, denn so viel Geld hatten Vater und Mutter nicht. Und ich dachte später noch oft an die Gänsefederbetten und an den Geiz der anderen Bauern, die viel größere Höfe hatten als wir. Aber die Hauptsache war ja, dass ich heiraten konnte.«

Dann blickte meine Oma immer versöhnlich zu dem Schwarz-Weiß-Foto mit ihr selbst im weißen Kleid und meinem Opa Albrecht im schwarzen Frack mit Zylinder und weißer Fliege.

Reyhan holt ihr Smartphone hervor und blättert im Menü. Dann zeigt sie mir ihr Display mit einem Foto von einer dunkelhaarigen Frau mit Hochsteckfrisur in einem langen weißen, prunkvollen Kleid. Es dauert eine Weile, bis ich sie erkenne.

»Wow! Hübsch!«

Sie zeigt mir ein weiteres Foto in Nahaufnahme. Erst da sehe ich, wie stark und bunt sie als Braut geschminkt war. Fremd sieht sie aus mit dem Make-up.

»Nur zwei Foto. Mehr Foto in Haus«, sagt sie leise.

»Wir dachten, wir gehen für zwei Monat in Türkei, dann Kämpfe in unsere Stadt vorbei und wir können zurück in unsere Haus. Alle Fotos noch in unsere Haus«, fügt Nadim erklärend hinzu.

Die Kinder spielen inzwischen Verstecken. Tobias muss sie suchen. Nadim erzählt von ihren Familien, von Reyhans und seinen Brüdern und Schwestern. Ein Bruder habe erst nach sechs Mädchen einen Sohn bekommen. Söhne seien in Syrien wichtiger als Töchter, alle wünschten sich Söhne, weil Frauen nicht so gute Chancen hätten wie Männer und man auf Mädchen besser aufpassen müsse. Auch er sei froh, dass er Söhne habe.

»Ich glaube, dass man beim eigenen Geschlecht einfach sicherer ist, weil man das kennt. Ich wollte auch erst Mädchen, weil ich eine Mädchenkindheit kenne, aber jetzt lasse ich mir eben von meinen beiden Jungs zeigen, wie eine Jungenkindheit funktioniert. Aber sieben Kinder? Das sind ja sieben Schwangerschaften, das ist aber ziemlich anstrengend.«

Reyhan lacht. »Nadims Onkel zehn Kinder.«

»Noch mehr Schwangerschaften. Dann ist die Frau ja nur noch schwanger?«

Reyhan nickt. »Aber Heiraten mit dreizehn Jahre. Dann Baby mit vierzehn oder fünfzehn Jahre.«

»Wie in Deutschland man darf heiraten?«, fragt Nadim.

»Heiraten darf man erst ab achtzehn Jahren oder, mit Zustimmung der Eltern, ab sechszehn Jahren. Und auch für Sex gibt es ein Gesetz. Sex darf man erst ab vierzehn haben, vorher ist das Missbrauch, wenn es nicht mit Gleichaltrigen, sondern mit Erwachsenen stattfindet.«

Nadim sagt, er habe gehört, dass man in Deutschland im Rathaus heiraten könne und in der Kirche. Ich erkläre ihm den Unterschied zwischen standesamtlicher und kirchlicher Trauung und dass die erste Voraussetzung für die zweite ist. Dann möchte er wissen, ob Ehen in Deutschland nur für eine bestimmt Zeit geschlossen würden.

Da muss ich lachen. »Nein, eigentlich sollten Ehen auch in Deutschland ewig halten, bis zum Tod, aber viele Ehen werden wieder aufgelöst, weil die Paare sich nicht mehr verstehen.«

Die Kinder haben inzwischen die Schaukeln an langen Ketten entdeckt, die in eine Bergmulde hineingebaut sind. Tobias geht hinüber und gibt ihnen Anschwung.

Reyhan sagt etwas auf Arabisch, und Nadim übersetzt. »Meine Frau möchte wissen, was ist mit Mann und Mann und Frau und Frau.«

»Mit Homosexuellen? Die dürfen sich auf dem Standesamt offiziell ihre Lebenspartnerschaft eintragen lassen.«

Reyhan sieht mich erstaunt an. »Aber können keine Kinder.«

»Nein, Kinder bekommen können die nicht. Sie dürfen auch nicht zusammen ein Kind adoptieren. Aber in Deutschland leben ja viele Menschen ohne Kinder.«

Auch Nadim guckt nicht so, als überzeuge ihn das. »Und was sagt Kirche? Dürfen die heiraten in Kirche?«

»In der evangelischen Kirche dürfen sie ihre Partnerschaft segnen lassen, in der katholischen Kirche nicht.«

Nadim sieht mich verwirrt an. Es gibt zwei Kirchen? Ich erkläre ihm, dass wir evangelisch sind, dass wir keinen Papst haben, dass Frauen bei uns Pfarrerinnen werden dürfen, Pfarrer heiraten und sich wieder scheiden lassen dürfen, dass wir in vielem schlichter und weniger prunkvoll sind als die katholische Kirche.

Jetzt ist Nadim wirklich erstaunt. »Ich wusste nicht, dass es gibt evangelische Kirche. Ich dachte alle Christen gleich. In Syrien Priester dürfen nicht heiraten. Und christliche Witwen dürfen nicht nochmal heiraten.«

»Vor fünfhundert Jahren gab es hier auch nur die katholische Kirche. Die Bibel war damals nur auf Latein geschrieben und die einfachen Menschen haben sie nicht verstanden. Die Kirche vergab damals Ablassbriefe, mit denen man sich von seinen Sünden freikaufen konnte. Die Menschen hatten Angst vor Gott. Dann gab es einen gelehrten Mann, Martin Luther, der entdeckte im zweiten Teil der Bibel, dass Gott ein gnädiger Gott ist und kein böser, strafender Gott. Das verbreitete er, und irgendwann spaltete sich die Kirche.«

Reformation in fünf Sätzen. Reyhan und Nadim sitzen da, versuchen nachzuvollziehen, was ich erklärt habe, aber dieses sperrige Thema hängt schwer in der Mittagshitze, deshalb füge ich hinzu: »Die Trennung der beiden Kirchen ist eine lange Geschichte. So wie bei euch die Trennung zwischen Sunniten und Schiiten eine lange Geschichte ist.«

Die beiden nicken, dann lassen wir die schweren religiösen Themen beiseite und gehen zur Schaukel, wo Tobias gerade den Kindern zeigt, wie hoch er selbst schaukeln kann. Fünf Minuten später sitzen Reyhan und Nadim auf der Schaukel, lehnen sich nach hinten, strecken ihre Beine und winkeln sie wieder an, bis sie richtig Schwung bekommen, sie fliegen höher und höher, fliegen lachend in den warmen Nachmittag hinein unter einem unbeschwerten blauen Himmel.

Sonne, Mond und Hölle

Mitte Mai wird verkündet, dass die Bundeswehr erstmals seit 1990 aufgestockt werden soll. Siebentausend neue Soldatenstellen werden geschaffen. Der Wehretat soll deutlich angehoben werden. Als ich diese Nachricht im Internet lese, spüre ich, wie es in meinem Magen drückt. Soldaten. Soldaten sind die kleinen Plastikmännchen, mit denen Jungs früher spielten, oder die Männer, von denen wir im Geschichtsunterricht gehört haben. Soldaten sind die, die auf dem Truppenübungsplatz nebenan ein bisschen rumballern. Soldaten waren für mich immer ein Auslaufmodell.

Ich muss an meinen Urgroßvater Ernst denken, der meine gesamte Kindheit in unserer Foto-Ahnengalerie über der dunkelholzigen Kredenz hing und noch immer hängt. Der Gefallene im Kampf um Königsberg. Auf einem Schwarz-Weiß-Foto würdevoll mit entschlossenem Blick mahnte er stets aus dem Bilderrahmen heraus, neben seiner Frau Betty und über seiner Tochter Christel, meiner Großmutter. Ich muss an meinen Vater denken, der wegen seines Großvaters Ernst den Kriegsdienst verweigerte, in einer Zeit, als dies noch nicht besonders salonfähig war. Und an Tobias, der Zivildienst geleistet hatte, als dies zwar längst als normal angesehen wurde, aber trotzdem drei Monate länger dauerte als der Dienst bei der Bundeswehr.

Ich surfe weiter, klicke Unterhaltungsvideos an, lese unbedeutende Statusmeldungen meiner Facebookfreunde, aber das drückende Gefühl in meinem Magen bleibt.

»Die USA und Russland brauchen immer eine Spielwiese. Und jetzt machen sie in Syrien ihr Spiel.«
Ich halte mein Handy ans Ohr.

»Kannst du dir vorstellen, dass ein fünfzehnjähriger Junge so etwas zu dir sagt?«, fragt Mo. »Er hat im Krieg schon sechs Freunde verloren. Hier ist er bescheiden, nimmt kaum etwas von uns an, sagt, dass er zufrieden sei und nicht mehr brauche.«

»Muss er denn alles von euch annehmen?«

»Nein, natürlich nicht. Aber dann hört er auf zu essen und sagt, dass sein Bruder in Syrien mit seinen beiden kleinen Kindern jeden Tag Hunger habe und nicht wisse, woher er Brot bekommen solle. Dass wir die Menschen in Syrien nicht vergessen dürften, die jeden Tag Hunger leiden. Manchmal macht mich dieser Job echt fertig.«

»Das glaube ich dir. Aber du machst schon genug. Wir können nicht die ganze Welt retten.«

»Du wirst es nicht glauben«, sagt Mo leise, »aber manchmal wünsche ich mich zurück ins Büro.«

Am Sonntag fahren wir mit dem Bus zum Stausee. Wir spazieren am sonnigen Ufer entlang, an einem Restaurant und den Bootsvereinen vorbei. Als ich die Kanus, Kajaks, Drachenboote und Rettungswesten in den Bootsschuppen sehe, habe ich für einen Moment Angst, dass das Nadim triggern und an seine Flucht erinnern könnte, aber unser Freund ist völlig unbeschwert. Er versucht, mit Rami und Bassam Steine über das Wasser springen zu lassen und auf einem Grashalm zu pfeifen, so wie Tobias es vormacht. Mir versucht er, die arabischen Wörter für Sonne und Mond beizubringen – »al-Shams« und »al-Aqmar« –, und wir lachen ausgelassen darüber, dass ich die Sonne auf arabisch aussprechen kann, nicht aber den Mond.

Nadim sieht glücklich und entspannt aus nach seinen ersten beiden Wochen Praktikum in der Rechtsanwaltskanzlei. Die Anwälte seien sehr nett zu ihm, sein Anwalt habe ihn schon mit zu Gerichtsprozessen genommen, und er genieße es, den ganzen Tag Deutsch zu sprechen. Er habe schon für den Anwalt einiges übersetzen können, da dieser auch arabischsprachige Klienten habe. Am spannendsten aber sei es für ihn, die Unterschiede zwischen syrischem und deutschem Recht kennenzulernen. In Syrien gäbe es zum Beispiel keine Bewährungsstrafen, da käme man direkt ins Gefängnis. Und momentan ja sowieso. Während des Krieges würde das Recht ausgehöhlt. Die Geheimpolizei sei überall und es gäbe viel zu viele Informanten. Eine Krankenschwester verdiene in Syrien zum Beispiel hundert Dollar im Monat. Wenn die als Informantin zehn Dollar für jeden angeschwärzten Menschen bekäme, lohne sich das für sie, und so könne sie Patienten, die ihr nicht passten, ruckzuck ausliefern.

Nadim senkt den Blick. »Krieg immer macht Recht kaputt. Im Krieg du brauchst keine Juristen, Krieg ist nie gerecht.«

Als ich klein war, kam manchmal der entfernte angeheiratete Onkel mit der Boxernase zu uns. Er war erst Anfang sechzig, aber er sah alt aus, seine Nase war mehrfach gebrochen gewesen und er hörte auf seinem rechten Ohr nichts mehr. Ich kannte seine Geschichte, mein Vater hatte sie mir erzählt.

Er war in Bielitz aufgewachsen wie mein Großvater Fritz. Kurz vor Kriegsende war er als Fünfzehnjähriger von der polnischen Geheimpolizei aufgegriffen worden. Er kam nach Schwientochlowitz in das Lager Zgoda, das zuvor unter dem Namen KZ Eintrachtshütte als ein Außenlager des KZ Auschwitz fungiert hatte. Man warf ihm vor, in der Hitlerjugend mitgemacht zu haben, und beschuldigte ihn, dass er Nazi gewesen sei, eine Schusswaffe besessen und Polen umgebracht habe. Die angeblichen Beweismittel dafür fanden sie in seiner Jackentasche: ein Hakenkreuz-Abzeichen, das er bei einem Leichtathletikwettkampf in der Schule gewonnen, sowie eine Patronenhülse, die er auf der Straße gefunden und eingesteckt hatte. Sie zertrümmerten ihm seine Nase, schlugen ihm auf die Ohren, auf seine Gliedmaßen, folterten ihn so lange, bis er unterschrieb, Polen getötet zu haben. Monatelang saß er mit anderen Deutschen im Lager, in dem zuvor Juden gelitten hatten und gestorben waren. Die Wut, die man auf die wahren Naziverbrecher hatte, ließ man an den Deutschen aus, die man zu fassen kriegte, auch wenn sie noch halbe Kinder waren. Viele von ihnen überlebten diese Zeit nicht.

Als ein polnischer Richter den Onkel schließlich befragte und freisprach, wog er noch fünfundvierzig Kilo und war mit Wunden übersät. Zurück bei seiner Mutter in Bielitz traute er sich kaum aus dem Haus aus Angst vor einer erneuten Verhaftung. Im Sommer 1946 erhielten seine Mutter und er eine schriftliche Aufforderung der polnischen Miliz und wurden ausgesiedelt.

»Ich habe fünfzehnjährige UmFs erlebt, die waren schon im Gefängnis, haben Schläge bekommen, gehungert und gesehen, wie Leute totgeschlagen und gefoltert wurden. Mit fünfzehn, das muss man sich mal vorstellen.« Mo zündet sich eine Zigarette an, während wir durch die Altstadt gehen. Ich werfe ihm einen fragenden Blick zu. »Ja, guck nicht so, ich hab wieder angefangen, der ganze Stress, die ganzen Geschichten, außerdem rauchen alle meine Kollegen.«

Wir gehen eine Weile schweigsam nebeneinander her. Die Abendluft ist frisch für Mai, einige Gastronomen haben draußen Tische aufgestellt, Raucher stehen an Heizpilzen, aus den Kneipen dringt Musik.

»Die Geschichten der UmFs sind hart, aber manchmal sind die Einstellungen der Jungs auch gewöhnungsbedürftig. Komplett anders als bei unseren Jugendlichen. Ich versuche ja immer Verständnis zu haben, aber manchmal fällt mir das echt schwer.«

Mo klingt heute nicht glücklich, der Job scheint ihn zu belasten. Dabei dachte ich eigentlich, dass er mit seiner lockeren

Lebenseinstellung einen guten Draht zu den Jugendlichen hat und ihn so schnell nichts erschüttern kann.

»Was haben die Jungs denn für Einstellungen?«

»Besonders anstrengend ist zum Beispiel«, sagt Mo, »wie offensiv sie mit ihrem Glauben umgehen. Wenn ich den Jugendlichen erzähle, dass ich Atheist bin, sehen sie mich sofort im Höllenfeuer. Ich war immer froh, dass der Glaube in Deutschland nicht mehr Priorität hat und alles Denken durchdringt.«

»Wahrscheinlich kennen sie es nicht anders. Bei unseren syrischen Freunden merke ich auch häufiger, dass der Glaube viel mehr in alle Lebensbereiche hineinragt, als dies bei den meisten Christen der Fall ist.«

Ich muss an meine Schulzeit denken und an den Konfirmandenunterricht, den viele meiner Mitschüler nur absolvierten, um die ersehnte Stereoanlage zur Konfirmation zu bekommen. Danach war Kirche uncool und etwas für Langweiler. Ich blieb in der Kirche, arbeitete dort ehrenamtlich mit Kindern und Jugendlichen und katapultierte mich damit selbst ins Aus. Zwar fand ich in der Kirche Freunde, aber in der Schule manifestierte ich dadurch meine Außenseiterposition, obwohl mich die Kirche, eine evangelische Landeskirche, in keiner Weise einschränkte. Ich lernte, absolut defensiv mit meinem Glauben umzugehen, niemals Symbole wie Kreuz-Anhänger zu tragen, nichts zu erzählen, ihn privat zu halten. Auch als Erwachsene sprach ich in einer überwiegend von der Kirche abgewandten Gesellschaft nur selten darüber. Stattdessen erlebte ich hautnah mit, wie meine Gemeinde sich von einem Kirchenbau trennen musste, der erst umgenutzt und schließlich abgerissen wurde, wie die Menschen in der verbliebenen Kirche zusammenrücken und sich zusammenraufen mussten. Wenn ich doch einmal meine ehrenamtlichen Tätigkeiten erwähnte, erntete ich ungläubiges Staunen.

Deshalb kann ich verstehen, dass Menschen wie Mo, die schon meine harmlosen Ehrenämter in der Kirche seltsam finden, den teilweise strengen islamischen Glauben erst recht kritisch beäugen, denn sie haben kein Altes Testament, das ihnen das Gefühl von Gemeinsamkeit geben könnte.

Mo wirft seinen Glimmstängel in die Gosse und zündet sich direkt eine neue Zigarette an. »Ich muss mir immer wieder sagen, dass ich Humanist bin und tolerant, aber manchmal fällt mir das wirklich schwer. Es sind ja nicht alle UmFs so, aber bei manchen sehe ich, dass ich in ihren Köpfen bereits in der Hölle verortet bin.«

Auf dem Rückweg vom Stausee zur Bushaltestelle scheint die Sonne auf ein altes Haus, das ein Relief mit Adam, Eva und der Schlange abbildet.

Nadim, der die Darstellung ebenfalls bemerkt hat, deutet auf das Haus: »Schlange ist böse.«

»Ja«, sage ich, »die Schlange überredet Adam und Eva, den Apfel zu essen, obwohl Gott es verboten hat.«

»Adam und Hawwa in Koran. Schlange ist gleich wie Teufel. Teufel wohnt an böse Ort mit Feuer. Wie heißt auf Deutsch?«

»Du meinst die Hölle?«

»Ja, Hölle ist ganz böse Ort. Nach dem Tod du kommst zu Allah oder in Hölle.«

Während Nadim von der Hölle erzählt und ich merke, dass diese für ihn eine Wahrheit ist, wird mir selbst bewusst, wie wenig mich im modernen evangelischen Christentum die Hölle interessiert. Sie ist mehr Sinnbild, aber nichts, was mir Angst macht. Und dann fällt mir der katholische Studentenpfarrer ein, der vor vielen Jahren während meines Studiums im ökumenischen Semesterabschlussgottesdienst eine Predigt hielt mit Schlussworten, die sich mir bis heute eingeprägt haben: »Und wenn das so ist, dass Gott ein liebender Gott ist, der alle Menschen annimmt und seinen einzigen Sohn zu uns geschickt hat, der dann für unsere Sünden ans Kreuz gegangen ist, wenn Gott dieser liebende, barmherzige Gott ist, dann ist die Hölle leer und der Himmel voll.«

Barbarossa, Pfand und Heimatfilme

Im Juni schickt die Nato Tausende Soldaten an die Westgrenze von Russland. »Vorne-Präsenz in den baltischen Staaten und in Polen« nennt die Verteidigungsministerin die rotierende Stationierung von je tausend Soldaten in Litauen, Lettland, Estland und Polen. Unser Außenminister warnt währenddessen davor, »durch lautes Säbelrasseln und Kriegsgeheul die Lage weiter anzuheizen«. Wer glaube, mit symbolischen Panzerparaden an der Ostgrenze des Bündnisses mehr Sicherheit zu schaffen, der irre. Und während die Politiker über die Nato-Präsenz debattieren, jährt sich fast heimlich und leise der Beginn des »Unternehmens Barbarossa« zum 75. Mal.

Am 22. Juni 1941 überfiel die deutsche Wehrmacht ohne Kriegserklärung die Sowjetunion. Die zweitausend Kilometer lange Frontlinie erstreckte sich von der Ostsee bis zum Schwarzen Meer. Ein grausamer Vernichtungskrieg begann, an dessen Ende siebenundzwanzig Millionen Sowjetbürger ihr Leben verloren hatten. Die siebenundzwanzig Millionen tauchen zum Jahrestag wieder vermehrt in den Nachrichten auf. Mich versetzt diese Zahl elf Jahre zurück, nach Kaliningrad, in die Upper-Class-Wohnung von Irinas Eltern, in der die siebenundzwanzig Millionen tagelang zwischen uns standen. Russland 2005. Früher Sonntagmorgen im Oktober. Eingeschlossen.

Ich weiß nicht mehr, wie lange ich an der verschlossenen Tür saß. Irgendwann kam es mir vor, als sei mein Körper eins mit der Tür geworden. Er hatte sich verschlossen, sich gefühllos gestellt, während in meinem Kopf der Gedanke pochte, mitten in Kaliningrad eingesperrt zu sein. Ich versuchte, mich rauszudenken aus dieser

Wohnung, doch meine Gedanken schafften es höchstens rückwärts in die deutsch-russische Geschichte und sämtliche Fluchtgedanken scheiterten an der Tür, die zur Mauer wurde, übermächtig und groß. Ich war unfähig, mich zu bewegen, nicht in der Lage aufzustehen, saß einfach da mit schlimmen Gedanken im Kopf und wartete.

»Wir haben uns ausgesprochen«, hörte ich irgendwann die Stimme von Alex. Ich blickte auf. Irina stand neben ihm.

»Dass wir das Projekt abbrechen, darin sind wir uns einig«, fügte Alex ruhig hinzu. Ich fragte mich, woher er diese Ruhe nahm, tangierte ihn die verschlossene Tür überhaupt nicht?

»Ich möchte, dass ihr noch eine Nacht bei meinen Eltern verbringt«, sagte Irina bestimmt. »Ich schließe euch auf, ihr könnt den ganzen Tag in Kaliningrad irgendwas machen, aber heute Abend seid ihr bitte wieder hier, damit meine Eltern nichts merken und wir morgen zusammen zurück nach Deutschland fahren können.«

Ich spürte, wie Leben zurück in meinen Körper kehrte, löste mich aus meiner Sitzstarre und stellte mich vor Irina. »Damit deine Eltern nichts merken? Was hast du denen denn gestern Abend erzählt, die sind doch auch nicht blind!«

Irina sah mich verächtlich an. »Ich habe ihnen erzählt, dass wir unterschiedlicher Meinung über die Interviewfragen von Alex sind. In Russland hält man solche Sachen von seinen Eltern fern und belastet sie damit nicht.«

Ich glaubte ihr kein Wort. »Sorry, aber ich möchte die Gastfreundschaft deiner Eltern nicht noch eine Nacht länger in Anspruch nehmen. Wir werden in einem Hotel in Mamonowo übernachten und den Grenzübergang für morgen regeln.«

»Aber ihr müsst mich mit zurück nach Deutschland nehmen.«

Alex seufzte. »Dann holen wir dich eben morgen früh ab.«

Irina musterte erst Alex, dann mich. »Ihr müsst Gepäck hierlassen, damit meine Eltern nichts merken.«

Alex und ich sahen uns an. Es ging Irina nicht um ihre Eltern, sie wollte ein Pfand, um sicher sein zu können, am nächsten Morgen von uns abgeholt zu werden. Lächerlich erschien mir das, aber ich wollte aus dieser Wohnung heraus, deshalb mussten wir auf den Deal eingehen.

Ich ließ meinen Blick über unsere Gepäckstücke schweifen. »Okay, dann lasse ich die kleine Tasche hier.« Auch Alex deutete auf einen Beutel von sich.

Irina schüttelte den Kopf. »Ich will deine Kamera.«

»Du willst was?«

»Die Kamera bleibt hier, dann schließe ich euch die Tür auf.«

Ich atmete tief durch. »Aber wenn ich die heute brauche ...«

»Du brauchst die nicht, das Projekt ist abgebrochen.«

»Aber privat.«

»Kamera gegen Schlüssel.«

Irina wusste genau, wie wichtig mir die Kamera war. Aber den Triumph, weiter um meine Fotoausrüstung zu betteln, gönnte ich ihr nicht. Außerdem wollte ich endlich raus aus dieser Wohnung.

»Also gut.« Ich nahm meine Fototasche, holte die Kamera hervor, öffnete das Seitenfach und entnahm die Speicherkarte. »Wir wollen ja nicht, dass du wieder Fotos von mir löschst. So, hier ist die Kamera. Und jetzt den Schlüssel.«

Irina nahm die Kameratasche und brachte sie ins Gästezimmer. Den Beutel von Alex stellte sie dazu. Dann holte sie einen Schlüssel aus einem Kästchen auf dem Telefontisch im Flur, schloss mit ihm den Sicherungskasten neben der Tür auf, holte dort den Wohnungsschlüssel heraus und meinte zu mir: »Ich dachte, das würdest du finden!«

Eigentlich hätte ich ihr dafür eine scheuern sollen, aber ich wollte einfach nur noch raus. Endlich steckte Irina den Schlüssel ins Schloss und öffnete mit dreifachem Drehen die Wohnungstür. Alex verabredete mit ihr die Abholzeit für den nächsten Morgen, dann nahmen wir unser Gepäck und gingen hinunter auf den bewachten Parkplatz zum Auto. Erleichtert ließ ich mich auf den Beifahrersitz fallen. »Die Frau ist verrückt«, sagte Alex, bevor er den Motor startete.

Als wir die Kaliningrader Innenstadt in der Morgendämmerung verließen, atmete ich auf. Die Straßen waren leer, trostlose Häuser reihten sich aneinander, gleich würden wir die lange Kastanienallee Richtung Mamonowo erreichen. »Oh nein!«, entfuhr es Alex. Im selben Moment sah ich es auch. Ein Polizeiauto am rechten Straßenrand winkte uns heraus. Alex hielt das Auto und ich die Luft an. Der Polizeibeamte machte uns deutlich, dass er die Papiere sehen wolle. Alex reichte ihm Führerschein, Fahrzeugpapiere und den Nachweis über die an der Grenze abgeschlossene russische Autoversicherung. Mein Herz pochte bis zum Hals. Doch der Polizist gab sich zufrieden und ließ uns weiterfahren. Ich atmete auf. »Das wär's noch gewesen«, sagte Alex und lachte.

In Mamonowo lag nahe der Durchgangsstraße direkt an der Jarft das Hotel »Y MOCTA«, ein umgebauter Kornspeicher, die Fassade in freundlichem Gelb. Wir verständigten uns mit Händen und Füßen an der Rezeption und bekamen schließlich ein Doppelzimmer zugewiesen. Ich duschte, weil ich mich das am Abend zuvor bei Irinas Eltern nicht mehr getraut hatte und vielleicht auch, weil ich das Gefühl hatte, Kaliningrad und unsere Erlebnisse dort abwaschen zu müssen. Danach ging es mir besser.

In meinem Rucksack hatte ich einen kleinen Zettel mit der Adresse eines russischen Ehepaares, das in Mamonowo lebte, meinen Vater kannte und für uns den Grenzübergang regeln konnte. Eigentlich hatten wir die beiden längst besuchen wollen, aber durch den Stress mit Irina hatten wir das verschoben. Irina hatte uns ohnehin gewarnt: Bei einfachen Russen in einer Grenzstadt wie Mamonowo würden wir nicht so eine Gastfreundschaft erfahren wie bei ihren Eltern, wir sollten nichts erwarten. Ich wusste nicht, woher sie die Information nahm, dass die Bekannten meines Vaters einfach waren, aber ich gab zu dem Zeitpunkt sowieso schon nichts mehr auf ihre Worte. Außerdem schien es sie zu stören, dass wir noch andere Kontakte hatten. Nun waren wir sehr froh über den kleinen Zettel mit der Adresse und Telefonnummer von Ljudmila und Grigorij.

Leider hatte unser Handy keinen Empfang, deshalb machten wir uns zu Fuß auf den Weg. Zunächst suchten wir in dem trostlosen Ortskern einen Supermarkt. Es dauerte eine Weile, bis wir den Lebensmittelladen als solchen erkannten, er hatte weder Schaufenster noch Auslagen. Für uns kauften wir Proviant und für Ljudmila wollten wir einen Blumenstrauß besorgen. Vorne im Kassenbereich gab es einen Blumenstand mit ein paar wenigen Sträußen. Ich begrüßte die Verkäuferin auf Russisch und zeigte dann auf einen schönen großen Strauß. Sie wies mich vorsichtig darauf hin, dass dieser umgerechnet knapp zehn Euro kostete. Ich bejahte auf Russisch, und wir gingen zur Theke.

Plötzlich fragte die Verkäuferin:»English?«

Ich nickte.»Yes, we speak English.«

Die Verkäuferin war auf einmal hocherfreut.»English in Mamonowo!«, rief sie immer wieder begeistert. Offensichtlich glaubte sie, wir seien Engländer, und die schienen sich im Gegensatz zu älteren Deutschen nicht allzu oft in diese kleine Grenzstadt zu verirren.»English in Mamonowo!«Die Verkäuferin strahlte.

Wir ließen sie in dem Glauben, Engländer zu sein, da das solche Freude bei ihr hervorrief, nahmen unseren Blumenstrauß und machten uns auf den Weg.

Die Wohnung von Ljudmila und Grigorij lag in einer heruntergekommenen Siedlung. Ein Mehrfamilienhaus im Plattenbaustil, das nicht verputzt war und dadurch grau, trist, fast nackt aussah, stand vor uns. Unsicher drückten wir die Türklingel, schließlich war es Sonntagmorgen. Und dann standen die beiden vor uns: Grigorij, ein kleiner Mann mit altmodischer Brille, und Ljudmila, eine üppige Frau mit Dauerwelle und mütterlichem Lächeln. Sie wussten sofort, wer wir waren, nach der Ankündigung meines Vaters, dass wir in Kaliningrad seien, hatten sie seit Tagen auf uns gewartet. Sie schoben uns in ihre kleine Wohnung mit bieder gemusterten Tapeten und baten uns ins Wohnzimmer. Beide konnten ein bisschen Deutsch. »Sprechen mit uns wie mit Kind«, sagte Ljudmila, und das funktionierte. Während Ljudmila in der Küche verschwand, zeigte Grigorij uns alte Postkarten und Fotos, alte Münzen und Scheine. Er sammelte alles aus der deutschen Zeit der Stadt. Ljudmila brachte russisches Gebäck, süßen Kuchen und Tee aus dem Samowar.

Wir baten die beiden, den Grenzübergang am nächsten Tag für uns zu regeln, denn wir konnten uns aufgrund der langen Fahrt, die vor uns lag, keine ewigen Wartezeiten an der Grenze erlauben. Ljudmila telefonierte mit jemandem und gab unser Kennzeichen durch. Wir sollten am nächsten Morgen zwischen sieben und acht Uhr an der Grenze sein.

Grigorij zeigte uns anschließend alte deutsche Schwarz-Weiß-Filme über ostpreußische Landschaften und Traditionen. Mit ihrem pathetischen Heimatsehnsuchtskommentar der Fünfziger Jahre waren uns die Filme eher peinlich, aber Grigorij war stolz, uns die Aufnahmen zeigen zu können. Es war absurd: Wir saßen in einer heruntergekommenen Plattenbauwohnung und guckten uns bei fürstlicher Bewirtung pathetische deutsche Heimatfilme an, nachdem wir uns in den Tagen zuvor die ganze Zeit in einer Kaliningrader Upper-Class-Wohnung über russische Kriegstote und geflüchtete Ostpreußen gestritten hatten. Irgendwann erlöste uns Ljudmila von den alten Filmen, indem sie Pelmeni und Borschtsch servierte. Ich hatte keine Ahnung, wo sie die Teigtaschen und die Rote-Beete-Suppe so schnell hergezaubert hatte, zumal sie doch gar nicht wusste, ob und wann wir kommen. Wir redeten und aßen, die Pelmeni tunkten wir in Essig, und das mochte ich sehr. Grigorij erzählte von den alten Ostpreußen, die häufig zu Besuch kamen, von seinen Geschichtsforschungen und von ihrer einwöchigen Deutschlandreise. Ljudmila zeigte auf die Fotos an der Wand, die ihre eigenen Vorfahren und die Enkelkinder zeigten. Die beiden waren überaus herzlich, ich sagte immer wieder auf Russisch »danke«, weil sie spontan so gastfreundlich waren, und »Das Essen ist sehr lecker«, wie ich es von Irina gelernt hatte.

»Du bist erste Deutsche, die sagen kann Wörter in Russisch«, sagte Ljudmila.

Ich sah sie irritiert an. »Aber ihr habt doch so oft Besuch von Deutschen. Sagen die nicht wenigstens ›Guten Tag‹ und ›danke‹ auf Russisch?«

Ljudmila schüttelte den Kopf. »Nein, nur du sag so. Andere sagen in Deutsch.«

Ich stellte mir vor, wie die älteren deutschen Besucher zuerst die schwarz-weißen Heimatfilme guckten und anschließend noch nicht einmal ein ›Danke‹ auf Russisch herausbrachten. Mich gruselte es.

Gut Ding will Weile haben

Ende Juni begleite ich Nadim zu einem Termin beim Jobcenter. Er holt mich ab, und wir laufen nebeneinander durch unseren Stadtteil.

»Wie geht es Reyhan?«, frage ich.

»Hat ein bisschen Probleme mit Kreislauf wegen Ramadan«, erzählt Nadim. Anfang Juni hat der Fastenmonat begonnen. »Ramadan ist in Deutschland im Sommer anstrengend, weil nur zwischen 22:30 und 04:30 Uhr dunkel. In Syrien besser. Reyhan muss Sprachkurs machen, darf ganze Tag nicht essen und trinken. Dann kochen für Kinder. Kinder müssen nicht fasten, können ein bisschen üben, aber dürfen essen am Tag. Am Abend wieder kochen. Um 22:30 Uhr wir dürfen essen. Dann Gebete. In Ramadan nicht nur fünf Gebete am Tag, sondern zusätzlich acht bis zwanzig Gebete, wenn dunkel. Danach schlafen und um 04:00 Uhr wieder essen. Für Reyhan sehr anstrengend.«

»Das könnte ich auch nicht gut. Vor allen Dingen fiele es mir schwer, nichts zu trinken, wenn es so warm ist.«

Nadim lacht. »Für mich ist okay. Aber nicht nur Essen und Trinken verzichten, auch andere Sachen wichtig. In Ramadan du darfst nicht schimpfen, musst andere Menschen verzeihen und gute Sachen tun.«

Ich erzähle, dass das christliche Fasten vor Ostern heutzutage oft nicht mehr nur auf Essen bezogen wird, sondern die Menschen versuchen, auf liebgewonnene Dinge wie Fernsehgucken, Autofahren, Internet oder Süßigkeiten zu verzichten und dadurch ihren Blick zu schärfen.

»Da vorne ist Jobcenter«, unterbricht mich Nadim und deutet auf einen großen Siebziger-Jahre-Bau mit Bandfenstern.

Nadims Sprachkurs ist abgeschlossen, das Praktikum beendet und der Rechtsanwalt war so zufrieden mit ihm, dass er überlegt hat, eine zusätzliche Ausbildungsstelle für Nadim zu schaffen und ihn zum Rechtsanwaltsfachangestellten auszubilden. Das ist eine Riesenchance. Nun brauchen wir vom Jobcenter die Zusage, dass Nadim eine Ausbildung machen darf.

Am Eingang des Jobcenters stehen mehrere Leute rauchend und wartend vor der Tür. Wir drängen uns vorbei. Ein grüner, in die Jahre gekommener Aufzug bringt uns nach oben, kahle Wände, schwere Brandschutztüren. Innen grauer Teppich, ein paar kümmerliche Jobangebote an der Pinnwand, überall Informationen und schwierige Hinweisschilder wie »Unterlagenabgabe«. Wir setzen uns auf die wenigen Plastikstühle zwischen Pinnwand und »Unterlagenabgabe« und warten. Schäbig – ein anderes Wort fällt mir für diesen Ort nicht ein. Nadim schaut immer wieder auf sein Smartphone – wir sind zu früh. Zwischendurch grüßt er Vorbeigehende, die er kennt. Ich beobachte währenddessen den Mann an der »Unterlagenabgabe«, der abwechselnd Unterlagen entgegennimmt oder Klienten mit anderen Fragen in unfreundlichem Ton zurückweist.

Ich muss an Tobias denken, der mit Nadim in der Woche zuvor beim Bewerbungszentrum gewesen ist. Seine Sachbearbeiterin vom Jobcenter hatte ihn dorthin geschickt. Er hatte an der Rezeption ähnliches erlebt und zu Hause beim Erzählen nur die Augen verdreht. Nadim war zurechtgewiesen worden, dass er eine Woche vorher einen Termin gehabt und verpasst hätte, obwohl er schriftlich hatte vorweisen können, dass der Termin auf diesen Tag verschoben worden war. Anschließend war von ihm ein Bewerbungsfoto gemacht worden, von dem Tobias meinte, damit könne Nadim sich in Guantanamo bewerben, aber für normale Bewerbungen sei das nicht zu gebrauchen. Mit diesem Foto hatte der Mitarbeiter Nadim ein Deckblatt für Bewerbungen erstellt. Und daraufhin hatte ein schmieriger Typ, der bequem hinter seinem Schreibtisch gesessen hatte, erklärt, dass Nadim Bewerbungen schreiben müsse. Er hatte behauptet, bei der Anwaltskammer angerufen und erfahren zu haben, dass Nadim sich sofort überall bewerben könnte. Nur wenn er sich selbstständig machen wollte, müsste er über die Anwaltskammer noch eine Prüfung ablegen. Tobias' Einwand, dass Nadim sich ja in deutschem Recht gar nicht auskenne, keinen deutschen Abschluss habe und es deshalb sinnlos sei, sich einfach so als Anwalt zu bewerben, hatte er nicht gelten lassen. Tobias hatte sich noch Tage später darüber aufgeregt, wie inkompetent und unprofessionell die Mitarbeiter des Bewerbungszentrums gewesen seien. Er hatte das Gefühl gehabt, dass dort ein Standartprogramm abgespult worden war und mehr weder vom Jobcenter bezahlt noch von den Mitarbeitern intellektuell geleistet werden konnte.

»Besser wir klopfen jetzt an Tür.« Nadim reißt mich aus meinen Gedanken. Wir gehen einen langen kahlen Flur entlang über den grauen Teppich und klopfen an eine der hellen Türen, die ohne die Raumschilder mit den Namen der einzelnen Sachbearbeiter nicht voneinander zu unterscheiden gewesen wären. Im Büro der Sachbearbeiterin stehen zumindest Pflanzen auf der Fensterbank und ein Kalender hängt an der Wand. Die Frau begrüßt uns freundlich und deutet auf die beiden Stühle vor ihrem Schreibtisch. Wir nehmen Platz und erzählen von dem Ausbildungsangebot des Anwalts.

Sie erklärt, dass für Nadim nach dem beendeten B2-Sprachkurs jetzt eigentlich die Arbeitsaufnahme anstehe, aber wenn das mit der Ausbildung klappe, sei das eine bessere Option. Leider könne das Jobcenter die Ausbildung nicht unterstützen, weil Nadim zu alt sei. Nadim ist siebenunddreißig Jahre alt, gefördert werden aber nur Auszubildende bis fünfunddreißig Jahre. Ausnahmen gebe es nicht. Da Hartz IV aber im Falle einer Ausbildung nur bei ihm, nicht aber bei seiner Familie gekürzt würde, könne er das durch die Ausbildungsvergütung wieder ausgleichen und stünde nicht schlechter da.

Ich frage, ob es denn Fördermöglichkeiten für den Rechtsanwalt gebe, wenn der extra eine zusätzliche Ausbildungsstelle für Nadim schaffe. Die Sachbearbeiterin verneint. Ausbildungsstellen fördere das Jobcenter nicht, es unterstütze nur Unternehmen, die neue Arbeitsstellen für Migranten schaffen.

Aber das Jobcenter spare doch drei Jahre lang den Unterhalt für Nadim und anschließend könne er wahrscheinlich arbeiten und seine Familie alleine versorgen, werfe ich ein.

Das müsse der Anwalt alleine tragen, schließlich habe er dadurch auch eine weitere Arbeitskraft, entgegnet mir die Sachbearbeiterin.

Nadim fragt, ob das Jobcenter denn etwas anderes finanzieren könnte, einen LKW-Führerschein oder einen Gabelstaplerlehrgang, wenn das mit der Ausbildung nicht klappe. Die Sachbearbeiterin schüttelt den Kopf. Deutsche Führerscheine werden nur bezuschusst, wenn dadurch ein dauerhaftes Arbeitsverhältnis zustande komme, das das Jobcenter entlaste.

Nadim fragt, was er denn sonst noch arbeiten könne.

Ansonsten gebe es für ihn nur Hilfsarbeiterjobs, erklärt die Sachbearbeiterin. Putzen, Lagerarbeiter, etc., da sei er dann ganz unten, werde schlecht bezahlt, auf ihm würde rumgehackt und er könne seinen Job auch ganz schnell wieder verlieren. Mit einer deutschen Ausbildung habe er ganz andere Chancen, selbst wenn er danach keinen Job finde, würde er dann Arbeitslosengeld I bekommen und sei damit besser gestellt als mit Hartz IV. Deshalb drücke sie ihm die Daumen, dass das mit der Ausbildung klappe. Damit lehnt sich die Sachbearbeiterin in ihrem Stuhl zurück, Nadims Schicksal liegt nicht mehr in ihrer Hand, da ist schließlich ein Anwalt, der ihm vielleicht eine Ausbildung ermöglicht.

Ich maile mit dem Rechtsanwalt und gebe ihm trotzdem die Telefonnummer der Sachbearbeiterin. Er ist natürlich an Fördermöglichkeiten interessiert, schließlich würde er die Ausbildungsstelle zusätzlich schaffen. Aber auch er kommt beim Jobcenter nicht weiter als wir. Ich schreibe an Pro Asyl, telefoniere mit der Arbeitsagentur und mit dem Bundesamt für Migration – es muss doch irgendwo eine höhere Stelle geben, die einen solchen Ausbildungsplatz fördern kann. Nach vielen Telefonaten und Weiterleitungen erreiche ich schließlich eine Frau, die Ahnung hat.

Leider bestätigt sie mir, dass der Rechtsanwalt keine Unterstützung für die zusätzliche Einrichtung eines Ausbildungsplatzes bekommen kann. Das gelte nur für Auszubildende bis fünfunddreißig Jahre, früher sogar nur bis siebenundzwanzig Jahre. Entweder müsse der Rechtsanwalt Nadim also komplett auf eigene Kosten eine Ausbildungsstelle schaffen oder er könne ihm keine Ausbildung ermöglichen.

Allerdings meint die Frau auch, dass Nadim als syrischer Rechtsanwalt mit jahrelanger Berufserfahrung eigentlich für eine Ausbildung überqualifiziert sei. Er solle sich seinen Jura-Abschluss anerkennen lassen, denn das syrische Recht basiere auf dem französischen Recht und deshalb sei die Anerkennungsquote relativ hoch. Mit der Anerkennung könne er in Deutschland zwar nicht als Rechtsanwalt arbeiten, aber ohne weitere Ausbildung in Büros und anderen Einrichtungen. Die Frau am Telefon nennt mir eine Stelle, die für die Anerkennung zuständig sei. Dort sollen wir uns beraten lassen. Die Kosten für die Anerkennung müsse das Jobcenter übernehmen, falls sie das verweigerten, sollten wir Einspruch einlegen.

Ich telefoniere, maile und recherchiere, zwischendurch erzähle ich Nadim von meinen neuesten Erkenntnissen. Es ist ein Dschungel aus Bürokratie und Vorschriften, durch den wir uns kämpfen.

Am Ende sagt der Rechtsanwalt Nadim ab. Unter diesen Bedingungen könne er ihm leider keine Ausbildung anbieten.

Ich versuche, Nadim zu trösten. »Im Deutschen gibt es ein Sprichwort: ›Gut Ding will Weile haben.‹ Das heißt, dass gute Dinge viel Zeit brauchen und wir Geduld haben müssen. Irgendwann wird etwas klappen.«

Mein Pinsel saugt sich voll Farbe, gleitet über die Leinwand, Striche entstehen, Farbflächen, Figuren lassen sich erahnen – ich stehe in meinem Atelier, und es klappt wieder. Es ist, als bräuchte der Pinsel einen Ausgleich zu der Jobsuche, bei der wir Nadim unterstützen, als müsste der Pinsel das darstellen, was die Bürokratie nicht in der Lage ist zu erkennen, als sei nur der Pinsel in der Lage, die Geschichten hinter den Formularen zu erahnen. Figuren. Augen. Blicke. Mein Bilderzyklus über Flucht wächst.

Anfang Juli kommt Nadim zu Besuch, um mit uns über seine berufliche Zukunft zu sprechen. Ich fülle mit ihm die Formulare für die Anerkennungsberatung aus, doch Nadim hat Sorge, dass es zu lange dauern wird, das Zeugnis anerkennen zu lassen, zumal er einige Dokumente zu Studium und Schulausbildung noch in Syrien hat und es so gut wie unmöglich ist, die nach Deutschland zu bekommen. Erst langsam überzeuge ich ihn, dass er nichts verlieren, aber im besten Fall mit einer Anerkennung zwar nicht als Anwalt, aber doch ohne weitere Ausbildung in anderen Berufen arbeiten kann. Nadim überlegt, dass er auch Security-Mann werden oder Gabelstaplerfahrer oder in einem Restaurant arbeiten könnte.

»Das kannst du immer noch machen. Die Frau von der Anerkennungsberatung hat gesagt, dass du erstmal besser nicht im Niedriglohnsektor arbeiten sollst, sonst würdest du dich selbst abqualifizieren und könntest dann nicht mehr aufsteigen. Wir fangen

oben an, und wenn das nicht klappt, kannst du immer noch Gabelstaplerfahrer werden.«

Nadim nickt, aber überzeugt scheint er nicht. Deshalb wechseln Tobias und ich irgendwann mit ihm vor meinen Computer,
um nach Jobs und Durchschnittsverdiensten zu suchen. Als Gabelstaplerfahrer, Hilfsarbeiter oder Lagerarbeiter wird es schwierig
werden, unabhängig vom Jobcenter seine Familie zu ernähren, die
Verdienste sind gering und die Arbeitsverhältnisse laufen meist
über Zeitarbeitsfirmen. Nadim ist geknickt nach diesen Informationen, er möchte doch einfach nur arbeiten und für seine Familie
sorgen.

Als ich ihn nach Reyhan frage, hellt sich sein Blick auf. Reyhan
bereite schon alles Mögliche für das Zuckerfest vor, probiere Re-
zepte aus und sei sehr beschäftigt. Wenn es soweit sei, würden sie
uns einladen. Eigentlich feiere man das Zuckerfest mit der Familie,
aber die sei ja leider weit weg, hier in Deutschland seien wir wie
ihre Familie.

»Hast du Rami schon in der Schule für das Zuckerfest beurlau-
ben lassen?«

Nadim schüttelt den Kopf. Er wisse noch nicht, ob Rami Dienstag oder Mittwoch frei bräuchte oder beide Tage.

»Du darfst ihn aber nur einen Tag zu Hause lassen. Wann feiert
ihr denn das Zuckerfest?«

»Das weiß ich nicht. Ich muss gucken nach Mond.«

»Nach dem Mond?«

Nadim erzählt etwas vom Mond, von Mohammed und seiner
Auswanderung von Mekka nach Medina, der Hidschra, und vom
Mondkalender. Es dauert eine Weile, bis ich verstehe, dass in Syrien der Anfang des Zuckerfestes nach dem Mond bestimmt wird,
weil die muslimischen Länder seit der Hidschra ursprünglich nach
dem Mondkalender leben und nicht wie wir nur nach dem sonnen-
gerichteten Gregorianischen Kalender. Deshalb muss Nadim in der

Nacht von Montag auf Dienstag gucken, ob er den Neumond sieht. Wenn der Mond sich zeigt, beginnt das Fest am Dienstag. Wenn nicht, müssen sie noch einen Fastentag mehr einlegen und der Beginn des Zuckerfestes verschiebt sich um einen Tag auf den Mittwoch.

Seine Erklärungen lösen Befremden in mir aus, und ich weiß gar nicht, was ich dazu sagen soll. Zum Glück findet Tobias Worte dazu: »Das stelle ich mir aber enttäuschend vor, wenn der Mond sich nicht zeigt und das Fest sich verschiebt.«

Nadim grinst. »Gut Ding will Weile haben.«

Ich muss lachen, weil Nadim neu gelernte Redewendungen immer sofort ausprobiert. Anschließend versuche ich, in einem Beurlaubungsgesuch Ramis Klassenlehrerin zu erklären, dass er je nach Mond entweder Dienstag oder Mittwoch eine Beurlaubung braucht. Ich komme mir blöd dabei vor. Ob sie das verstehen wird, dass sich Menschen in einer technisierten, durchorganisierten Welt nach dem Mond richten und erst in der Nacht vorher wissen, ob sie am Tag in der Schule fehlen werden oder nicht?

Stadt, Land, Schluss

»Eid Mubarak« habe ich in arabischer Schrift auf die Pralinen und Süßigkeiten geschrieben, die wir den Ibrahims am zweiten Juliwochenende nachträglich zum Zuckerfest mitbringen. Meine Internetrecherche und der Versuch, die fremden Schriftzeichen abzumalen, scheinen erfolgreich gewesen zu sein, denn Nadim sagt: »Für euch auch frohes Zuckerfest.«

Dann zieht er seine Augenbrauen hoch. »Ihr müsst nicht schenken uns so viel.«

»Ihr habt gesagt, eure Familien seien nicht hier, deshalb würdet ihr uns einladen. Und eure Familien hätten euch doch bestimmt auch Geschenke mitgebracht, oder?«

»Ja, aber ihr müsst nicht«, beginnt Nadim zu diskutieren. Reyhan ist pragmatischer, sie holt zwei Schokoladenosterhasen aus dem Küchenschrank und schenkt sie Jonathan und Jasper. Meine Söhne freuen sich über die Saisonartikel auch im Juli, damit sind alle zufrieden und wir werden ins Wohnzimmer gebeten.

Der Marmortisch ist voll mit Kuchen, syrischem Gebäck mit Anis und Datteln, Waffeln, Nüssen und Süßigkeiten. Reyhan füllt uns auf und schenkt uns ein, während Nadim vom zurückliegenden Fastenmonat und dem Fastenbrechen erzählt. Da er den Neumond Montagnacht nicht sichten konnte, habe sich das Ende des Ramadan um einen Tag verschoben und das Zuckerfest erst am Mittwoch begonnen. Die arabische Gemeinde hatte einen Platz im Industriegebiet gemietet und dort Zelte aufgestellt, ein Zelt für die Männer und ein Zelt für die Frauen. Dort haben sie zu Beginn des Zuckerfestes gebetet. Am zweiten Tag habe er lange mit seiner Familie in Syrien telefoniert.

Ich muss an meine Großmutter Christel denken, die ihren Vater Ernst Weihnachten 1944 im Krieg an der Front wusste, während sie mit ihrer Mutter beim Onkel in Heiligenbeil aufgenommen worden war. Gerade an einem solchen Fest muss das Wissen um die Gefährdung der Familie schwer sein, vielleicht weil die friedvollen, früher glücklich erlebten Feste den größtmöglichen Kontrast zu einem grausamen Krieg darstellen.

Rami und Bassam zeigen das Schachspiel, das sie zum Zuckerfest bekommen haben. Nadim erzählt, dass er und seine Söhne gerne Schach spielen.

»Was spielt ihr noch für Spiele in Syrien?«, fragt Tobias.

Nadim erzählt von Kartenspielen und Reyhan zeichnet ein Spielfeld für ein Legespiel auf, das wir nicht kennen. Ich wiederum versuche, das Spiel »Mühle« zu erklären, aber das sagt den beiden nichts.

»Wir haben Spiel«, erzählt Reyhan, »mit Name, Blume, Stadt.«

Nadim nickt. »Du musst Wort suchen mit ein Buchstaben, Name mit A, Blume mit A, Stadt mit A oder andere Sachen.«

»Stadt, Land, Fluss!«, ruft Tobias.

»Ja, Stadt, Land, Fluss heißt das bei uns. Das kennen wir auch.«

»Wir spielen«, lacht Reyhan und verteilt Zettel an uns.

Wir notieren die Kategorien Name, Blume, Stadt, Land, Fluss und Tier. Ich beginne, in Gedanken das Alphabet aufzusagen.

»Stopp!«, ruft Tobias.

»M«, sage ich, und dann beginnen wir zu schreiben.

Später vergleichen wir.

»Name?«

»Mohammed.«

»Mariam.«

»Michael.«

»Margarete.«

»Blume? Es darf auch eine andere Pflanze sein.«

»Mandelbaum.«

»Melone?«

»Maiglöckchen.«

»Magnolie.«

»Maiglocken, was ist das?«

Wir beschreiben die von uns genannten Blumen und fahren fort.

»Stadt?«

»Mekka.«

»Medina.«

»München.«

»Mamonowo.«

Mamonowo, wieso fällt mir dieses kleine Grenzkaff als erstes ein? Wieso schreibe ich nicht einfach Madrid oder Magdeburg oder Mülheim? Jetzt steht es da, Mamonowo, ich blicke auf den mit süßem Gebäck überladenen Marmortisch und muss an den reich gedeckten Tisch bei Ljudmila und Grigorij in Mamonowo denken. Damals, im Oktober 2005, als uns die beiden nach unserem Streit mit Irina und unserer Abreise aus Kaliningrad so herzlich empfingen und bewirteten.

Als wir uns am Nachmittag mit Ljudmila und Grigorij gemeinsam auf den Weg machten, um noch etwas von der Umgebung zu sehen, vermisste ich meine Kamera, die Irina in Kaliningrad als Pfand behalten hatte. Aber die bunten Farben des Herbstnachmittags brannten sich auch so in meine Erinnerung. Wir hielten an der Straßenmündung mit dem großen Findling von dem Feld meiner Vorfahren, dem ehemaligen Bismarckstein, der heute das Bildnis Mamonows trägt. Er stand im Schutz eines bunten Herbstbaumes, und es war ein seltsames Gefühl, ihn, den Stein meiner Vorfahren, zu berühren. Grigorij zeigte uns ein paar Gebäude in Mamonowo, die noch aus deutscher Zeit existierten. Die Altstadt von

Heiligenbeil war 1945 fast vollständig zerstört worden, deshalb fiel es mir schwer, mir die Stadt so vorzustellen, wie sie früher gewesen ist.

Anschließend fuhren wir mit dem Auto in den Stadtteil Krasnoflotskoje, den früheren Ort Rosenberg am Frischen Haff. Das einstige Fischerdorf mit dem Heiligenbeil vorgelagerten Hafen schien kaum mehr eine Bedeutung zu haben, die Häuser waren nichtssagend, die Umgebung trostlos, das Wasser des Haffs plätscherte gelangweilt ans Ufer. Ruhig lag sie da, eine riesige Wasserfläche in Graublau, die sich kaum vom Herbsthimmel abhob. Das war also das Haff, das Anfang 1945 zugefroren war und den Menschen als Fluchtweg gedient hatte, das Haff, über das meine Großmutter mit dem Pferdewagen geflohen war, das Haff, dessen Eisfläche beschossen worden war und unzählige Menschen und Pferde in seinen Tiefen verschlungen hatte. Es fiel mir schwer, in meinen Gedanken die Brücke herzustellen zwischen diesem nichtssagenden Ort und seiner bedeutungsschweren Vergangenheit.

Anschließend führten Ljudmila und Grigorij uns auf den Russischen Friedhof, wo ihre Eltern begraben waren. Alex und ich staunten, weil die Russen Fotos der Verstorbenen auf den Kreuzen und Grabsteinen angebracht hatten. Die Gräber waren wie kleine Gärten eingezäunt, man konnte sie durch ein Tor betreten, und viele luden die Hinterbliebenen mit einem kleinen Tisch und einer Bank zum Zwiegespräch mit den Toten ein. Nie zuvor hatte ich einen so einladenden Friedhof gesehen. So eine Bank mit Tisch hätte ich gerne an dem großen Stein meiner Vorfahren mit dem Bildnis Mamonows stehen gehabt oder am Ufer des Frischen Haffs. Ich hätte mich dort hingesetzt und dann einfach gelauscht, in mich hinein und in die Vergangenheit.

Später fuhren wir auf staubigen unbefestigten Straßen an der Küste entlang bis zu der bewaldeten Landzunge, die in das Frische

Haff hineinragte. Grigorij führte uns durch den Wald. Plötzlich ragten vor uns die roten Steine einer mächtigen, verfallenen Mauer aus dem Grün. Die Ruine der Burg Balga. Hier hatte der Deutsche Ritterorden 1239 mit der Eroberung der prußischen Feste den Beginn der deutschen Geschichte gelegt und hier endete die Geschichte der Deutschen im Frühjahr 1945 mit der Schlacht im Kessel von Heiligenbeil, bei der die letzten deutschen Truppen nach dem Verlust Heiligenbeils Ende März auf der Halbinsel Balga zusammengedrängt und aus der Luft beschossen wurden. Ein denkwürdiger Ort mit einer prußischen, einer deutschen und einer russischen Geschichte. Ljudmila zeigte uns die Reste der Vorburg und die Reste des Westportals der Kirche. Wir standen in einem Teil der Ruine, der noch die Mauern der Wände, aber kein Dach mehr hatte. Die einst prunkvollen Fenster waren verwitterte Mauersteinöffnungen zum Wald, der Boden ein Unkrautteppich, das Dach der graue Himmel. All das, was in der Vergangenheit nicht zerstört oder abgetragen worden war, eroberte sich die Natur zurück. Sie ergriff Besitz von der Burg und ließ uns als Menschen in den verfallenen Gemäuern klein und unbedeutend erscheinen. Grigorij führte uns über eine Treppe den Steilhang zum Haff hinunter. Er erzählte, dass man von hier aus früher bei Niedrigwasser im Haff versunkene Pferdefuhrwerke und Panzer gesehen habe. Da war sie wieder, die Wasseroberfläche – sie lag so ruhig da, als würden sie die ganzen Unruhen der Vergangenheit nichts angehen.

Damals wusste ich nicht, dass wir auf dem Weg nach Balga an dem kleinen Ort Wawilowo vorbeigekommen waren. Auch mein Vater fand erst zwei Jahre später Details darüber heraus, was in dem früheren Steindorf bei Heiligenbeil geschehen war. Hier hatte es ein Außenlager des KZ Stutthoff gegeben. Mitte September 1944 wurde dieses Außenarbeitslager zum Bau eines Feldflugplatzes eingerichtet, und die zwanzig Baracken mit etwa tausendzweihundert vorwiegend weiblichen jüdischen Häftlingen belegt. Während meine Großmutter Christel Mitte Oktober 1944 Gumbinnen überstürzt verlassen musste und in Heiligenbeil-Abbau eine vermutlich freundliche Aufnahme auf dem Hof ihres Onkels erfuhr, mussten gleichaltrige jüdische Frauen bei Hunger, Kälte und Schlägen harte Arbeit verrichten.

Im Januar 1945 bereitete sich meine Großmutter auf die Flucht Richtung Westen vor, doch der Landweg wurde durch die sowjetischen Panzer vor Elbing abgeschnitten. So blieb den Menschen nur der Weg über das Frische Haff. Während die ostpreußische Bevölkerung Richtung Westen strebte, wurden die jüdischen Frauen aus Steindorf Mitte Januar bei Schnee und Eiseskälte Richtung Osten nach Königsberg getrieben. Von dort aus ging es auf den Todesmarsch zur samländischen Ostseeküste mit mindestens zweitausend Toten. Die meisten derer, die unterwegs nicht zusammenbrachen oder von SS-Bewachern erschossen wurden, fielen dem Massaker von Palmnicken am 31. Januar 1945 mit etwa dreitausend ermordeten Juden zum Opfer.

Als meine Großmutter Anfang Februar über das zugefrorene Frische Haff floh, lebte fast niemand mehr aus dem Lager in Heiligenbeil.

Am Abend luden wir Ljudmila und Grigorij von unseren restlichen Rubel ins Restaurant »Y MOCTA« ein. Wir waren ihnen dankbar, dass sie spontan ihren ganzen Sonntag für uns geopfert und uns mit ihrer Führung durch die Umgebung noch einen schönen Abschluss der Reise beschert hatten. Ljudmila und Grigorij wohnten in einer trostlosen kleinen Grenzstadt und hatten wenig Geld, aber sie waren voller Herzenswärme und Gastfreundschaft.

Während wir mit ihnen bei gutem Essen und Gesprächen im Restaurant saßen, kam es mir vor, als sei die Demütigung durch das Eingeschlossensein in der Früh nur ein böser Traum gewesen.

Am nächsten Morgen kehrte der Albtraum zurück. Wir standen um 04:00 Uhr auf und machten uns eine Stunde später auf den Weg nach Kaliningrad. Dort bedankten wir uns brav bei den Eltern und verabschiedeten uns, wie Irina es erzwungen hatte. Dann gab sie uns Kamera und Gepäck zurück, verstaute ihre eigenen Taschen im Kofferraum und stieg auf den Rücksitz. Auf der Fahrt zurück nach Mamonowo erkundigte sich Alex nach ihrem Befinden. Mit ihrer einsilbigen Antwort stellte Irina gleich klar, dass dies eine schweigsame Fahrt werden würde.

In Mamonowo holten wir Ljudmila und Grigorij ab, die uns zur Grenze begleiteten. Mit Irina sprachen sie natürlich Russisch, aber Irina verweigerte uns die Übersetzung, obwohl sie die einzige war, die beide Sprachen perfekt beherrschte. Ljudmila und Grigorij regelten mit Alex noch irgendwelchen Papierkram vor der Grenze, Irina und ich blieben schweigsam im Auto zurück. Der Abschied von Ljudmila und Grigorij war herzlich.

Wir fuhren durch die erste Grenzschranke, anschließend gab es die Möglichkeit, sich in eine leere russische Autospur zu stellen oder hinter die vielen polnischen Autos in der europäischen Spur. Alex fragte Irina, ob sie wüsste, wo wir uns anstellen müssten, in die lange europäische oder die kurze russische Schlange.

»Seid ihr Russen?«, fragte Irina im verächtlichsten Tonfall der Welt.

»Nein«, sagte ich. »Wir sind keine Russen, aber die haben unser Kennzeichen.«

Alex stellte sich erst einmal hinter die polnischen Autos, aber dort tat sich gar nichts. Die Autos standen zu Dutzenden hintereinander und rückten kein Stück weiter.

Irina rutschte nervös auf der Rückbank herum, bevor sie Alex den Befehl gab, es doch mal in der russischen Schlange zu versuchen. Die Beamten guckten auf unser Kennzeichen – sie wiesen uns nicht ab, sondern baten um unsere Pässe. Als wir diese an einem kleinen Häuschen wieder in Empfang nehmen konnten, sahen wir, dass der Grenzbeamte, der für die polnische Autoschlange zuständig war, in seinem Stuhl lag und schlief, während die Reihe der wartenden Autos immer länger wurde. Wir erhielten unsere Pässe zurück und wurden zur polnischen Seite der Grenze geschickt. Dort gab es noch etwas Wartezeit, aber schließlich durften wir passieren. Als ich hinter der Grenze das blaue Schild mit den Sternen im Kreis sah, das Schild der Europäischen Union, spürte ich ein Kribbeln im Bauch. Freiheit! Am liebsten hätte ich laut Westernhagen gesungen: »Freiheit, Freiheit, ist das einzige, was zählt.«

In warmem Herbstlicht taten sich die polnischen Alleen vor uns auf, ich dachte an zu Hause und unterhielt mich mit Alex. Nur Irina, die schweigend auf der Rückbank saß und ab und zu Sätze wie »Ich muss aufs Klo!« oder »Ich will rauchen!« zu uns nach vorne schleuderte, erinnerte an die anstrengenden Tage, die hinter uns lagen. Ich sah sie nach dieser Fahrt nie wieder.

Am französischen Nationalfeiertag Mitte Juli überfährt ein tunesischer Attentäter mit einem LKW auf der Strandpromenade von Nizza Hunderte von Menschen. Über achtzig Menschen sterben, mehr als dreihundert werden verletzt. Er soll dem IS nahegestanden haben. Vier Tage später verletzt ein unbegleiteter minderjähriger Flüchtling in einer Regionalbahn bei Würzburg fünf Menschen mit einem Beil und einem Messer. Auch er hatte sich zum sogenannten Islamischen Staat bekannt. Wiederum vier Tage später werden während eines Amoklaufes in München neun Menschen getötet. Der achtzehnjährige Attentäter soll den Amokläufer von Winnenden sowie den rechtsextremen norwegischen Massenmörder Breivik verehrt und sich vermutlich gezielt Opfer mit Migrationshintergrund ausgesucht haben. Zwei Tage danach versucht ein syrischer Flüchtling mit einer Rucksackbombe auf ein Open-Air-Musikfestival in Ansbach zu gelangen. Als ihm das misslingt, sprengt er sich vor einem Weinlokal in die Luft und verletzt fünfzehn Personen. Wiederum zwei Tage später schneiden zwei junge islamistische Attentäter in der Normandie einem katholischen Priester während einer Messe die Kehle durch.

Zwölf Tage, in denen die Medien aus dem Berichterstatten gar nicht mehr herauskommen. In denen die Menschen fassungslos vor dem Fernseher sitzen und ihr Sicherheitsgefühl verlieren.

Hinzu kommt der gescheiterte Militärputsch in der Türkei Mitte Juli und tägliche Berichte über die daraus resultierenden Festnahmen von Soldaten, Richtern und Polizisten sowie Entlassungen in den Bereichen Justiz, Militär, Bildung und Verwaltung. Das Weltgeschehen peitscht über die Bildschirme in unsere

Wohnzimmer. In diesen Tagen habe ich manchmal das Gefühl, gar nicht alles aufnehmen zu können und abzustumpfen.

Die positiven Ereignisse, die uns das Nachrichtengeschehen nicht bieten kann, schaffen wir uns selbst. Schließlich ist Sommer, wir haben Kinder, die von all diesen bösen Dingen nichts wissen, und wir haben syrische Freunde, die genauso wie wir geschockt sind von den Ereignissen.

Wir fahren mit den Ibrahims auf die Höhen unserer Stadt und besteigen einen Turm aus dem 19. Jahrhundert. Die Aussicht ist überwältigend, Richtung Norden liegt uns die Stadt wie eine Modelleisenbahnlandschaft zu Füßen, in die andere Richtung erstrecken sich Wälder und Schafwiesen.

Am Fuße des Turms ist ein Spielplatz mit Kletterparcours. Die Kinder springen von Baumstumpf zu Baumstumpf. Erst feuern wir sie an und bieten unsere Hände als Hilfestellung, dann springt Nadim plötzlich von Baumstumpf zu Baumstumpf. Als Reyhan und ich uns darüber amüsieren, fordert er uns auf, es ihm nachzutun. So springe auch ich irgendwann wie ein Kind von Baumstumpf zu Baumstumpf und hinter mir Reyhan in ihrer schwarzen Abaya. Nadim reicht ihr seine Hand. Wir lachen und springen, sind ausgelassen und albern, sind all das, was uns die Weltpolitik in diesen Tagen nicht bieten kann.

Später laufen wir durch den alten Park eines früheren Fabrikanten, setzen uns an den Seerosenteich und machen ein Picknick. Die Kinder spielen Fangen und entdecken eine Wasserschildkröte, während ich Nadim und Reyhan von dem Reichtum der Fabrikanten im 19. Jahrhundert erzähle. Von ihren Fabriken mit den dampfbetriebenen Maschinen und der Arbeit, die immer mehr Menschen aus den umliegenden ländlichen Gebieten und später auch aus weiter entfernten Städten anlockte. Durch die Zuwanderer wuchs die Stadt, Wohnraum wurde knapp und die Not der Arbeiter immer größer. Die einen hatten riesige Villen mit parkähnlichen Gärten, die anderen kaum genug zu essen.

»Wie heute in Welt«, überlegt Nadim laut. »Große Firmen viel viel Geld, kleine Menschen wenig Geld und arm.«

Ich nicke und überlege, was die Reichen von damals sagen würden, wenn sie wüssten, dass ihre Parks heute für alle geöffnet sind. Durch den Wald an einem Bach entlang geht es zurück Richtung Stadt. Auf einem Spielplatz legen wir eine weitere Pause ein. Nadim und Tobias drehen unsere Jungen in einem Karussell, während Reyhan und ich auf einer Bank sitzen. Nach einer Weile kommen sie zu uns. Die Kinder haben sich inzwischen auf zwei gegenüberliegende Erdhügel verteilt – auf dem einen steht Jonathan, auf dem anderen Rami, Bassam und Jasper.

»Fischer, Fischer, wie tief ist das Wasser?«, rufen die drei.

»Tausend Meter«, antwortet Jonathan.

»Und wie kommen wir rüber?«, fragen die anderen.

»Hüpfen!«, ruft Jonathan.

Rami, Bassam und Jasper beginnen zu hüpfen und versuchen, auf den gegenüberliegenden Hügel zu kommen, während Jonathan sie zu fangen versucht. Rami erreicht den Hügel als erster, Jasper wird gefangen und Bassam klettert auf einen Spielturm des Spielplatzes.

»Du musst zum Hügel!«, ruft Jonathan. »Sonst kann ich dich fangen.«

»Nein.« Bassam lacht. »Hier ist Spieli.«

Jonathan schüttelt den Kopf. »Spieli ist auf dem Hügel, komm, wir wollen weitermachen.«

Bassam steigt vom Spielturm und hüpft auf den anderen Hügel. Jetzt ruft Jasper: »Fischer, Fischer, wie tief ist das Wasser?«

Auch Nadim und Reyhan beobachten die Kinder. »Was ist ›Spieli‹? Kinder sagen immer ›Spieli‹.«

»Das ist eigentlich kein richtiges Wort, das benutzen nur die Kinder. Das bedeutet bei einem Spiel, dass man nicht gefangen werden kann, Freizone sozusagen, dass man grad nicht mitmacht.«

Reyhan überlegt. »Ich mache auch so. Bassam und Rami sagen: Mama kochen, Mama helfen, Mama kommen. Dann ich rufe ›Spieli!‹ und muss machen nichts. ›Spieli‹ gut für Mamas.«

Wir lachen. Tobias und ich setzen Reyhans Liste fort und überlegen, bei welchen Anliegen unserer Kinder wir alles ›Spieli‹ rufen könnten. Nadim wird als erster wieder ernst.

»In Syrien wir brauchen Spieli, ein Zone, wo Menschen sicher sind vor Krieg, wo du kannst sagen, ich mache nicht mit, und wirst nicht gefangen.«

Mein Urgroßvater Friedrich, der Bauer und Vater meiner Oma Grete, machte auch nicht mit. Er war nicht in der Partei, hielt nichts von Hitler, nichts von den Nazis, doch er überlegte sehr genau, wem er was anvertraute. Geahnt haben muss er viel. Doch wer etwas gegen die Regierung sagte, wurde sofort eingelocht.

In der Nachbarstadt gab es einen jungen jüdischen Mann, der mit einer Christin zusammen war. Nachdem bekannt geworden war, dass sie ein Kind von ihm erwartete, zwangen die Nazis ihn, mit einem Schild durch die Stadt zu laufen, auf dem stand: »Ich, der Jude Mendel, schände deutsche Mädchen«.

Der Jude kam in ein Konzentrationslager, wurde aber später wieder freigelassen. Gretes Vater fragte ihn, was in den Konzentrationslagern geschehe, es würde viel berichtet und er wollte gerne einen Augenzeugen hören. Doch der Jude sagte nichts. So leid es ihm tue, aber er habe Schweigepflicht auferlegt bekommen und wolle seine wiedererlangte Freiheit nicht aufs Spiel setzen. Endlich war er wieder bei seiner Frau und seinem Kind – kein Wort der Welt war es wert, das zu gefährden. Gretes Vater sah die Angst in seinen Augen und ahnte, dass an den Gerüchten, die er gehört hatte, etwas dran war.

»Papa, fang uns doch!« Jonathan und Rami kommen über den Spielplatz gerannt und reißen mich aus meinen Gedanken. Sie strecken uns die Zunge raus und rennen weg. Bassam und Jasper tun es ihnen gleich, kreischen, lachen und hüpfen davon. Tobias und Nadim springen auf und laufen hinter den Kindern her.

Reyhan und ich bleiben auf der Bank zurück. Wir beobachten unsere Männer und Söhne, wie sie um die Wette rennen. Aber wir schweigen. Ich bin unsicher, was ich mit Reyhan reden soll. Meist haben wir Nadim als Übersetzer dabei, ohne ihn weiß ich manchmal nicht, ob sie mich wirklich schon so gut versteht. Irgendwann blickt Reyhan nach oben in den Himmel, dann lacht sie und sagt zu mir: »Nicht Regen, nicht Sonne, warm, gut, Bäume schön, Ausflug gut«.

Von Beschwerden, Arbeitssuche und Fahnenflucht

»Sehr geehrte Damen und Herren, vom 16. bis 23. April 2016 ich und meine Frau haben Urlaub verbracht in ihre Hotel. Leider wir waren sehr enttäuscht wegen der Angebot in ihre Reisekatalog nicht stimmte mit unsere verbrachte Urlaub gewesen. Die Klimaanlage in Hotelzimmer nicht funktionierte, dass es war sehr heiß, viele schwitzen und ich und meine Frau haben uns gestreitet ganze Zeit. In Beschreibung von Reise sie sagen Swimmingpool und gute Blick von Balkon, aber es gab nicht Swimmingpool und nicht Balkon und Blick war auf hässliche Hochhaus, dass waren wir sehr enttäuscht von diese Situation. Der Strand nicht wie in Katalog war vor Hotel, sondern Meer 3 Kilometer weit, wir mussten gehen zu Fuß, Strand war schmutzig und in Wasser viele Quallen. Meine Frau Angst hatte zu gehen in Wasser weil Quallen, so wir haben nur Schwitzen in unsere Zimmer und keine kühle Wasser. Die Personal in Hotel nicht nett war zu uns, dass wir haben gesagt Zimmer nicht gut und Klimaanlage kaputt und ganze Urlaub nicht gut für uns. Wir wollen haben Erklärung von Ihnen, weil Reise nicht war aus Katalog und ich und meine Frau waren sehr enttäuscht. Ich warte auf Antwort bis zum 15. Mai 2016, sonst ich will sagen zu ein Rechtsanwalt. Mit freundlichen Grüßen, Nadim Ibrahim«

Als wir in den Sommerferien die Koffer für unseren Urlaub packen, muss ich an diesen Brief von Nadim denken. Er hatte ihn mir im Frühjahr zum Korrigieren gegeben. Und ich hatte mich gefragt, warum Flüchtlinge in Sprachkursen lernen, Beschwerdebriefe zu schreiben. Ob das das ist, was man in Deutschland als erstes können muss: sich beschweren?

Und dann die Themen: Er hatte einen Beschwerdebrief zu einer Urlaubsreise und einen Beschwerdebrief zu einem Tanzkurs schreiben sollen. Ich hatte das schon damals als weit hergeholt und nicht auf die Lebenswelt eines geflüchteten Menschen passend empfunden, aber jetzt beim Kofferpacken erscheint es mir völlig absurd.

Wir hatten den Ibrahims erzählt, dass wir für zwei Wochen in den Urlaub fahren werden. Nadim hatte erst gelacht. Die Deutschen bräuchten immer Urlaub, weil sie so viel arbeiteten und sonst nicht abschalten könnten. In Syrien sei das Arbeitsleben entspannter. Das ganze Leben sei einfacher, deshalb bräuchten die Syrer keinen Urlaub.

Dann erzählte er, dass Reyhan in den Sommerferien jeden Tag Sprachkurs habe und er auf die Kinder aufpassen müsse. In der Ferienbetreuung habe es keinen Platz mehr gegeben.

»Was kostet Ferienwohnung am Meer?«, fragt er plötzlich.

Wir erzählen, dass wir für unser Ferienhaus an der Nordsee sechzig Euro pro Nacht bezahlen und es schwierig ist, in der Hochsaison etwas günstiger zu bekommen. In der Nebensaison gibt es auch mal Ferienwohnungen für dreißig oder fünfunddreißig Euro, aber da sind dann keine Schulferien. Nadim überlegt: »Wir brauchen nicht große Ferienhaus oder Ferienwohnung, kleine Zimmer reicht für uns.«

Aber in kleinen Zimmern darf man meist nicht mit vier Personen übernachten, versuche ich zu erklären und denke, dass manche Dinge in Deutschland wirklich schwierig und zu regelbelastet sind. Ich erwähne noch Jugendherbergen, die günstiger sind, doch dort muss man erst Mitglied werden.

Das Thema verebbt, wahrscheinlich ist uns allen klar, dass sie sich keinen Urlaub werden leisten können und dass die eingeübten Beschwerdebriefe Utopie sind.

Wir fahren an die Nordsee und lassen die Ibrahims zurück, atmen Meeresluft, machen Ausflüge, lassen uns den Wind durch die Haare pusten und denken mal nicht an das Weltgeschehen, sondern nur an Schafe, Deiche, Sandburgen, Wellen und Barfußlaufen im Watt.

Am Ende unseres Urlaubs erreicht uns eine Nachricht von Nadim. Er habe lange nichts von uns gehört, ob es uns gut gehe, er vermisse uns.

Wieder zu Hause verabreden wir uns zu einem Ausflug an den Fluss. Bei dreißig Grad suchen wir uns eine Stelle am Ufer, wo zwischen zwei Häusern eine Liegewiese mit freiem Zugang zum Wasser angelegt ist, und breiten dort eine Decke aus. Durch den Kontakt zu den Ibrahims haben wir uns wieder zurückbesonnen auf Ausflüge ohne Geld. In den ersten Jahren, als wir Kinder hatten, gab es manchmal fast einen Wettbewerb, wer mit seinen Kindern die besten Zoos oder Freizeitparks besucht. Bei den letzten Ausflügen ist uns bewusst geworden, dass unsere Jungen genauso glücklich und ausgelassen sind, wenn wir Parks besuchen, durch Wälder gehen, Picknick machen oder in Flüssen baden.

Die Luft ist schwül. Zwischendurch ist die Augustsonne gnädig und versteckt sich für einen Moment hinter Wolken. Wir setzen uns auf die Decke und blicken auf den schmalen Fluss, in dem ein paar Kinder ihre Füße baden. Auch unsere Söhne haben schnell ihre Schuhe und Socken ausgezogen und waten durch das Wasser. Reyhan ist nicht mitgekommen, sie hilft einer syrischen Freundin ihre Hochzeit vorzubereiten.

Nadim ist still, er wirkt bekümmert, während unsere Jungs mit den Füßen die Strömung testen. Irgendwann bricht es aus ihm heraus.

Nadim möchte arbeiten. Ihm fällt die Decke auf den Kopf. Er hat immer gearbeitet und kann es nur schwer ertragen, untätig zu

Hause rumzusitzen und nicht einmal mehr einen Deutschkurs zu besuchen.

Er hat ein Beratungsprotokoll von der Anerkennungsstelle erhalten. Darin wird Nadim zu einer Ausbildung oder einem Studium im Rechtsbereich geraten. Das müsse er aber alles mit dem Jobcenter abklären. Direkt anerkannt werden könne sein Zeugnis leider nicht.

Unsere Jungen wagen sich immer tiefer ins Wasser. Ich rufe sie zurück. Rami und Bassam, die wahrscheinlich noch nicht allzu oft gebadet haben, sind so begeistert, dass sie gar nicht merken, dass ihre kurzen Hosen schon nass sind. Ich muss an die Rückfahrt mit öffentlichen Verkehrsmitteln denken und blicke zu Nadim, aber der ist mit seinen Gedanken nicht im Fluss, sondern beim Stillstand.

Nadim ist frustriert, dass es nicht weitergeht und er bei jedem noch so kleinen Schritt vom Jobcenter abhängig ist. Er hat angefragt, ob er einen Übersetzer-Lehrgang machen dürfe – erfolglos. Bei Sicherheitsdiensten werden häufig Jobs angeboten, aber da würde meist ein Führerschein verlangt. Vielleicht wolle er auf eigene Kosten einen deutschen Führerschein machen.

Hinzu komme, dass seine Stadt von Assad-Truppen belagert sei und auch innerhalb der Stadt verschiedene Gruppen gegeneinander kämpften. Er mache sich Sorgen. Um seine berufliche Zukunft, um sein Land, um seine Stadt.

Nadim sitzt da und blickt auf seine Söhne, die sich mit Wasser bespritzen, was nun auch egal ist, denn sie sind ohnehin schon triefend nass. »Rami und Bassam sprechen Arabisch jetzt mit deutsche Akzent. Syrien ist ein bisschen fremd für sie. Jetzt sie sind in Deutschland zu Hause. Aber wie soll ich geben ihnen hier Zuhause, wenn ich nicht habe Arbeit?«

Meine Großmutter Christel landete nach der Flucht wie so viele aus dem Osten in Schleswig-Holstein. Norddeutschland musste damals mit einem Vielfachen der eigenen Bevölkerung an Menschen aus den deutschen Ostgebieten fertigwerden. Arbeit gab es kaum. Ihre Mutter Betty half bei Bauern und verdiente sich so ein bisschen Geld. Christel nahm 1946 eine Stelle als Hausgehilfin an. Vor der Flucht hatte sie eine gute Anstellung als Stenotypistin gehabt, jetzt putzte und schuftete sie im Haushalt anderer Leute. Und doch war es in diesen Zeiten wie ein Sechser im Lotto, überhaupt Arbeit zu haben. Trotzdem gab sie ihre erste Anstellung nach zwei Monaten auf, um wieder näher bei ihrer Mutter leben zu können. Bei der zweiten Stelle als Hausgehilfin muss es ihr nicht gut ergangen sein, denn dort hielt sie es keine drei Wochen aus. Es dauerte Monate, bis sie eine neue Anstellung fand. 1947 arbeitete sie dann für acht Monate im Haushalt eines Torfwerkleiters, bevor sie sich mit meinem Großvater Fritz verlobte und ihn heiratete.

Mein Großvater Fritz stürzte 1939 wenige Tage vor Kriegsbeginn von seinem Motorrad und brach sich das Schienbein. Schon ab dem ersten Tag des Durchmarsches der deutschen Truppen musste er sich den Krankensaal im Spital mit deutschen Soldaten teilen, die weit hinter Bielitz Bomben der eigenen Luftwaffe abbekommen hatten. Sein Beinbruch verheilte schlecht, deshalb verbrachte er die ersten Kriegsjahre vom Militär unbehelligt in seiner Heimatstadt Bielitz. Erst 1943, als die Anforderungen für die Kriegstauglichkeit aufgrund des sich wendenden Krieges stark herabgesetzt wurden, wurde er einberufen. Die meiste Zeit soll er als Chauffeur in Frankreich gewesen sein. Später kam er in britische Kriegsgefangenschaft, aus der er völlig unterernährt und mit einer Entnazifizierungsbescheinigung entlassen wurde. In Schleswig-Holstein lernte er, dem die Rückkehr in seine Heimat versperrt war, meine Großmutter Christel kennen. Nach der Heirat zogen sie in eine Flüchtlingsbaracke in Ostholstein. Mein Großvater Fritz hatte Glück, denn als gelernter Polsterer fand er Arbeit in einer Möbelfabrik vor Ort.

Sein Bruder, mein Großonkel Heinrich, hatte ebenfalls Glück. Der Betrieb, in dem er das Dreherhandwerk gelernt hatte und als Meister arbeitete, bekam während des Krieges Rüstungsaufträge erteilt, sodass er unabkömmlich war. Erst im Januar 1945 bekam er den Einberufungsbescheid zum Volkssturm. Er meldete sich mit dem Schreiben bei seinem Chef. Der befahl ihm, sofort nach Hause zu fahren, zwei Kisten mit den wichtigsten Sachen zu packen und am nächsten Morgen in die Fabrik zu bringen. Außerdem sollten er und seine Frau jeder einen Koffer packen und sich vormittags zur Abfahrt bereithalten. Schon seit einiger Zeit verlagerte die Firma Maschinen nach Österreich. Die beiden Kisten sollten zusammen mit einer weiteren Fuhre Maschinen nach Oberösterreich gehen.

Am nächsten Morgen verließ Heinrich mit seiner Frau das Grundstück. Es war klirrend kalt. Er drehte sich noch einmal um zu dem Haus, das sie in mühevoller Arbeit gebaut hatten und in das all seine Ersparnisse geflossen waren. Ob er es jemals wiedersehen würde? Wenn der Krieg gut ausginge, käme er zurück.

Sie fuhren in Zügen, in denen sich Menschen drängten, mussten mehrmals umsteigen und kamen schließlich mit ihren beiden Koffern in Oberösterreich an. Die beiden Kisten, die zusammen mit den Maschinen der Firma auf die Zugreise geschickt worden waren, sahen sie nie wieder – der Waggon fiel den Russen in die Hände. Doch ein paar gute Maschinen aus Bielitz erreichten den kleinen Ort in Österreich. Mit ihnen bauten Heinrich und seine Kollegen in einer stillgelegten Lederfabrik in der Nähe des Bahnhofes eine neue Firma auf. Bald kamen noch einige Kollegen aus Bielitz nach. Heinrich und seine Frau bekamen ein winziges Zimmer bei einer Kleinbäuerin, sie hatten nicht viel, aber Heinrich war dem Volkssturm entkommen und voller Hoffnung, die Firma gut wieder aufbauen zu können. Doch nach drei Wochen holte sie der Krieg ein, es gab immer mehr Alarmstörungen, Bomber tauchten am Himmel auf und griffen Militärtransporte auf den Gleisen an. Es wurde schrecklich. Vielen gingen die Nerven durch, auch seiner Frau. Er brachte sie auf einen Bauernhof außerhalb, wo es ruhiger war.

An einem Sonntag ging Heinrich mittags Richtung Bahnhof, um sich eine Zeitung zu holen. Auf halben Weg gab es plötzlich Alarm. Er hatte nur noch etwa hundertzwanzig Meter bis zum Bahnhof, da sah er schon drei kleine Flugzeuge kommen und aus einem eine Bombe fallen. Es knallte, und auch die anderen beiden Flugzeuge entledigten sich ihrer tödlichen Fracht. Heinrich rettete sich in das nächststehende Haus, das starke Mauern hatte. Nach dem Abwurf kreisten die Flugzeuge über dem Ort und donnerten im Tiefflug mit Maschinengewehrfeuer auf die Ziele. Nach einer knappen halben Stunde gab es Entwarnung. Heinrich ging zum Bahnhof – aber es war keiner mehr da. Eine Mauer stand noch mit der Bahnhofsuhr. Sie war um 13:20 Uhr stehen geblieben. Es gab viele Tote, und Heinrich wurde bewusst, dass es ihn bei einem wenige Minuten früheren Aufbruch von zu Hause genauso hätte treffen können.

Im April 1945 kamen die Amerikaner mit Panzern in den Ort. Widerstand gab es nicht mehr. Der Krieg war zu Ende. Heinrich hatte seine Heimat verloren, besaß kaum noch etwas und die Verpflegungslage war schlecht – aber er hatte seine alte Firma an einem neuen Ort, hatte Arbeit und gute Aussichten. Und er war dem Militär entkommen.

»Mein Bruder nicht Soldat will für Assad«, sagt Reyhan, und ihr Gesicht ist voller Sorgen.

»Reyhans Eltern in Saudi-Arabia geht nicht gut.« Nadim versucht uns zu erklären, was Reyhan sagen will.

Ihre Eltern, die früher immer kurze Arbeitsvisa für Saudi-Arabien gehabt haben, seien nun als Flüchtlinge dort. Saudi-Arabien verlange jetzt von Syrern für alles Geld, verbiete ihnen aber zu arbeiten. Sogar für den Aufenthalt nähmen sie von den Flüchtlingen Geld. Die Eltern hätten dort kaum eine Chance, vernünftig zu leben, und würden nur abgezockt. Würde Reyhan ihre Eltern dort besuchen, koste allein das Besuchsrecht für einen Monat dreitausend Euro.

Nun überlegten Reyhans Eltern, zurück nach Syrien zu gehen. In ihrer Wohnung wohnten noch immer Soldaten und der Ort sei belagert. Doch die Eltern besäßen noch ein anderes Haus in einer anderen Stadt. Dort seien zwar auch Truppen von Assad, aber das sei für die Eltern und die jüngere Schwester kein Problem. Sorgen machten sie sich hingegen um den achtzehnjährigen Bruder, der, sobald er syrischen Boden betrete, sofort zum Militär eingezogen werde.

»Bruder nicht will Soldat werden und dann sterben. Jetzt wir wollen bekommen eine Bescheinigung für Spieli«, formuliert es Nadim mit der Sprache unserer Kinder.

»Du meinst, ihr versucht ein Attest von einem Arzt zu erhalten, um ihn vom Militär befreien zu lassen?«

Nadim nickt. »Oder er muss gehen zu ältere Bruder nach Ägypten.«

Wir sitzen bei uns am Kaffeetisch, unsere Jungen spielen draußen im Garten. Tobias schenkt Kaffee nach, während ich noch von dem Kuchen anbiete. Reyhan und Nadim lehnen ab, vielleicht müsste ich sie nötigen, möglicherweise warten sie sogar darauf, aber das ist nicht unsere Art.

Tobias wechselt das Thema und wendet sich Reyhan zu: »Hast du die Bewerbungsfotos gesehen?«

Reyhan nickt. »Sehr schön!«

Nachdem wir alle die schlecht gemachten Fotos des Bewerbungszentrums als wenig zielführend erachtet hatten, weil Nadim auf denen eher einem depressiven Guantanamo-Häftling gleicht als einem vertrauenserweckenden Bewerber, war Tobias mit Nadim bei einem richtigen Fotografen gewesen. Auf den neuen Bildern blickt uns ein erfahrener Rechtsanwalt mit offener Neugier auf die Zukunft in Deutschland entgegen.

Später sitzen wir zu viert vor meinem Computer, feilen an Nadims Lebenslauf und suchen nach Ausbildungen. Dabei finden wir ein Duales Ausbildungsangebot vom Jobcenter – Studium und Ausbildung in drei Jahren, das recht hohe Ausbildungsgehalt könnte die Ibrahims ein Stück unabhängiger vom Jobcenter machen, und Nadim gefällt die Idee, anderen Menschen, insbesondere arabisch sprechenden, beim Jobcenter weiterzuhelfen.

Wir gehen in Nadims E-Mail-Account, um seine Sachbearbeiterin vom Jobcenter um einen Gesprächstermin zu bitten, denn ohne ihre Erlaubnis braucht Nadim sich gar nicht zu bewerben. Die gefundene Stellenanzeige wollen wir als PDF-Anhang beifügen. Nadim hat eine Mailadresse mit .com-Endung von einem internationalen Anbieter, über den auch in Deutschland viele ihre E-Mails verschicken. Doch als wir seinen Account auf meinem Computer öffnen, ist dort alles auf Arabisch. Für mich absolut undeutbare Schriftzeichen. Selbst Nadim findet den Schriftbutton für »Neue E-Mail« oder »E-Mail schreiben« nicht, weil das Menü auf seinem Smartphone anders angezeigt wird als auf meinem Computer. Deshalb öffnen wir eine alte E-Mail und drücken auf »Antwort«, nur ich habe nicht die geringste Ahnung, was ich da tue. Zwar wirkt die Schrift auf mich sehr dekorativ, aber ich fühle mich wie ein Tauber im Konzert. Als ich das Anschreiben, das wir in einem Word-Dokument vorgeschrieben haben, einfüge, steht der

Text plötzlich rechtsbündig und die Satzzeichen wandern automatisch auf die linke Seite, so wie es im Arabischen üblich ist.

Tobias lacht: »So bekommen wir bestimmt keinen Termin beim Jobcenter.« Doch ich frage mich, wie ich mich fühlen würde, wenn nicht nur dieser Account, sondern sämtliche Schilder, Supermarktpreise, Fahrpläne und Informationen in diesen Schriftzeichen geschrieben wären.

Es dauert lange, bis wir herausfinden, wie wir es linksbündig hinkriegen. Irgendwie schicken wir die E-Mail dann los, aber ich fühle mich völlig hilflos in diesem arabischen Account. Und selbst Nadim strauchelt, die Accountanzeige auf meinem Computer ist ihm fremd, er findet den Logout-Button nicht, und wir kommen in diesem Wirrwarr von arabischen Zeichen nicht mehr aus seinem Mailaccount heraus.

Nadim meint, es fiele ihm inzwischen manchmal leichter, Deutsch zu sprechen als Arabisch. Arabisch sei anstrengender für Zunge, Mund und Hals. Das Logout-Problem lösen wir drastisch: Ich lösche die Cookies, leere den Cache und den Seitenverlauf, damit Nadims E-Mail-Privatsphäre wieder hergestellt ist.

Ende August wird Bassam eingeschult. Nadim schickt mir ein Foto von ihm und Bassam auf dem Schulhof. Bassam in kariertem Hemd und Shorts mit großem Ranzen auf dem Rücken, Nadim neben ihm hält die große selbstgebastelte Schultüte stolz in die Luft. Ein ganz normales Einschulungsbild. Sie sehen aus, als hätten sie schon immer hier gewohnt, schon immer Schultüten gebastelt. In Bassams Blick liegt freudige Erwartung. Er hat im Kindergarten Deutsch gelernt, muss keinen Umweg über eine Seiteneinsteigerklasse für Flüchtlingskinder machen, er kommt ganz normal in die erste Klasse und ihm stehen alle Türen offen.

Rami und Bassam dürfen jetzt auch die Ganztagsbetreuung besuchen, können mit deutschen Helferinnen Hausaufgaben machen und nachmittags Sport-AGs belegen. »Rami ist richtig glücklich, dass er jetzt seinen Bruder bei sich in der Schule hat«, erzählt Jonathan. »Heute haben sie in der Pause zusammen im Sandkasten gespielt.«

»Sie müssen sich um Arbeit bemühen und wenigstens versuchen, einen Minijob zu bekommen.« Nadim nickt. Tobias und ich sind beide mit ins Jobcenter gekommen, weil Nadim Angst vor der Entscheidungsgewalt seiner Sachbearbeiterin hat und ihr Bürokratendeutsch auch nicht immer sofort versteht.

»Nebenbei dürfen Sie sich natürlich auf Ausbildungsstellen bewerben, das wird nicht finanziell unterstützt, aber versuchen dürfen Sie es.« Bei der Art, wie die Sachbearbeiterin das Wort »versuchen« betont, läuft es mir kalt den Rücken runter.

»Sie dürfen auch ein Praktikum machen, aber höchstens zwei Wochen, danach müssen Sie wieder dem Arbeitsmarkt zur Verfügung stehen.«

Tobias deutet auf die Beschreibung zur Dualen Ausbildung beim Jobcenter, die vor Nadim auf dem Tisch liegt. »Wir fanden die Ausbildungsbeschreibung sehr passend. Hat Herr Ibrahim mit Arabisch und Türkisch nicht gute Zusatzqualifikationen für eine Arbeit beim Jobcenter?«

Die Sachbearbeiterin wiegt den Kopf hin und her. »Solche Kollegen sind schon hilfreich, wenn jemand kein Deutsch kann und ohne Übersetzer gekommen ist. Dann können wir Kollegen mit diesen Sprachkenntnissen schon mal dazu holen, damit sie den Kunden sagen, dass sie beim nächsten Mal einen Übersetzer mitbringen sollen.«

»Kann man den Kollegen dann nicht gleich übersetzen lassen?«, fragt Tobias.

Die Sachbearbeiterin lächelt. »Das würde die Möglichkeiten des Jobcenters sprengen.«

Ich denke an Tobias und mich, die wir uns an diesem Morgen frei genommen haben, ich denke an die vielen ehrenamtlichen Dolmetscher und Begleiter bei Behördengängen, aber ein übersetzender Kollege könnte die Möglichkeiten des Jobcenters sprengen? Ich blicke auf Nadim, der bescheiden vor der Sachbearbeiterin sitzt und einen imaginären Fleck im grauen Teppich fixiert.

»Wie gesagt, Sie dürfen es versuchen, Sie dürfen auch ein Kennenlernpraktikum anbieten, aber höchstens zwei Wochen, danach müssen Sie dem Arbeitsmarkt, in Ihrem Fall wahrscheinlich dem Niedriglohnsektor, wieder zu Verfügung stehen.«

Ihre Worte prasseln auf den grauen Teppich, ich blicke in die tiefen Pfützen, die sie hinterlassen, und mich überkommt eine Ahnung, dass es hier überhaupt nicht darum geht, einem intelligenten, fleißigen Menschen zu einer Möglichkeit zu verhelfen, in Deutschland irgendwann selbst für sein Auskommen sorgen zu können. Ich sehe, wie Nadim leidet, wie er sich von Hoffnung zu Hoffnung hangelt, wie wir immer wieder erwartungsfroh irgendetwas versuchen und ihn jede Absage oder geschlossene Tür wie ein Faustschlag in die Magengrube trifft. Wenn wir schon die hochqualifizierten und motivierten Menschen so behandeln, sie wie ihre deutschen Leidensgenossen an den Hartz-IV-Tropf hängen, wie werden dann erst die geringer qualifizierten Menschen behandelt?

»Ich werde versuchen«, sagt Nadim tapfer und lächelt. Die Sachbearbeiterin gibt ihm und uns schnell die Hand und deutet zur Tür. Wir bedanken uns, obwohl es eigentlich nichts zum Bedanken gibt, und versuchen draußen, Nadim weiter Mut zu machen.

Ich erkundige mich bei der Stadt, ob es ein Höchstalter für Auszubildende für die Dualen Studiengänge gibt und ob sich anerkannte

Flüchtlinge auf die Stellen bewerben dürfen. Ein paar Tage später erhalte ich eine E-Mail von einem leitenden Angestellten beim Jobcenter, dass er sich den Kandidaten gerne mal genauer anschaue und die Kontaktdaten erbitte. Euphorisiert schreibe ich Nadim eine SMS und treffe mich mit ihm mittags am Schultor.

Die Sonne scheint, unsere Kinder klettern aus Langeweile an den Müllcontainern herum, aber wir malen uns aus, was diese E-Mail zu bedeuten hat. Das wäre eine riesige Chance, muss es sein. Nadim und ich fantasieren, wie sich der Mann vom Jobcenter in einem persönlichen Gespräch von Nadims Fähigkeiten überzeugen ließe, wie er eine Duale Ausbildung bekäme, wie alles gut werden würde. Wir sind aufgeregt, voller Vorfreude, jetzt wird alles gut.

Ich schreibe dem Mann vom Jobcenter Nadims Kontaktdaten und dazu ein bisschen über Nadims Qualifikation.

Eine Antwort erhalte ich nicht. Auch bei Nadim meldet sich niemand. Haben wir etwas falsch gemacht?

Wir schicken die Online-Bewerbungen auf die Dualen Studiengänge ab und informieren den Mann vom Jobcenter über die Bewerbungen und die Vorgangsnummern. Doch wieder hören wir nichts von ihm. Ich schlucke meine Enttäuschung herunter und motiviere Nadim weiter.

Wir suchen nach Ausbildungsplätzen, Nadim bewirbt sich auf Jobs im Niedriglohnsektor, er meldet sich in einer Fahrschule zu Theoriestunden an und überlegt, auf eigene Kosten an einer Schulung für Sicherheitsdienste teilzunehmen.

Ich weigere mich zu glauben, dass es Utopie ist, einem geflüchteten Akademiker in Deutschland zu einer Ausbildung oder einer Arbeit zu verhelfen. Irgendwann muss doch irgendwas klappen.

Wellen, Graffiti und Weiterbewilligungsanträge

Ich sitze mit Jonathan und Jasper im Bus, die Luft ist heiß und stickig, draußen brennt die Sonne auf den Asphalt.

»Wie viele Stationen sind es noch bis zum Schwimmbad?«, fragt Jasper aufgeregt.

»Nur noch zwei Haltestellen, oder, Mama?«, sagt Jonathan, auf die Monitoranzeige deutend.

Ich nicke, und daraufhin erzählen meine Söhne laut, was sie im Schwimmbad vorhaben, ob sie zuerst ins Babybecken oder zuerst ins Wellenbad gehen wollen. Hinter uns sitzen zwei ältere Frauen mit Kopftuch, aber sie scheinen sich an den lautstarken Mitteilungen der beiden nicht zu stören.

Als wir aussteigen, verlassen sie vor uns den Bus. Die eine ist alt, dick und schiebt einen Rollator, die andere etwas jünger. Wir gehen hinter den Frauen auf dem Bürgersteig, als sie uns bemerken, treten sie zur Seite und lassen uns vorbei. Ich bedanke mich dafür, dass wir überholen dürfen. Da ruft die ältere Frau freudig hinter uns her: »Wir gehen auch dorthin, wo Sie hingehen!«

Später im Schwimmbad sehe ich die beiden in bunten Burkinis fröhlich am Beckenrand sitzen und die Beine ins Wasser halten. Sie winken uns zu. Bisher habe ich Burkinis nur im Fernsehen gesehen. Jetzt in diesem riesigen Schwimmbad sehe ich vier oder fünf muslimische Frauen in Ganzkörperbadeanzügen, die entweder ausgelassen in den Wellen schwimmen oder ihre Kinder beim Planschen oder Schwimmen betreuen. Ich merke, dass mich Burkinis, die immer mal wieder durch die Nachrichten geistern, live überhaupt nicht stören. Im Gegensatz zu einer Burka verhüllen sie ihre Trägerinnen ja auch nicht komplett, aber sind doch das Mittel dazu, dass muslimische Frauen bei der Hitze auch baden und sich abkühlen dürfen oder Kinder mit ihren Müttern schwimmen gehen können. Und als ich mich so am Babybecken umsehe, die Körper der anderen Mütter erblicke, ihre sich nicht immer optimal zurückgebildeten Bäuche, ihre Schwangerschaftsstreifen, ihre teilweise schambehafteten Bewegungen, und mich selbst dabei erwische, wie ich beim Sitzen im Wasser automatisch meinen Bauch durch meine Unterarme verdecke, da denke ich, dass wahrscheinlich manche Frauen völlig religionsunabhängig die Problemzonen bedeckende Badekleidung bevorzugen würden.

Der Bademeister lässt die Trillerpfeife ertönen, die Wellen beginnen. Jonathan und Jasper wollen weiter im Babybecken spielen, ich frage sie, ob sie eine Viertelstunde ohne mich bleiben könnten. Jasper hat dicke Schwimmflügel an den Armen, Jonathan kann schwimmen und sagt, er habe ein Auge auf seinen Bruder. Also stürze ich mich im anderen Becken in die Wellen. Ich lasse mich schaukeln, hoch und runter, hoch und runter, lasse mich treiben, tauche unter den Wellen hindurch, ich schwimme, bin schwerelos, die Wellen peitschen über mir, unter mir, da sind nur noch ich und das Wasser, alles verschwimmt, und gleichzeitig werden meine Gedanken ganz klar.

Mit jeder Welle kommen neue Bilder. Da sind meine beiden Großväter, über die ich so wenig weiß, deren Leben mein Leben in einer Zeit berührten, an die ich mich nicht erinnern kann. Da ist das Schweigen meiner einen und da sind die vielen Geschichten meiner anderen Großmutter. Da ist mein Großonkel, der mir näher war, als mein Großvater es je sein konnte. Und da sind die vielen blinden Flecken der Männer im Krieg. Was haben sie gedacht? Was haben sie gemacht? Wie haben sie mit diesem Krieg, der sich in ihre Biografie grub, gelebt?

Alles verschwimmt zu einem Gedanken, der mir als Schülerin immer wieder in den Sinn kam. Damals wurde mir klar, dass es mich ohne den Zweiten Weltkrieg nicht gäbe. Vielleicht hätte meine Oma Grete meinen Opa Albrecht trotzdem geheiratet und sie hätten meine Mutter bekommen, aber meine Großmutter Christel aus Ostpreußen und mein Großvater Fritz aus Oberschlesien hätten sich nie in einem Flüchtlingslager in Schleswig-Holstein getroffen. Sie hätten meinen Vater nicht bekommen und wären nicht mit ihm in meine Heimat gezogen. Deshalb hätte meine Mutter keinen Flüchtlingssohn kennengelernt, ihn nicht heiraten und mit ihm Kinder kriegen können. Als ich diesen seltsamen Gedanken umdrehte, wurde mir schlecht. Denn plötzlich war mir, als musste es diesen Krieg und die ganzen Fluchtbewegungen geben, damit ich geboren werden konnte. Auf einmal fühlte ich mich absurderweise verantwortlich für all das Leid und die Schrecken des Krieges. Der Krieg war die Ursache dafür, dass es mich selbst in dieser Form gab. Vielleicht hätte es mich sonst auch gegeben, aber dann wäre ich eine andere gewesen.

Die Wellen schlagen über mir zusammen.

Neulich gab es eine syrische Hochzeit in unserer Stadt. Eine Freundin von Reyhan heiratete einen Freund von Nadim. Ohne die Flucht nach Deutschland wären die beiden sich vermutlich nie begegnet. Auch sie werden ihre Fluchtgeschichten in die nächsten Generationen tragen – mal bewusst, mal unbewusst, wie schon so viele vor ihnen. Ich lasse mich schaukeln von den Wellen. Flüchtlingswelle, denke ich, was für ein bescheuertes Wort. Als ob Menschen zu uns rüberschwappen, als ob sie einer Naturgewalt gleichen. Irgendwann werden die Wellen flacher, verebben, der Bademeister pfeift in seine Trillerpfeife und viele Badegäste verlassen das Becken. Als ob die Dinge so einfach wären, dass nur jemand in seine Trillerpfeife pusten müsste und damit die Flüchtlingswelle anhalten könnte.

An einem Haus an der Einmündung in unsere Straße, direkt neben der türkischen Moschee, steht seit ein paar Wochen ein Graffiti: »Ausländer raus!« Als ich es bemerke, weiß ich nicht, ob ich lachen oder weinen soll. Solche Sprüche verbinde ich mit den Neunzigerjahren, mit Solingen und Mölln, damals gab es diese Gegen-T-Shirts: »Wir alle sind Ausländer – fast überall«. Ausländer raus – ich bin nicht einmal entsetzt, weil mir der Spruch so abgegriffen erscheint. Ein paar Tage später ist das »Ausländer« durchgestrichen und mit »Nazis« übersprayt. Der »Nazis«-Schriftzug wird ebenfalls unleserlich gemacht und wieder durch »Ausländer« ersetzt. Nun steht dort wieder »Ausländer raus!«, aber auch das währt nicht lange, denn jemand streicht das »raus« durch und sprayt stattdessen ein »rein« auf die Hauswand. »Ausländer rein!« Daraufhin müssen wieder die »Ausländer« dran glauben, jetzt steht das »rein« alleine da und ansonsten ist so viel durchgestrichen und ersetzt, dass es einfach nur noch eine Schmiererei an einer Hauswand ist.

Doch es ist nicht das einzige Graffiti, an einer Mauer im Park prangt groß: »Unser Stadtteil bleibt braun!« Dieser Satz wird lange Zeit nicht durchgestrichen.

Bei nächster Gelegenheit erzähle ich Nadim von dem großen Wellen-Freibad und dass dort auch manchmal Frauen im Ganzkörperbadeanzug sind, dass das dort also erlaubt ist.

Nadim fragt: »Im Burkini?«

»Ja. Ich wusste nicht, ob ihr das auch so nennt oder ob es ein Schimpfwort ist. Das Schwimmbad ist jedenfalls wirklich schön, Rami und Bassam hätten ihren Spaß.« Ich muss an die Wohnung im dritten Stock über der Verkehrskreuzung denken, wie warm es dort im Sommer ist und wie erfrischend die Wellen im Freibad.

Nadim runzelt die Stirn. »Sind Männer und Frauen da getrennt?«

Tobias und ich schütteln den Kopf.

Ein paar Tage später soll es noch mal richtig heiß werden. Da ich unbedingt arbeiten muss, schlage ich Tobias vor, mit unseren Jungs, Nadim und seinen Söhnen am übernächsten Tag ins Freibad zu fahren. Wenn weder ich noch Reyhan mitkommen, ein reiner Männerausflug also, denke ich, ist das mit den gemischten Geschlechtern im Schwimmbad vielleicht nicht so ein großes Problem. Ich schreibe Nadim abends noch eine Kurznachricht und schlage ihm den Ausflug vor. Eine Antwort erhalte ich erstmal nicht, vielleicht ist er unsicher, ob er das wagen soll. Am nächsten Nachmittag fragt er, wann er sich mit Tobias treffen solle und was sie mitbringen müssen.

Während ich am Tag darauf vor dem Computer schwitze, gehen Tobias, Jonathan und Jasper mit Nadim, Rami und Bassam schwimmen.

»Ich musste erst einmal alles erklären«, erzählt Tobias abends. »Wie das mit dem Eintritt ist, wie die Umkleideschränke funktionieren und wo die Duschen sind. Im großen Babybecken fühlten sich Rami und Bassam aber sofort zu Hause. Sie sind getaucht und oft gerutscht. Vor dem Wellenbecken hatten sie jedoch Angst.«

»Und Nadim?«

»Nadim wollte immer wieder von Jonathan wissen, wie man schwimmt, weil er es selbst wohl auch nie richtig konnte. Zwischendurch habe ich ihn gefragt, wie er das jetzt empfinde, und er meinte, dass es schon sehr ungewohnt für ihn sei, dass Männer und Frauen zusammen baden.«

»Aber Spaß hatten trotzdem alle?«

»Definitiv. Nur auf der Rückfahrt machte Nadim sich Sorgen, weil seine Söhne so rote Augen hatten. Ich habe ihm erklärt, dass das vom Tauchen in Chlorwasser käme, nicht gefährlich sei und schnell wieder wegginge. Nadim hat gestaunt. Chlor? Er kannte das chemische Element bisher nur als Bestandteil von Bomben, nicht aber als desinfizierende Komponente des Wassers in Schwimmbädern.«

Ein paar Tage später arbeite ich gerade in meinem Atelier an meinem Bilderzyklus über Flucht, als mein Handy klingelt. Nadim fragt, ob er vorbeikommen dürfe, er habe ein Problem. Ich lade ihn für den Nachmittag ein, wenn auch Tobias zu Hause ist.

Später steht er vor uns mit betrübtem Blick und Briefen von den Ämtern in der Hand. Als wir uns auf die Terrasse gesetzt haben, berichtet er: Reyhans Aufenthaltserlaubnis und die der Kinder laufen im Oktober aus und müssen verlängert werden. Dazu brauchten sie gültige syrische Reisepässe. Sie sind bereits Ende Juli mit einem Fernbus zur syrischen Botschaft nach Berlin gefahren, um die Pässe von Reyhan, Rami und Bassam für jeweils vierhundert Euro verlängern zu lassen. In Syrien seien die Pässe sechs Jahre gültig, im Ausland nur zwei Jahre. Er ärgere sich, dass nun tausendzweihundert Euro in Assads Kriegskasse geflossen seien. Da er selbst einen Asylbewerberausweis besitze, habe er bei der Ausländerbehörde nachgefragt, ob das nicht auch für seine Familie ginge. Doch die gelten als Familiennachzug und bräuchten deshalb weiterhin ihren syrischen Pass. Das Geld für die Passverlängerung, so die Ausländerbehörde, sei im Hartz-IV-Satz bereits enthalten, das müsse man dann eben zwei Jahre lang ansparen.

»Tausendzweihundert Euro plus die Reisekosten nach Berlin sollen im Hartz-IV-Satz enthalten sein?« Ich kann gar nicht glauben, was ich da höre.

»Wir alles gemacht haben wie Ausländerbehörde gesagt«, erklärt Nadim. »Und Geschichte geht noch weiter.«

Er hat sich rechtzeitig Anfang August bei der Ausländerbehörde wegen der Verlängerung der Aufenthaltsgenehmigung gemeldet, jedoch erst einen Termin für Anfang Dezember bekommen. Das sei eigentlich kein Problem, weil er so lange eine

Bescheinigung der Ausländerbehörde habe, mit der sie sich ausweisen könnten.

Nun mache das Jobcenter aber Stress wegen eines Weiterbewilligungsantrages. Den habe Nadim fristgerecht Anfang August abgegeben, er habe sogar eine schriftliche Abgabebestätigung vorliegen, er sei jedoch offensichtlich im Jobcenter verloren gegangen. Nadim habe den Antrag noch einmal neu ausgefüllt, nun habe die zuständige Sachbearbeiterin aber gesagt, dass wegen der Verspätung und des unklaren Aufenthaltstatus der Unterhalt und die Miete für Oktober nicht rechtzeitig bezahlt werden könnten und die Ibrahims das erstmal selbst bezahlen müssten. Jetzt versteht Nadim überhaupt nichts mehr, denn er hat doch alles richtig gemacht.

Ich seufze einmal mehr über die Abhängigkeit vom Jobcenter. Aber diesmal ist das Problem existentiell. Die können eine vierköpfige Familie, die sich erwiesenermaßen nichts hat zu Schulden kommen lassen, alle Unterlagen rechtzeitig abgibt und zu jedem Termin erscheint, doch nicht unverschuldet ohne Unterhalt dastehen lassen. Ich werde mich am nächsten Morgen wohl wieder einmal in die Warteschleife des Jobcenters hängen müssen.

Vom Weitergehen trotz widriger Gedanken

Im September zieht die AfD in Mecklenburg-Vorpommern mit über zwanzig Prozent in den Landtag ein. In Syrien wird der Waffenstillstand gebrochen. Aleppo erträgt immer schwerere Luftangriffe. Wenn ich die Bilder sehe, weiß ich gar nicht, was man an dieser zerstörten Stadt noch kaputtmachen soll.

»Eine Zeitlang dachte ich, dieser Job macht mich kaputt.« Mo nippt an seinem Bier. »Aber da ist dieses Gefühl, gebraucht zu werden, und das stellst du nicht mal eben so ab.«

Wir sitzen in Mos Lieblingskneipe an einem alten Holztisch mit flackernder Petroleumkerze. »Heißt das, du machst weiter?«

Mo nickt. »Ja. So richtig bewusst wurde mir das, als ich im Internet nach Flugreisen suchte. Ich habe im November drei Wochen Urlaub und ich dachte, so ein bisschen Sonne tanken irgendwo, mal rauskommen und entspannen. Aber dann haben mich diese Hotels mit ihren All-inclusive-Buffets so abgestoßen, das kann ich gar nicht erklären. Jedenfalls werde ich jetzt im November entweder nach Serbien reisen oder nach Griechenland, irgendwo dorthin, wo Flüchtlinge festsitzen und Winterhilfe brauchen.«

Ich betrachte Mo, der gar nicht mehr so müde und fertig aussieht wie bei unseren letzten Treffen. »Du traust dir ja was zu. Wie willst du das alles schaffen, ohne mal abzuschalten?«

Über Mos Gesicht huscht ein Lächeln. »Na ja, ehrlich gesagt, ist das nicht ganz uneigennützig. Andrea, die die Hilfstransporte organisiert, ist ganz nett, also, wir verstehen uns ziemlich gut ...«

Ich nehme einen Schluck von meinem Cocktail, der Strohhalm ist von zerkleinerten Eiswürfeln umzingelt. Kühle in meinem Hals. »Heißt das, der Liebeskummer vom letzten Herbst ist vergessen?«

»Schon lange. Und bei Andrea habe ich ein echt gutes Gefühl. Das könnte etwas Ernstes werden.«

Ich muss daran denken, wie Mo ein Jahr zuvor überhaupt nicht verstanden hat, warum mich der Kontaktabbruch zu den Ibrahims traurig machte, wie er meinte, ich solle mir eine andere Flüchtlingsfamilie suchen. Und jetzt arbeitet er mit minderjährigen Flüchtlingen, verbringt seinen Urlaub mit Hilfstransporten und ist in eine Flüchtlingshelferin verliebt. Die Zeiten ändern sich.

»Mir geht es gerade richtig gut.« Mo lächelt in sein Bier hinein, dann verfinstert sich sein Blick. »Der einzige, der mir Sorgen macht, ist mein Bruder. Ich habe letzte Woche herausgefunden, dass er nach den Silvestervorfällen und den Erlebnissen meiner Nichte im Januar in die AfD eingetreten ist. Er hat niemandem etwas davon erzählt.«

»Hast du schon mit ihm darüber gesprochen?«

»Nein. Er weiß noch nicht, dass ich es weiß. In einer Demokratie sind ja nun mal auch solche Parteien erlaubt und wir haben Meinungsfreiheit. Aber er ist mein Bruder. Ich hätte nie gedacht, dass wir uns so weit voneinander entfernen können.«

Ich rühre mit dem Strohhalm in den Eiswürfeln, die leise klirren. »Hast du nicht mal erzählt, dass dein Bruder im Gegensatz zu dir nicht aus der Kirche ausgetreten und dort sogar engagiert ist?«

»Ja. Frag mich nicht, wie er das für sich zusammenbringt. Ich weiß auch nicht, ob ich mit ihm darüber diskutieren will. Ich muss meinen eigenen Weg gehen, und den hatte ich selten so klar vor Augen wie jetzt.«

In unserem Stadtteil findet wieder das große Straßenfest statt. Die Hauptverkehrsstraße ist gesperrt und mit bunten Ständen bevölkert. Für September ist es noch richtig sommerlich warm, der Himmel blau. Wie im letzten Jahr hat die Schule einen Stand, Eltern verkaufen Waffeln und Kuchen. Reyhan hat gebacken und verkauft mit zwei anderen Müttern und einem Vater. Wir waren in der Schicht vor ihr dran und verweilen noch mit anderen Eltern und Nadim an den Stehtischen. Die Kinder spielen mit Klassenkameraden in einer Einfahrt. Reyhan verkauft in ihrer schwarzen Abaya neben einer blonden Pferdeschwanz-Mutter, einer türkischstämmigen Mutter ohne Kopftuch und einem straßenköterblonden Vater mit Schnauzbart. Sie lacht, sie unterhält sich, sie teilt Kuchen aus und schenkt Kaffee ein, während Nadim Flanierende begrüßt, die er aus der Moschee kennt, und sich mit uns, einem anderen Vater und einer Lehrerin unterhält. Mein Blick geht immer wieder zu Reyhan am Kuchenstand und dann zurück zu Nadim neben mir, während er im angeregten Gespräch mit der Lehrerin und dem anderen Vater ist. Ich muss an das Jahr zuvor denken, wie ich am Stand der Schule verkaufte und vergeblich hoffte, die Ibrahims zu treffen. Und jetzt sind sie mittendrin – sie sind angekommen. Dass ich jemals dachte, sie wollten keinen Kontakt zu uns haben, scheint mir im Rückblick völlig absurd.

»Betty, meine Schwester!«, ruft Reyhan vom Stand herüber und drückt mir ein Stück ihres süßen syrischen Kuchens in die Hand.

Später stehe ich mit Jasper beim Luftballonclown an. Während wir dem Clown dabei zugucken, wie er Schwerter, Tiere und Hüte aus Luftballons formt und den Kindern schenkt, schieben sich viele Menschen an uns vorbei. Rechts sind Stände, links sind Stände, auf den Metern dazwischen Gedränge. Hinter den Ständen die Bürgersteige und die hohen Fassaden, hier steht Haus neben Haus, einmündende Straßen gibt es nur wenige. Die Menschen schieben sich vorbei, manche rempeln uns an. Jasper fragt, wann der Clown endlich einen Luftballon für ihn formt.

Plötzlich kommt mir ein Gedanke, den ich gar nicht denken will. Die Straße ist voll mit Ständen und Menschen, eingeschlossen von Fassaden, was täte ich, wenn plötzlich jemand mit einer

Maschinenpistole um sich schießen würde? Ich will so etwas nicht denken, aber ich bekomme den Mann mit der Maschinenpistole nicht aus meinem Kopf. Ich nähme Jasper und liefe vielleicht mit ihm in das Bekleidungsgeschäft gegenüber mit der offenen Tür. Dort würden wir uns in der Umkleidekabine verschanzen oder in einem Hinterraum und Tobias auf dem Handy anrufen, damit er und Jonathan am Schulstand sich ebenfalls in Sicherheit bringen könnten. Ich würde Jasper irgendetwas Beruhigendes erzählen, obwohl meine eigene Angst viel größer wäre, weil sie das mögliche Ausmaß der Geschehnisse erfasste. Wir würden Schüsse hören, und bei jedem Schuss hätte ich Angst, das Opfer zu kennen. Die Minuten kämen uns vor wie Stunden, vielleicht würde ich leise beten, dass wir nicht entdeckt werden.

»Da seid ihr ja!« Tobias klopft mir auf die Schulter, an seiner Hand Jonathan, und bringt mich zurück in die Realität. Ich verabscheue die Anschläge der letzten Monate für ihre Macht, mir solche Gedanken einzupflanzen. Letzte Woche gab es eine Notiz in der Zeitung, dass das große Einkaufszentrum in der Innenstadt wegen einer telefonischen Bombendrohung geräumt werden musste. Daraufhin träumte ich von einem Anschlag auf ein Einkaufszentrum und wie ich versuchte, mich mit den Kindern in Sicherheit zu bringen. Diese Bilder sind nun wieder in meinem Kopf aufgetaucht, haben sich mit dem Fest vermischt. Ich will so etwas nicht denken und tue es trotzdem. Jetzt sind wir dran. Jasper wünscht sich vom Clown ein Schwert. Ich blicke nach oben, der Himmel ist blau, die Sonne scheint, langsam gewinnen die Bilder der Realität wieder die Oberhand in meinem Kopf. Der Clown formt meinem Sohn einen Schwertgürtel und steckt ihm ein langes rotes Luftballonschwert hinein – ein Schwert, das niemanden verletzen kann. Jasper hält es stolz in die Luft und kämpft sich durch die Menge.

D ie Ibrahims haben uns Mitte September am letzten Tag des viertägigen Opferfestes eingeladen. Als wir mit einem kleinen Geschenk auf dem Weg zu ihrer Wohnung sind, muss ich daran denken, wie ich im Jahr zuvor während des Opferfestes, als wir keinen Kontakt hatten, an sie gedacht habe. Das ist lange her, seitdem haben wir so viel gemeinsam erlebt.

Nadim begrüßt uns in der Tür, Rami und Bassam ebenfalls. Dann tritt Reyhan in den Flur und – wow – sie trägt nicht die schwarze Abaya mit Goldstickerei, sondern ein dunkelblaues Kleid, eine weiße Strickjacke und ein wunderschönes cremeweißes Kopftuch mit Blaudruck-Muster. Sie sieht so hell und freundlich und sommerlich aus, dass ich ihr direkt bei der Begrüßung sage, wie schick sie aussieht, woraufhin sie mir das Gleiche sagt.

Im Wohnzimmer auf dem Marmortisch warten schon syrisches Gebäck, Apfelkuchen, Schokoladenkuchen, Obst und Nüsse. Reyhan schenkt uns Tee ein, und schon bald sind wir im Gespräch.

»Ich habe gelernt ein neues Wort«, sagt Nadim. »Ich weiß jetzt was sind Trümmerfrauen.«

»Woher kennst du denn das Wort?«

»Ich habe getroffen Rechtsanwalt von Praktikum, wir haben geredet, er mir erzählt hat von Trümmerfrauen nach letzte Weltkrieg.«

»Ja, so wurden die Frauen genannt, die in der Nachkriegszeit ohne ihre gefallenen oder vermissten Männer alles wieder aufgebaut haben.«

»Der Rechtsanwalt hat auch so gesagt. In Damaskus, an Universität, wo ich habe studiert, jetzt es gibt auch fast keine Männer mehr. Nur noch Frauen studieren in Damaskus. Männer sind Soldat, gestorben oder geflohen.«

Während ich noch überlege, wie es sich auf eine syrische Nachkriegsgesellschaft auswirken wird, wenn in den Jahren zuvor fast nur Frauen studiert haben, schaufelt Reyhan mir den Teller mit Gebäck und Kuchen voll. Ihr Lächeln von dem blau-weißen Tuch umrahmt wirkt so anders und vertraut zugleich. Wir essen, trinken Tee und loben Reyhans Kuchen.

Irgendwann fragt Nadim: »Was bedeutet Anpassen?«

Ich überlege kurz. »Anpassen bedeutet, dass man sich nach etwas richtet, etwas oder sich selbst so verändert, dass es oder man selbst zu etwas anderem passt. Zum Beispiel kann man Kleidungsstücke einem Körper anpassen, man kann Vorhänge farblich der Tapete anpassen und auch Menschen können sich anpassen. Kinder können sich ihren Eltern anpassen, aber in der Pubertät sind sie oft unangepasst. Angepasste Schüler machen Lehrern wenig Stress, sie halten sich an die Regeln und stechen nicht heraus. Die meisten Menschen in Deutschland erwarten auch von den Flüchtlingen, dass sie sich anpassen, dass sie unsere Gesetze und Regeln akzeptieren, dass sie sich integrieren.«

»Ich trinke hier heute orientalischen Tee.« Tobias hebt sein kleines Teeglas. »Deshalb passe ich mich ein bisschen euch an.«

Nadim lacht. »Und wenn ich mache viel Bürokratie, ich mich passe Deutschland an?«

»Ja, so ungefähr. Wobei du um die Bürokratie ja nicht herumkommst. Anpassen ist eher etwas Freiwilliges.«

Reyhan schenkt uns Tee nach. Ich betrachte ihr blau-weißes Outfit und das hell gemusterte Kopftuch. Sie sieht wunderschön aus, viel sommerlicher und freundlicher als in der schwarzen Abaya.

»Hast du in Syrien auch schon farbige Kopftücher getragen oder ist das Anpassen?«

Nadim übersetzt uns Reyhans Antwort. In Syrien habe sie manchmal auch farbige Kleidung getragen, aber in Saudi-Arabien nur schwarze. »Ich mag schwarze Kleider mehr«, erklärt Nadim, »aber ich habe meine Frau gesagt sie soll nicht anziehen. In Deutschland Schwarz ist traurige Farbe. Leute denken an ISIS und haben Angst. So Reyhan hat bessere Chancen überall.«

»Merkst du denn einen Unterschied, ob du die schwarze Abaya trägst oder helle, bunte Kleidung?«

Nadim übersetzt, und Reyhan nickt. »Mit schwarze Abaya in Geschäft zwei alte Mann sagen, da ist Frau von Erdogan.«

»Und mit der hellen Kleidung gucken dich die Leute anders an?«

Reyhan nickt. »Ja, Leute gucken nicht. Leute finden normal.«

Sie lacht und sieht so hübsch mit dem hellen Kopftuch aus, dass ich meinen Blick kaum von ihr lassen kann. Vermutlich mag Nadim die schwarze Abaya lieber, weil sie mit der Goldstickerei edler aussieht. Und trotzdem hat er sie zu diesem Schritt überredet.

Auf dem Nachhauseweg sagt Tobias: »Siehst du, man muss sie einfach in Ruhe lassen, ihre Kultur und Traditionen leben lassen, denn niemand ändert sich von heute auf morgen und unter Zwang. Aber irgendwann merken sie schon von selbst, wie sie hier weiterkommen und wie nicht.«

Anfang Oktober setzen die USA die bilateralen Gespräche mit Russland über einen Waffenstillstand in Syrien aus. Im Fernsehen sehe ich eine Dokumentation über die Aufrüstung in Kaliningrad. Im Hafen liegen neue Kriegsschiffe, Munition wird aufgefahren, von ultramodernen Kurzstreckenraketen ist die Rede. Ich muss schlucken, dass dort, wo mein Urgroßvater Ernst 1945 in den Kämpfen um Königsberg ums Leben kam, aufgerüstet wird. Und gleichzeitig stoßen mich die an den Grenzen zu Russland stationierten Nato-Truppen ebenso ab. Ich fühle mich betrogen um meine Friede-Freude-Eierkuchen-Welt, die es vielleicht nie gegeben hat.

Mein Opa Albrecht sprach nicht über das, was er als Soldat in Russland erlebt hatte, das machte er jede Nacht mit sich selbst aus. Nur von einem Erlebnis erzählte er seinen Kindern immer und immer wieder.

Einmal wurde er bei Kämpfen auf dem Feld angeschossen. Er lag auf der Erde mit großen Schmerzen, seine Truppe war auf dem Rückzug und hatte ihn hier liegen lassen, vielleicht hatten sie ihn schon für tot gehalten oder vergessen. Auch die Russen waren nicht mehr zu sehen, und so lag er auf dem Feld, spürte den pochenden Schmerz, die kalte Erde unter sich und überlegte, wie lange es wohl dauerte, bis der Tod ihn holte. Er verlor die Zeit, die Kraft, die Orientierung.

Die russische Frau, die ihn fand, hielt er zuerst für einen Engel. Später konnte er sich nicht mehr erinnern, wie sie es geschafft hatte, ihn in ihr Haus zu bringen. Als er aufwachte, lag er in einem fremden Bett in einem ärmlichen Zimmer. So einfach und schmutzig stellte er sich die Behausungen von Fabrikarbeitern im vorigen Jahrhundert vor. Aber hinter dem Vorhang im Türrahmen des kargen Zimmers kam immer wieder die fremde Frau zum Vorschein. Sie wechselte die Verbände seiner Schusswunde, flößte ihm kräftigende Suppe ein, sprach Worte, die er nicht verstand, aber die beruhigend klangen, und sie hatte einen warmen Blick und ein sanftes Lächeln. Er wusste, wie gefährlich es für die Frau war, ihm zu helfen. Und er wusste nicht, warum sie das tat. Aber ihm wurde klar, dass er ohne sie nicht überlebt hätte. Mitten in diesem großen schrecklichen Krieg schlossen zwei Menschen Frieden in einem ärmlichen Haus. Sie erkannten in einer Zeit der Propaganda den Feind als Ebenbild, als Mensch, als Freund. Es war ein leiser

Frieden ohne Worte und zu klein, um das Weltgeschehen beeinflussen zu können, meinen Opa Albrecht prägte dieses Erlebnis jedoch. Er blieb bei der Frau, bis er die Kraft hatte, aufzustehen und zu gehen. Dann schleppte er sich zu seiner Truppe zurück, an seinem Körper die heilende Wunde, aber in seinem Herzen die Wärme dieser russischen Frau.

Ob er nach diesem Erlebnis in Gewissenskonflikte geriet, erzählte er seinen Kindern nicht. Was blieb, war die Geschichte der russischen Frau, die beengt in sehr einfachen Verhältnissen lebte, aber so ein großes Herz hatte, dass sogar für einen feindlichen Soldaten darin Platz war. Er schloss seine Geschichte immer mit den Worten:»Die Russen dort wohnen sehr einfach, für unsere Verhältnisse fast dreckig, aber sie sind unglaublich herzlich.«

»Mama, die Viertklässler denken, dass Rami dumm ist, weil er aus Syrien kommt. Die haben doch überhaupt keine Ahnung!«

Jonathan steht vor mir, und beim Zuhören spüre ich die Wut in seinem Bauch. Er ist völlig aufgebracht.

»Heute hat Rami sich in der Betreuung ein richtig schönes Lego-Haus gebaut, der hat sich so viel Mühe gegeben. Die Betreuer waren kurz draußen, und da ist ein Viertklässler gekommen und hat ihm das Haus kaputt gemacht, einfach so. Als ich das gesehen habe, habe ich so eine Wut bekommen, da bin ich zu dem Viertklässler gegangen und habe gesagt: ›Lass meinen Freund in Ruhe! Wenn du etwas baust, willst du doch auch nicht, dass es jemand kaputt macht.‹ Rami war schon kurz vorm Heulen, und da sagt der blöde Viertklässler, dass ich kleiner Zweitklässler mich da raushalten soll. Und dann hat er zu Rami gesagt: ›Syrische Häuser sind doch eh alle kaputt.‹ Da hat Rami angefangen zu weinen, ich habe die Betreuer geholt, und dann hat der Viertklässler richtig Ärger bekommen.«

»Das hast du gut gemacht.«

Jonathan nickt. »Rami ist hinterher zu mir gekommen und hat danke gesagt. Und dann haben wir zusammen ein neues Lego-Haus gebaut, das viel größer und schöner war. Mama, können wir bald mal wieder die Ibrahims zu uns einladen und mit Rami und Bassam auf unserem Hof Fahrradfahren? Rami hat jetzt auch ein Fahrrad.«

Ich streiche meinem Großen über seinen blonden Schopf. »Ja, Jonathan, das machen wir.«

Meine Oma Grete besaß im Alter sehr wenig Geld – im Gegensatz zu meiner Großmutter Christel, die ein gutes Auskommen hatte. Als ich klein war und meine Großmutter schon krank, kaufte sie meiner Oma Grete ein neues Fahrrad. Einfach so. Mit dem Fahrrad konnte uns meine Oma Grete, die etwa zwei Kilometer entfernt wohnte, besuchen.

Neulich kam mir der Gedanke, dass meine kranke Großmutter, die ja nicht mit uns spielen konnte, dadurch meine Oma gesponsert hat. Dass dieses Fahrrad uns die Geschichten erzählende und Puppenkleider nähende Oma näherbrachte, so nah, wie wir der kranken Großmutter nie sein konnten. Christel wird das gewusst haben, sie hat einfach ihren Teil dazu beigetragen, war weder neidisch noch missgünstig, hat ganz pragmatisch ein Fahrrad gekauft. Damit unsere Oma regelmäßig zu uns fahren und uns die Bauernhofgeschichten und kindgerechten Kriegserlebnisse erzählen konnte. Ihre eigenen Geschichten trug Christel verborgen unter ihren hochgeschlossenen Kleidern.

Doch gerade durch ihr Schweigen säte sie in meinem Vater und mir die Wissbegier.

Nachwort

Wir sind nach wie vor mit der Familie Ibrahim, die in Wirklichkeit anders heißt, befreundet. Auch Reyhan spricht inzwischen gut Deutsch, und die Kinder sind in der Schule bestens integriert. Hätte das Jobcenter damals die Ausbildung zum Rechtsanwaltsfachgehilfen durch finanzielle Unterstützung des Ausbildungsbetriebes ermöglicht, stünde Nadim zum Zeitpunkt des Erscheinens dieses Buches wenige Wochen vor seiner Abschlussprüfung und könnte ab Sommer als Rechtsanwaltsgehilfe arbeiten. Leider ist trotz vieler Bemühungen seinerseits und unsererseits seine berufliche Zukunft weiterhin ungewiss.

Quellen

Sämtliche die Gegenwart betreffenden Geschichten in diesem Buch sind von den realen gegenwärtigen Verhältnissen inspiriert, aber die Geschehnisse und Personen sind verfremdet, sämtliche Namen verändert. Die Geschichten sind nicht immer im Einzelnen genauso geschehen, aber sie beschreiben wahrhaftig die Probleme von Flüchtlingsfamilien und helfenden Deutschen.

Die Erlebnisse meiner Oma Grete habe ich mir im Jahr 2005, drei Jahre vor ihrem Tod, von ihr erzählen lassen und auf Video aufgenommen. Aus den über drei Stunden Filmmaterial stammen die Anregungen zu diesem Buch. Ich habe ihre Geschichten so wiedergegeben, wie sie sich an sie erinnert hat, ohne etwas zu verfremden oder zu erfinden.

Die Erlebnisse meiner Großmutter Christel und ihrer Vorfahren konnte ich anhand der Ahnenforschung meines Vaters Georg Jenkner und der von ihm verfassten Chroniken der Familien Funk und Gesien nachvollziehen.

Die Erlebnisse meines Großonkels Heinrich entstammen der Niederschrift seiner 1988 für meinen Vater auf Kassette gesprochenen Erinnerungen.

Sämtliche Erlebnisse meiner Vorfahren wurden so wiedergegeben, wie sie anhand der vorliegenden Dokumente und Erinnerungsstücke nachzuvollziehen sind. Oder, sofern ich die jeweiligen Personen noch kennengelernt habe, wie ich mich an sie und ihre Geschichten erinnere.

Zu den Geschichten meiner Vorfahren wurde meinerseits weder etwas hinzuerfunden noch etwas verändert, mir war es wichtig, diese möglichst authentisch zu belassen.

Danke

*Unseren syrischen Freunden für die gemeinsame
Zeit und die vielen Gespräche über Politik und Religion.*

*Meinem Vater für seine Ahnenforschung, die
mich als Kind und Jugendliche manchmal genervt
hat, die ich aber heute zu schätzen weiß.*

*Christoph Müller für den gemeinsamen Film
»Café Ost« und viele Gespräche über die Themen
Flucht und Vertreibung.*

Lucien Deprijck fürs Erstlesen und Mutmachen.

*Meinem Lektor Thomas Pregel, der mein Flucht-
Mosaik von Anfang an so verstanden hat, wie ich
es gemeint habe.*

*Dem Größenwahn Verlag für die Möglichkeit,
diese Geschichten auch anderen Menschen nahe
zu bringen.*

Marina Jenkner

BIOGRAPHISCHES

MARINA JENKNER

Marina Jenkner

wurde 1980 in Detmold geboren und studierte Germanistik, Kunst- und Designwissenschaften und Architektur an der Bergischen Universität Wuppertal. Sie arbeitet als freiberufliche Schriftstellerin, Filmemacherin, Werbetexterin und Dozentin für Kreatives Schreiben.
Sie hat zahlreiche Gedichte und Kurzgeschichten veröffentlicht in Anthologien und Zeitschriften, außerdem drehte sie Kurz-, Lang- und Dokumentationsfilme.

Im Oktober 2015 gründete Marina Jenkner den Kulturort »Die arme Poetin« in der Wuppertaler Spitzwegstraße, führt Lesungen und Schreibworkshops in Schulen durch und setzt sich aktiv für die regionale Literaturszene ein.

Sie ist Mitglied im Verband deutscher Schriftsteller (VS) und der GEDOK Wuppertal.

Veröffentlichungen:
»WUPPERlyrik« Lyrik-Foto-Band, Vlg. H. Labonde, Grevenbroich, 2006;
»Nimmersatt und Hungermatt« Kurzgeschichten, Vlg. Frauenoffensive, München, 2007;

www.marina-jenkner.de

Mirijam Günter
Die Stadt hinter dem Dönerladen
Jugendroman

ISBN: 978-3-95771-051-2
eISBN: 978-3-95771-052-9

Nickis Leben liegt in Trümmern. Ihre beste Freundin ist nicht mehr da und ihre Mutter kann keinen Mann halten. Auch Rainer hat sie in die Wüste geschickt, den Polizisten und einzigen Mann, den sich Nicki jemals als Stiefvater gewünscht hätte. In die Schule geht sie nicht mehr hin. Stattdessen treibt sie sich auf der Straße herum. Dort lernt sie Stefan kennen. Während der sich in sie verknallt, beginnt Nicki, Gefühle für Deco zu entwickeln. Ausgerechnet Deco, Stefans Freund! Er trifft sich mit Nicki neben dem Dönerladen, seinem Arbeitsplatz.

Doch sie wird aus Deco nicht schlau. Er scheint in Rätseln zu sprechen. Trägt er Geheimnisse mit sich herum? Was hat er zu verbergen?

Mirijam Günter inszeniert eine lebendige Geschichte um »illegale«, ohne Papiere lebende Menschen. In einem Strudel aus persönlichen Schicksalen und Behördenwillkür präsentiert sich die soziale und politische Situation Deutschlands, nackt und ungeschminkt, fern von Bürgerlichkeit und Rechtsstaat.

Susanne Rocholl
Zoé & Adil in Love
Jugendroman

ISBN: 978-3-95771-176-2
eISBN: 978-3-95771-177-9

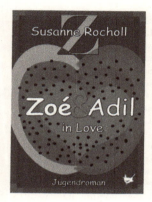

Ein großer Umbruch im Leben der 16-jährigen
Zoé: Sie muss mit ihrer Mutter aus Berlin an den
Niederrhein umziehen. Neue Stadt, neue Schule,
neue Freunde. Der 17-jährige Adil sieht zwar gut
aus, doch er ist ein Flüchtling aus Syrien und
dazu noch Moslem. Zoé ist voreingenommen gegenüber fremden Kulturen. Erst nach und nach
lässt sie sich auf die Geschichten von Adils Flucht
ein. Das bislang politisch uninteressierte Mädchen saugt die neuen Informationen wie ein
Schwamm auf und erkennt erst spät, dass sie sich
in Adil verliebt hat. Doch sie ist hin- und herge-
rissen zwischen ihrer aufkeimenden Liebe und
dem Geheimnis, das sie mit sich trägt: Sie fühlt
sich aufgrund eines Narbengewebes an Brust und
Dekolleté entstellt. Somit blockt sie Annähe-
rungsversuche ab, aus Angst wegen ihrer Narben
abgewiesen zu werden. Erst als die Flüchtlings-
problematik ihr Engagement verlangt, muss sie
sich entscheiden.

Susanne Rocholl erzählt die Geschichte der ersten Liebe zwischen einem deutschen Mädchen
und einem Flüchtlingsjungen. Als Hinter-
grundskulisse dient eine Provinz-Kleinstadt, die
knapp 400 Flüchtlinge aufnehmen soll. Gegner
und Befürworter spalten die Gesellschaft. Ein Roman mit aktueller Thematik über Ängste und
Vorurteile und über starke Gefühle. Nicht nur ein
für Jugendliche geeignetes Buch.

Dietlind Köhncke
Die Wörtersammlerin
Eine deutsche Kindheit
Erzählung

ISBN: 978-3-942223-86-7
eISBN: 978-3-942223-87-4

Lilibeth und ihre Familie müssen wegen des Bombardements der alliierten das vertraute Berlin verlassen. Sie wird in Ostpreußen eingeschult und ist begeistert von den Wörtern, die sie lernt. Sie beobachtet, wie die Erwachsenen reden, lauscht ihren Sätzen und lernt schnell: ›Krieg‹ hat fünf Buchstaben, Frau Ohlmann ist ›arisch‹, nicht nur, weil sie wie eine Königin läuft und der ›Güterzug nach Berlin‹ muss schneller eintreffen als die ›Russen‹. In ihre Sammlung fügt sie jeden Tag neue Wörter und manchmal sogar ganze Sätze ein, wie ›Raus aus dem Haus, rum um die Ecke, rein in den Bunker‹. Und dann soll sie zu ihrem eigenen Vater, der nach langer Zeit nach Hause kommt, ›Onkel Hans‹ sagen, damit die Leute ihn nicht andauernd anzeigen – man nannte ihn ›Nazi‹, als er abgeholt wurde. Lilibeths Kinderwelt besteht aber auch aus Wörtern, die sie nicht in ihre Sammlung aufnimmt, wie ›Sowjetische Besatzungszone‹, weil das für sie klingt, als würde jemand einen von ganz nahe ansehen, die Stirn runzeln und zischen.

Dietlind Köhncke beschreibt die Kriegs- und Nachkriegszeit aus dem Blickwinkel eines Mädchens, das Wörter sammelt. Kindheit und Jugend sind geprägt von der Flucht, politischen Umbrüchen und Repressalien zweier Systeme. Durch die Kinderbilder wird der familiäre Alltag kartographiert, in dem Frauen die Hauptrolle spielen, ein Stück deutsch-deutsche Geschichte, das schwierige Zeiten durchlebt – unter den Nazis wie unter den Kommunisten.

Maria Skiadaresi
Venezia
Roman
Aus dem Griechischen von Brigitte Münch
ISBN: 978-3-95771-128-1
eISBN: 978-3-95771-129-8

Am Morgen des 7. September 1943 wurde Franco Solerti tot am Strand von Péra Meriá zwischen den Tamarisken aufgefunden. In seinem nackten Rücken steckte die lange Klinge eines Messers – eines von denen, die zum Häuten von Schweinen benutzt werden. Je weiter die Ermittlungen fortschritten, desto undurchsichtiger wurde die Sache. Ein Fetzen Frauenunterwäsche sowie Spuren von Pumps im Sand wiesen darauf hin, dass Franco kurz vor seinem Tod mit einer Frau zusammen gewesen war. In den offenen, gläsernen Augen schimmerte noch so etwas wie Ekstase. Doch wer war im Stande, das Leben eines Menschen im Augenblick der Liebe zu vernichten? Und warum?

Maria Skiadaresi erzählt das außergewöhnliche Schicksal der aristokratischen Familie Daponte. Ihre bewegte Geschichte ist auch gleichzeitig die der Frauen zu Beginn des 20. Jahrhunderts, die nicht nur ihre Rechte, sondern auch ihre Freiheit gegen Besatzer, Verrat und Krieg erkämpfen mussten.

Mohamed Leftah
Der letzte Kampf des Kapitän Ni'mat
Roman
Aus dem Französischem von Laura Viktoria Skipis
ISBN: 978-3-95771-188-5
eISBN: 978-3-95771-189-2

Ni'mat hatte schon immer fortschrittliche Ansichten: Er studierte Literatur, befürwortete marxistische Ideen und kämpfte für die Gleichstellung der Frau in der arabischen Welt. In der Nasser-Ära kämpfte er sogar als Pilot. Zuerst gegen religiösen Kräfte, dann gegen Israel. Er schied früh aus dem Militärdienst, heiratete und erlebte eine scheinbar glückliche Ehe in Kairos Nobelviertel Maadi. Dreißig Jahre danach wird Ni'mat immer noch von einem Gefühl der Machtlosigkeit und des Versagens übermannt. Gemeinsam mit seinen ehemaligen Mitstreitern aus der Armeezeit, besucht er täglich den exklusiven Schwimmclub für reiche, aber gelangweilte Rentner. Und dann passiert das Unmögliche. Er verliebt sich in seinen Diener. Ein innerer Kampf beginnt, der Ni'mats letzter Kampf werden soll.

Der populäre französisch-marokkanische Schrift-steller **Mohamet Leftah**, der 2008 in Kairo verstarb, liefert einen Roman, der bis heute in Marokko nicht erscheinen darf. Denn der Inhalt ist ein Plädoyer für das Recht auf Freiheit, für das Recht auf Meinungsfreiheit, für das Recht auf Liebe. Rechte, die auch von radikal-islamischen Kräften eines patriarchalischen Systems bean-sprucht werden: moralische Wertstäbe festlegen und jegliche Form von Individualität brutal unterdrücken.

Mohamet Leftah hat auf Französisch geschrieben und in Frankreich veröffentlicht. Dies ist die erste Übersetzung eines Werkes in deutscher Sprache. Ein aktuelles Thema über Toleranz und gesell-schaftliche Moral.

Viktor Funk
*Mein Leben in Deutschland begann
mit einem Stück Bienenstich*
Roman
ISBN: 978-3-95771-184-7
eISBN: 978-3-95771-185-4

Lange hat er geglaubt, zur deutschen Gesellschaft dazu zu gehören – bis er Marie traf. Sie stammt aus Rumänien und betont das gern. Er hatte dagegen seine Vergangenheit versteckt. Die Beziehung mit ihr weckt Erinnerungen an seine Kindheit: endlose Tage in der sowjetischen Provinz in Kasachstan, mit Großvater und Vater beim Angeln am See und dann die ersten, schwierigen Jahre in Deutschland. Hier verstand er lange nicht, warum er nicht mehr von Lenin erzählen konnte, warum das, woran er als Kind geglaubt hatte, nun falsch sein sollte. Und nun spitzt sich diese Krise mit Marie zu. Sie wirft ihm vor, sich selbst zu verraten, um ein »Deutscher« zu sein. Doch in seinem Pass steht die Staatsangehörigkeit, die er immer haben wollte: »Deutsch«.

Viktor Funk behandelt in deinem Debütroman Identitätskrisen junger Menschen mit Migrationshintergrund. Mit den großen Fragen »Wo gehöre ich hin?«, »Wo ist meine Heimat?« und »Was darf ich aus meiner Vergangenheit mitbringen?«, trifft der Autor das Gefühl einer ganzen Generation. Fragen, die sich wie Fegefeuer ausbreiten und sich weder von Landesgrenzen noch von politischen Ideologien aufhalten lassen. Fragen, die der Gegenwartsgesellschaft Veränderungen vor Augen führen. Alles fließt.

GRÖSSEN
WAHN
VERLAG

www.groessenwahn-verlag.de